나는 성간 국가의
am the Villainous Load of the Interstellar Nation
악덕 영주!

6

> 미시마 요무

illustration
> 타카미네 나다레

"정말이지. ──이번만이에요."

아마기는 기막혀하는 눈치였다.

하지만 약간 기뻐하는 것처럼 보이기도 했다.

"시시카미 후우카!
널 죽이고 일섬류를
계승할 여자다!"

후우카
Fuka

"난 사츠키 리호.
──정통한 일섬류 계승자야."

리호
Riho

BFC-X201CS

에리키우스∧

|||||||||||||||||||||||||||||||— Ericius

싸움도, 그리고 기동기사 조종도 즐기고 있었다.
——아니, 살인을 즐기고 있었다.

CONTENTS

나는 성간 국가의 악덕 영주!

I am the Villainous Lord of the Interstellar Nation

6

> 미시마 요무 <

illustration
> 타카미네 나다레 <

커버 그림, 본문 일러스트 | **타카미네 나다레**

성간 국가에는 시차가 존재하지 않는 행성이 있다. 대표적으로 알그란드 제국의 수도성이 그렇다.

금속으로 행성 전체를 덮고 있어서 항성의 빛이 차단되어 있었다.

그저 빛을 차단할 뿐이라면 인간이 살 수 없지만, 금속 안쪽에서 빛을 방출해 행성을 사람이 살기에 적합한 온도를 유지하고 있다.

기상은 완전하게 통제되며, 날씨 예정은 1년 뒤까지 정해져 있다.

행성 전체의 시간이 통일되어 있으며 어디에 있든 동시에 아침이 온다.

지역에 따라 기후는 다르지만, 시차는 없다.

이를 부자연스럽다고 느끼는 건 나 '리암 세라 번필드'가 이세계로 전생한 이분자이기 때문이다.

수도성에서 체류지로 이용하는 오래된 고급 호텔은 고층 빌딩이다.

최상층으로 가는 도중에는 꽤나 넓은 발코니가 여럿 마련되어 있다.

수도성은 인구 밀도가 높아서 땅값이 비싸다.

건물이 빼곡하게 들어차 있기 때문에 지상에 정원을 마련하는 것은 사치다.

아무리 오래된 고급 호텔이라 해도 정원을 만드는 데는 한계가 있었다.

조금이라도 자연이 있는 풍경을 손님에게 제공하려고 하니, 발코니 같은 공중 정원을 만들게 되었다.

나는 그 공중 정원 중 하나를 통째로 빌려서 날이 밝기 전부터 제자인 '에렌 타일러'를 데리고 일섬류 수행에 힘쓰고 있었다.

휘두르기 연습을 하는 내 옆에 서서 똑같이 목도를 휘둘렀다.

에렌을 위해 기초적인 수행을 하고 형(型)을 보여주면서 설명했다.

"일섬류에 기술은 하나. 그 외에는 전부 기본 동작뿐이다."

"네, 스승님!"

에렌이 목도를 휘두르자 주위에 땀이 흩날렸다.

겉보기에는 6, 7살 정도의 여자아이. 실제 연령은 15살을 넘겼을까?

인간의 수명이 길어진 이 세계에서는 생일을 축하할지라도, 한 두 살 나이 차이는 오차로 친다.

15살에 성인이 되는데, 그때가 되어서야 다른 사람들이 나이를 신경 써주게 된다.

에렌의 표정은 진지 그 자체였다.

빨간 단발에 기운이 넘치는 느낌이 나는 아이다.

영지에 돌아갔을 때 제자로 들였는데, 난 한동안 수도성을 떠날 수 없기 때문에 같이 데려와 버렸다.

아직 한창 어리광부리고 싶을 나이일 텐데 부모 곁을 떠나 나와 함께 지내고 있다.

내가 휘두르기를 사선베기로 변경하자 에렌도 서둘러 흉내 냈다. 움직임이 아직 서툴렀다.

"좀 더 의식을 온몸에 쏟아. 일부에만 의식을 기울이면 다른 곳이 소홀해져."

"아, 네, 스승님."

나를 스승이라 부르며 잘 따라주는 에렌. 첫 제자라서 내가 호의적으로 보는 것도 있겠지만, 여러모로 귀여운 녀석이다.

"이대로 계속한다."

"네!"

이렇게 잘 따라주는데 재능이 없으면 머리를 싸맸겠지만, 가르쳐준 것을 착실하게 흡수해 나가서 큰 문제는 느껴지지 않았다.

오히려 문제는 나에게 있다.

스승님은 나에게 최소 세 명의 제자를 기르라고 하셨다.

일섬류의 검사에게는 최소 세 명의 제자를 길러야 한다는 규칙이 있다.

유파의 맥이 끊어지지 않도록 다음 대에 검술을 전하는 것이다.

납득가는 이유이기도 하고, '야스시' 스승님의 말이니 따를 생각이다.

하지만 나는 내 실력이 충분한지 알 수가 없었다.

——난 정말로 어엿한 일섬류 검사라고 자부할 수 있나? 그런

의문이 머리에서 떠나지 않는 이유는 어렸을 때 본 스승님의 일섬 때문이다.

에렌과 마찬가지로 나는 일섬류의 오의인 '일섬'——너무나도 빠른 참격에 매료되었다.

검을 봤다기보다는 참격의 결과를 본 것에 불과하지만.

야스시 스승님이 나에게 보여준 일섬은 검을 뽑았다는 사실조차 알아차릴 수 없는 신속의 참격이었다.

마치 그 자리에 서 있을 뿐인데 목표인 통나무가 멋대로 절단된 것처럼 보였다.

이게 야스시 스승님의 일섬이다.

그에 비해 미숙한 나의 일섬은 에렌의 눈에도 칼을 뽑는 모습이 보이는 수준.

일섬류 검사는 맨 처음 제자에게 일섬을 보여준다. 물론 실제로는 보이지 않는 참격이니, 기술을 아는 것 자체가 중요한 거지만.

그런데 내 일섬은 에렌에게 간파당하고 말았다.

——에렌은 특별한 눈을 가지고 있다.

이는 교육 캡슐을 통한 육체 강화로 얻는 동체 시력이 아닌, 선천적으로 타고난 재능, 능력일 것이다.

가끔 이 세계에는 특별한 능력을 가진 인간이 태어난다.

그 능력은 과학이나 마법의 힘으로도 재현할 수 없기에 아무리 교육 캡슐에 들어가고 육체 강화를 해도 흉내 낼 수 없다.

하지만 이런 능력자들은 대부분 묻혀서 세상에 알려지지 않는다.

운 나쁘게 평민으로 태어나, 능력을 알아차리지 못한 채 나이를 먹는 거다.

하지만 에렌처럼 축복받은 환경에 있는 존재는 언젠가 두각을 나타낸다.

그런 특별한 존재는 어떤 특별한 일을 해내는 경우가 많다.

번필드가에서 예를 들자면 금방 폭주하는 '크리스티아나 레타 로즈블레이어'나 '마리 마리안'이 좋은 예다.

다른 사람을 들자면 '첸시 세라 토우레이'도 특별한 존재일 것이다.

암부를 맡은 '쿠쿠리'도 마찬가지다.

성긴 국기, 알그란드 제국이라는 초강대국익 백작쯤 되면 그런 특별한 존재를 여럿 거느리고 있어도 이상하지 않다.

하지만 아직 부족하다.

내가 더 흉악한 악덕 영주가 되기 위해서는 우수한 자들이 더 필요하다.

적어도 한 명만 더. 의지할만한 부하가 딱 한 명만 더 있으면 좋겠다.

난 휘두르기를 계속하는 에렌을 곁눈으로 보면서 불쑥 중얼거렸다.

"이 아이가 성장하는 걸 기다려도 되지만, 그러면 재미없지."

별일 없으면 에렌도 언젠가 훌륭한 기사로 자랄 것이다.

에렌에게 기초적인 휘두르기를 보여주면서 땀을 흘리고 있으니

서서히 동이 트기 시작했다.

하늘을 뒤덮은 금속에 새벽 경치 영상이 흐르기 시작했다.

얼굴을 인공적인 햇빛을 향해 돌리니 발코니에 한 메이드가 찾아왔다.

한 손에 바구니를 든 메이드 '아마기'는 뒤에 기사 한 명을 두고 있었다.

내 호위를 맡은 '클라우스 세라 몬트'이다.

그는 역전의 기사답게 경험이 스며 나오는 얼굴이었다. 다소 노안이지만, 그것도 수많은 경험을 얻은 결과일 것이다.

번필드가의 기사단 중에서도 침착하고 냉정한 판단을 내릴 수 있는 귀중한 기사다.

우리 간부진은 여기사의 비율이 높기 때문에, 남자라는 것만으로도 희소 인재다.

나는 클라우스에게 우리가 수행하는 동안에는 발코니의 출입구를 지키도록 지시했다.

아마기가 나에게 다가와서 수행 시간이 끝났다고 알렸다.

"주인님, 다음 예정 시간이 다가왔습니다. 아침 단련을 이만 끝내주십시오."

작게 한숨을 쉰 나는 에렌에게 시선을 돌렸다.

마음 같아서는 제자의 수행에 시간을 더 할애하고 싶지만, 아쉽게도 지금 난 바쁘다.

내가 휘두르기를 그만하자 에렌이 약간 아쉬워했다.

내가 없어도 에렌은 홀로 수행 스케줄을 소화할 것이다.

보통은 도와줄 사람을 붙여주지만, 일섬류와 관계가 없는 사람에게 일섬류 수행을 보여주고 싶지는 않았다.

그 결과 에렌은 오로지 홀로 수행하는 수밖에 없었다.

가엾지만 이것만큼은 어쩔 수가 없다.

"에렌, 아침 수행은 일시 중단한다. 아침 먹자."

"네……."

아마기가 우리에게 수건과 마실 것을 건네줘서 받아서 땀을 닦으며 목을 축였다.

호위인 클라우스는 말없이 자리를 지켰다.

클라우스는 티아나 마리처럼 내 비위를 맞추려 들지 않는다. 그 점은 조금 마음에 안 들지만, 성실하고 정직하게 일하는 점은 좋았다.

모든 기사가 티아나 마리 같은 녀석들이면 곤란하다.

침착하고 냉정하며 일 잘하는 클라우스는, 내 기사단 중에서도 도움이 되는 기사일 것이다.

특기할 능력 같은 건 없지만, 아마기가 나에게 추천한 기사다.

그리고 첸시를 부하로 두고 문제없이 관리하고 있으니, 이 녀석도 기사로서는 비범할 것이다.

개인의 힘보다는 집단에서 힘을 발휘하는 타입일까?

"클라우스, 일은 익숙해졌나?"

말을 걸자 클라우스가 표정을 바꾸지 않고 대답했다.

"옙."

"그거 잘 됐군. 앞으로도 열심히 해라."

"물론입니다."

대화가 금방 끝나버렸다.

여러 이야기를 하고 싶지만, 내가 평소에 상대하는 티아나 마리는 과하게 반응해서 지친다.

클라우스는 붙임성은 없지만, 평소에는 이 정도가 괜찮을지도 모르겠다.

발코니에서 실내로 돌아가려고 걷기 시작하자 아마기와 에렌이 내 대각선 뒤에서 따라왔다. 클라우스는 그보다 좀 더 뒤에서 걸었다.

아마기는 아침 식사 전에 오늘의 중요한 예정을 나에게 전달하고 싶은 듯했다.

"주인님, 오늘은 새로 파벌에 가입하신 분들과 면회가 예정되어 있습니다."

"라이너스를 실각시켰더니 동료가 대폭 늘었네."

"——그중에는 불온한 움직임을 보이는 귀족들도 있습니다. 주의해주십시오."

얼마 전에 라이너스, 제2황자는 나에게 패배하여 실각했다.

제2황자가 이렇게 빨리 탈락할 줄은 아무도 몰랐을 것이다.

라이너스를 꺾자, '클레오 노아 알바레이트'에게 많은 귀족이 다가왔다.

그중에는 단물을 빨려는 녀석도 많을 것이다. 가장 성가신 놈은 아군인 척하며 다가오는 적일 것이다.

나와 동류—— 악당이 모이고 있었다.

"재밌어지기 시작했어."

주의를 받고도 즐거워하는 나를 본 아마기는 약간 어이없어했다.

표정으로는 잘 드러나지 않지만, 난 아마기의 기분을 이해할 수 있다.

실제로, 아마기의 말에 약간 가시가 돋았다.

"즐길 여유는 없다고 생각합니다."

"이걸 즐기지 않을 수 있겠냐. 악당들이 격전을 벌이는 정쟁이라고. 여기서 이긴 녀석이 제국 제일의 악당이 되는 거야. ——나한테 잘 어울리는 것 같지 않아?"

제국 제일의 악당—— 악덕 영주인 내가 지향해야 하는 목표다.

모두가 가망이 없다고 생각했던 제3황자 클레오를 추대해서 사리사욕을 위해 황제 자리에 앉힌다.

이걸 악이라 부르지 않으면 무엇이라 할까?

난 이 싸움에서 이겨 제국 제일의 악덕 영주가 될 것이다!

'정의'는 정말 편리한 말이다.

누구든 악이라 불리며 욕을 먹기보다 정의라 불리며 찬양받는 걸 더 선호할 것이다.

정의를 거론하면 사람이 붙는 것도 좋다.

그게 정말로 올바른지 알 수 없는데, 정의라고 믿게 하면 누구도 자신이 옳음을 의심하지 않는다.

정말 구제할 길이 없고 구역질이 나지만, 난 정의를 거론하는데 아무런 망설임도 없었다.

"정의는 우리에게 있다! ——건배!"

"건배!"

체재하고 있는 호텔의 파티장에서는 새로 파벌에 가입한 제국 귀족들을 위한 환영회가 열리고 있었다.

환영회라고 하기에는 규모가 조금 크지만 성간 국가는 무엇을 하든 스케일이 커서 신경 쓰면 안 된다.

클레오 전하의 파벌에 합류한 귀족들 앞에서 나는 듣기 좋은 말을 늘어놓으며 연설을 이어갔다.

정의의 싸움이라는 둥, 이게 귀족의 의무라는 둥—— 스스로 말하면서도 웃음이 터질 것 같았다.

정의 따위는 어디에도 없다.

이익을 추구할 뿐인 내가 정의를 거론하고 있으니, 이 자리에 있는 녀석 중 그 누구도 정의 운운하는 말은 믿지 않을 것이다.

어째서냐고?

이놈들은 전부 악당의 얼굴을 한 귀족들이다.

파티장에 뱃속이 새까만 놈들이 몇백 명이나 모여 있는 거다.

이 악당들은 처음부터 알고 있을 것이다. 내가 클레오 전하를 추대한 것이 내 이익을 최우선으로 한 결과라는 것을.

정의 같은 건 명분이고 모인 귀족들도 자신의 이익을 위해 파벌에 가입했을 뿐이다.

연설이 끝나고 나는 바로 참가자들에게 말을 걸었다.

주최자는 손님을 대접해야 하기에, 이것도 일이다.

"즐기고 계십니까?"

상대는 변경에 영지를 가진 자작이다.

변경에는 가난한 귀족이 많은데, 그중에서 제법 노력 중인 남자였다.

외모는 착해 보이지만, 속에는 분명 야심을 품고 있을 것이다.

그는 나에게 웃는 얼굴로 대답했다.

"네, 흡족합니다. 정말 번필드 백작은 의지가 굳건하군요. 수도성에서 이만한 규모의 파티를 열 수 있는 귀족은 많지 않을 겁니다."

내가 체재하고 있는 호텔에서 연 파티인데, 내 경제력을 보여주기 위해 상당한 돈을 들였다. 물론 가장 큰 이유는 악덕 영주답게 파티로 돈을 낭비하기 위해서지만.

당연히 이들에게도 마구 으스대고 싶었지만, 일단은 손님이기에 나는 겸손한 태도로 대했다.

"허세를 좀 부렸는데, 그렇게 말씀해주시니 안심입니다."

자작은 날 보고 감탄한 것처럼 고개를 끄덕였다.

"그만큼 이 파티에 힘을 주신 것도, 결국 클레오 전하를 위해서
가 아닙니까. 사재(私財)까지 쓰셨다고요?"

"뭐, 그렇지요."

내 즐거움을 위해서 한 일이지만 동시에 클레오 전하에게 투자
하는 것이기도 하다.

파벌의 수장인 내가 위세 좋게 행동하면 그만큼 모여드는 녀석
도 많아지니 말이다.

──뭐, 투자한 만큼 돌려받을 생각이지만.

자작이 미소 지으며 말했다.

"번필드 백작이 있으니 클레오 전하도 든든하실 겁니다. 보잘
것없는 몸이지만, 저도 최선을 다하여 조력하겠습니다."

"감사합니다. 부디 자작의 힘을 빌려주십시오."

입으로는 협력하겠다고 하지만, 이 자리에 나온 귀족 중 반 이
상은 단물을 빨려고 온 녀석들일 것이다.

파티에 참여한 귀족 중 대부분은 영주 귀족이었는데, 내가 일
부러 수도성으로 불러 모았다.

당연히 교통비와 숙박비는 내가 냈다.

왜냐고?

굳이 돈을 내고 이런 파티에 나오고 싶을 것 같은가?

먼 우주를 여행해서 왔더니 나의 실속 없는 연설을 듣기만 하
는 파티? 내가 초대받은 사람이라면 절대로 가지 않을 것이다.

하지만 나도 파벌의 수장으로서 사람을 모으지 않으면 체면이

서질 않는다.

그 결과, 비용은 전부 내가 내게 되었다.

물론 금전 문제 따위는 나와 관계가 없다.

연금 상자라는 안내인의 선물이 있는 한, 내게 돈 문제는 없는 것과 마찬가지다.

이렇게 성대한 잔치를 벌여도 아무렇지도 않다.

그리고 잔치가 화려한 편이 내 목적을 달성하기 쉽다.

이 파티는 황위 계승권 제1위인 칼뱅 파벌을 도발하는 퍼포먼스이기도 하다.

칼뱅이 부주의한 움직임을 보이면 철저하게 그 부분을 공격할 것이다.

하지만 현실은 생각처럼 쉽지 않았다.

라이너스는 뒤에서 빈틈을 찔러 쉽게 매장했는데, 칼뱅은 달랐다.

완벽하지는 않더라도 그는 황태자로서 큰 지지기반을 가지고 있다. 게다가 여유가 있어서 우리를 부수려고 무리수를 두지도 않았다.

오히려 우리가 틈을 보이는 순간, 그는 그 빈틈을 확실하게 파고들 것이다.

'칼뱅 노아 알바레이트'는 황태자의 자리에 걸맞게 성가신 상대였다.

내가 제국 대학을 졸업했는데도 움직임이 없는 건 약간 뜻밖이었다.

나와 이야기하던 자작이 내가 대학을 졸업한 후에 관한 이야기를 했다.

"다른 이야기입니다만, 번필드 백작은 관리로 일하시죠?"

귀족이 학교를 졸업하면 수행을 빙자한 노동 의무가 부과된다. 현장에서 직접 일하며 식견을 넓히는 것이다.

하지만 대부분은 성실하게 일하지 않고 노는데 정신이 팔려있다. 사실상 수행을 빙자한 놀이나 마찬가지다.

물론 그걸 솔직하게 말하는 건 멍청한 짓이므로 나는 성실한 척을 했다.

"네, 제국을 위해 분골쇄신하여 온 힘을 다할 겁니다."

이런 과장은 일종의 농담이다.

이렇게 말하면 상대도 '속이 빤히 보이는 소릴 하고 있구나'라고 생각하며 알아차릴 것이다.

하지만 자작은 진지한 표정을 하고 있었다.

"훌륭합니다. 저희 아들이 본받았으면 좋겠군요."

상대도 농담에 어울려주고 있는 거 맞지……?

그런 것 치고는 반응이 빈약해서 농담한 내가 난처했다.

애초에 난 성실하게 일할 생각이 없다. 대체 뭐가 아쉬워서 제국을 위해 힘써야 한단 말인가?

내 영지를 위한 일이라면 적당히 열심히 하겠지만, 이건 나한테는 별 이득이 없는 일이었다.

자작이 나에게 물었다.

"그래서 어디에 배속되십니까?"

"아마, 맨 처음은 관공서에서 잡일을 하겠죠."

리암 세라 번필드는 여러모로 바쁜 날을 보내고 있었다.

제국 대학 재적 중에는 제3황위 계승권을 가진 클레오 전하를 추대해서 파벌을 만들었고, 졸업할 때까지 정력적으로 활동하여 학생 생활 대부분을 수업과 파벌 설립에 썼다.

남들이 놀 때도 리암만은 매일매일을 바쁘게 보냈다.

"달링은 오늘도 파티구나. 사실은 나도 나가는 편이 좋겠지만⋯⋯."

로제타는 자신의 방에서 대기하고 있었다.

로제타의 방은 리암이 전세를 낸 층의 바로 아래층에 있었다.

평소에 가까이에 살고 있지만 로제타가 리암을 만날 기회는 적었다.

리암이 너무 바쁜 이유도 있지만, 애초에 리암이 파티에 로제타를 데려가지 않았다.

로제타도 바쁜 리암을 돕고 싶었지만, 본인이 거절하니 어쩔 도리가 없었다.

리암은 그때마다 '대학에서 놀고 있어'라는 말을 했다.

로제타를 배려해서 한 말이겠지만, 로제타는 그저 고민스러울 뿐이었다.

"달링을 일하게 하고 내가 놀러 다닐 수는 없는걸."

이런저런 생각을 하며 괴로워하는 로제타를 걱정했는지 한 메이드가 말을 걸었다.

수행을 빨리 시작해서 이번에 경사스럽게 로제타를 수행하는 메이드가 된 '시엘 세라 에크스나'였다.

은색의 긴 머리칼에 보라색 눈동자.

또래 여자아이들과 비교하면 체중과 스타일은 평범했다.

특징은 오른쪽 머리카락으로 만든 땋은 머리였다.

시엘은 리암에 대해 회의적이었다.

"리암 님은 정말 바쁘신 걸까요? 매일 파티에 나가고, 즐거워 보이시던데요?"

그다지 사교 파티에 나간 적이 없는 시엘에게는 리암이 그저 노는 것처럼 보였다.

로제타는 작게 한숨을 쉬며 시엘의 인식을 지적했다.

"시엘, 파티는 꼭 좋아서 여는 것만은 아니야. 이번 파티도 달링에게는 일이나 마찬가지고."

리암은 클레오 파벌의 결속을 다지고자 귀족들을 대접하고 있다.

(저도 파티에 별로 좋은 기억이 없는걸요. 어려운 지금 상황을 생각하면 아마 달링도 즐길 수는 없겠지요.)

리암과 만나기 전의 로제타는 파티에 강제로 끌려와 구경거리가 되어 멸시당하고는 했다. 파티에 관해서는 별로 좋은 기억이 없었다.

시엘이 사과했다.

"주제넘은 말참견을 했습니다. 죄송합니다, 로제타 님."

"괜찮아. 의문이 있으면 솔직하게 물어봐. 에크스나가에서 온 너의 수행을 위해 우리 번필드가 맡고 있으니까."

에크스나가에서 수행을 하러 온 시엘은 일반 메이드와는 다른 존재다. 리암의 맹우인 에크스나 남작과 그 후계자인 크루트의 가족이다. 함부로 대할 수는 없다.

그리고 리암의 종자가 된 집안에서 맡은 아이들과도 달랐다. 시엘의 집안은 작위가 다르더라도 같은 제국의 직속 신하. 즉 동격인 상대다. 그녀가 다른 아이들보다 한 단계 더 높은 교육을 받는 건 당연했다.

리암의 방침으로 번필드가는 받아들인 귀족의 자제는 엄격하게 교육하고 있다. 그중에서도 시엘은 로제타가 직접 교육하는 특혜를 제공했다.

로제타 곁에 둔 것은 오냐오냐하기 위해서가 아니다. 직접 교육하고 다양한 경험을 하도록 만들기 위해서다.

"달링은 너무 열심히 하니까, 무리하지 않으면 좋겠어."

시엘은 리암을 걱정하는 로제타를 어딘지 슬픈 듯이 보고 있었다.

◇ ◆ ◇ ◆ ◇

　시엘에게 있어서 리암은 다른 사람들의 칭송을 받을 만한 인물이 아니었다. 대놓고 말하자면 오히려 리암은 시엘의 적이었다.

　이유? 그건 존경하는 오빠인 크루트의 마음을 어지럽히는 존재이기 때문이다.

　그렇다 보니 아무래도 리암에 대한 평가가 다른 사람들보다 엄격해졌다.

　(그 자식은 최악이야!)

　걱정하는 로제타를 바라보면서도 시엘은 리암에 대한 불만을 키워나가고 있었다.

　시엘이 보기에 로제타의 능력은 뛰어나지도 부족하지도 않은, 무난한 수준이었다. 다만 열심히 노력하는 자세는 좋았기에 개인적으로 계속 인연을 이어가고 싶었다.

　로제타는 능력 이외는 거의 완벽한 사람이지만, 단 한 가지. 남자를 보는 눈이 치명적이었다.

　(사람이 좋아서 그런가, 철저히 속고 있어.)

　리암이 파티로 바쁜 나날을 보내고 있는 것은 사실이지만, 시엘은 리암이 그걸 즐기고 있다는 걸 알고 있었다.

　얼마 전에도 그는 한 어용상인과 파티 일로 신나게 이야기하고 있었다.

몰래 엿들었는데, 그때 '돈이라면 얼마든지 있다! 성대한 파티를 개최해라!' 하며 의지를 불태우고 있었다. 일이라서 어쩔 수 없이 한다는 느낌은 눈곱만큼도 없었다.

모두 리암은 대단하고 최고라고 칭송한다. 하지만 시엘은 사랑하는 오빠를 '언니'로 만들지도 모르는 리암을 인정할 수 없었다.

애초에 처음 만났을 때부터 리암이라는 인간을 의심하고 있었다. 리암에 대한 소문을 들을 때마다 정말로 그런 성인군자가 있을까, 하고.

그래서 리암에게 다가가 진실을 밝혀내기 위해 수행 기간을 앞당겨 로제타의 메이드로 지원했다. 엄격한 교육을 받아도 견뎌낸 이유는 사랑하는 크루트가 정신을 차리도록 하기 위해서였다.

(착한 사람을 속이고 게다가 오라버님까지! 리암, 절대로 용서 못 해!)

동경의 대상이었던 상냥한 크루트는 리암과 만난 뒤로 사람이 변해버렸다.

이전에는 씩씩하고 상냥했던 크루트는 이제 무슨 일이 있을 때마다 리암 이야기를 꺼내게 되었다.

크루트가 리암과의 추억 이야기를 즐겁게 하는 모습을 볼 때마다 리암을 용서할 수 없었다.

애초에 시엘은 리암의 언동을 수상하게 여겼다.

어떻게 생각해도 쪼잔한 악당이 하는 말로만 들렸다.

대단한 업적을 쌓고 근검절약을 실천하고 있으니 훌륭하다는 평을 받는 건 이해할 수 있지만, 납득할 수는 없었다.

시엘의 감이 '이 녀석은 뭔가 있어!'라며 알렸다.

(모두 눈을 뜨게 해주겠어. 반드시 리암의 가면을 벗겨주마! 오라버님이 언니가 되지 않도록 내가 지켜야 해!)

시엘은 리암 곁에 다가가 그 진실을 캐내려고 했다.

그런 시엘의 결의와는 반대로 로제타는 리암에게 헌신하려 했다.

로제타는 가라앉은 기분을 전환하기 위해 머리를 흔들고 밝게 행동했다.

"이러면 안 되지. 달링이 없는 동안에는 내가 똑바로 해야 해. 자, 오늘도 열심히 달링이 없는 이곳의 일을 잘 처리해야지."

기운을 내는 로제타를 보고 시엘은 팔찌 형태의 단말기를 조작해서 오늘의 예정을 확인했다.

(음~, 오늘의 예정은—— 어라?)

내용을 확인하던 시엘은 의문을 가져서 로제타에게 물었다.

"로제타 님, 한 가지 질문을 드려도 괜찮을까요?"

"뭔데?"

"유리시아 씨는 요즘 계속 놀고 있죠? 쇼핑이나 바캉스 등, 혼자만 아무것도 안 하고 있는데요? 저기—— 쓸데없는 참견일지도 모르지만, 어떻게든 하는 편이 좋지 않을까요."

이름이 나온 '유리시아 모리시르'는 리암이 군에서 **빼낸** 부관이다.

일반적으로 군에서 데려온 부관 대부분이 첩이나 측실이 되기 때문에 번필드가에서도 유리시아를 정중하게 모시고 있었다.

하지만 대귀족의 측실이나 첩이 노는 데 정신이 팔리면 추문이 나돌기 마련이다.

세간에 숨겨야 하는 관계라면 본인이 좀 더 어른스럽게 행동해야 한다.

지금의 유리시아는 자신의 역할도 다하지 않고 놀러 다니기만 했다.

로제타의 표정이 사라져 시엘은 '힉?!' 하고 목 안쪽에서 목소리가 나왔다.

로제타는 한숨을 쉬더니 시엘에게 명령했다.

"달링이 방치하고 있다고는 해도 계속 놀게 둘 순 없죠."

"그, 그렇죠!"

"시엘, 유리시아 씨는 지금 어디죠?"

"방에 있습니다. 자는 것 같군요."

"정말이지……."

유리시아는 고급 호텔에서 방을 빌려 지내고 있었다.

밤늦게까지 놀러 다니고 점심 직전에야 잠에서 깨는 일이 많았다.

퇴역하고 리암 곁에서 매일같이 호화롭게 놀기를 반복했다.

알람도 맞추지 않고 잠들고 원하는 시간에 잠에서 깬다.

"흐암~ 잘 잤다."

자면서 흐트러진 긴 금발에 아직 졸려 보이는 얼굴.

유리시아는 상반신을 일으켰는데, 이 행복한 생활에 정신이 완전히 해이해져 있었다.

"오늘은 아무것도 안 하고 싶네~. 노는 것도 쉴까?"

이대로 다시 자버릴까 하고 생각하고 있으니 갑자기 방문이 열렸다.

"자, 잠깐만 누구야?! ──히익?!"

멋대로 들어온 인물을 노려보면서 머리맡에 둔 무기를 쥐고 자세를 잡았다.

해이해져 있어도 훈련으로 배운 건 잊지 않은 모양이었다. 다만 움직임이 상당히 녹슬어 있었다.

그리고 유리시아는 방에 들어온 사람을 보고 표정이 굳었다.

"……로제타 님?"

"안녕하세요, 유리시아 씨."

미소 지은 로제타가, 그 뒤에는 번필드가의 기사들이 따르고 있었다.

모두 여기사.

그들이 전부 유리시아에게 싸늘한 시선을 보내고 있었다.

"저, 저기, 무슨 일일까요?"

굳은 미소를 짓고 용건을 물어보니 로제타는 웃는 채로 유리시아의 행동에 주의를 줬다.

"요즘 계속 놀러 다닌다면서요."

"아, 아니, 그건 그러니까—— 리암 님이 상대해주지 않아서."

얼굴을 돌리고 변명하자 로제타가 엄한 태도를 보였다.

"변명은 용서하지 않아요! 달링이 바쁜 때에 태평하게 놀러 다니다니—— 저도 놀지 말라고는 하지 않아요. 하지만 시기를 생각하고 행동하세요."

번필드가가 바쁘게 움직이고 있을 때 호화롭게 노는 데 푹 빠진 유리시아는 가신의 빈축을 사고 있었다.

그 점을 미닌받은 유리시아는 움츠러들었다.

"죄송합니다. 앞으로 조심하겠습니다."

"아뇨, 당분간 군에 돌아가서 재교육을 받아주세요."

"——네?"

"당신의 역할은 제국군과 달링의 다리 역할이잖아요? 그 역할을 소홀히 하는 건 허락할 수 없어요. 다시 한번 훈련을 받고 오세요!"

"너무해애애애!!"

로제타의 결정에 유리시아는 절규했다.

참고로 재교육 이야기는 리암에게도 허가를 받았다.

하지만 그때 리암은 신경 쓰는 기색 없이 '마음대로 해'라는 태도였다던가.

◇◆◇◆◇

시엘이 리암의 진실을 파헤치려고 움직이기 시작했을 무렵.

리암의 진짜 적인 안내인은 고뇌하고 있었다.

"어떻게 하면 리암을 쓰러뜨릴 수 있지? 어떻게 하면? 어떻게 해야—— 그 녀석을 쓰러뜨릴 수 있는 거야?"

아무리 생각해도 답이 나오지 않았다.

지금까지 안내인은 리암을 불행하게 만들기 위해 여러 수를 써 왔다.

그때마다 리암이 예상을 뛰어넘었다.

그리고 복수라도 하는 것처럼—— 안내인에게 감사했다.

리암이 감사하는 마음은 지금은 번필드가 백성들의 감사도 짊어지고 있어서 굉장히 고통스러웠다.

리암 한 사람의 감사라면 불쾌한 정도로 끝나는데, 백성들—— 억 단위의 감사가 폭력적인 물량으로 압도적인 힘을 만들어낸다.

일부 백성들은 리암을 마치 신처럼 숭배하고 있었다.

그런 감사의 마음도 추가되면 안내인도 괴롭다.

엄청나게 아프고 불쾌하다.

"용납할 수 없어! 리암, 반드시 불행하게 만들어주마!"

하지만 안내인은 매번 리암에게 복수해주겠다고 맹세해도 매번 실패해왔다.

리암을 불행하게 만들기 위해 여러 수를 썼다.

리암의 적에게 힘을 보태줬다.

그런데도 복수는 한 번도 성공하지 못했다.

울고 있는 안내인은 이미 자신감을 상실했다.

"무엇이 잘못된 거지? 오히려 반대로 하면 성공할까? 리암을 도와서 적을 불행하게 만들면—— 설마?"

안내인은 리암을 돕는 짓 따위는 절대로 하고 싶지 않았다.

그런 짓을 하면 또다시 리암이 고마워해서 고통을 받고 만다.

안내인은 리암의 감사하는 마음을 받고 몸부림치며 뒹구는 자신의 모습을 상상하고 몸서리쳤다.

"——이제 실패하고 감사의 마음을 받고 고통받는 건 싫어."

리암이 고마워하는 마음을 받기 싫었다.

하지만 안내인이 아무리 생각해도 묘안이 떠오르지 않았다.

아무리 불행하게 만들려고 해도 지금의 리암은 자력으로 극복해버리기 때문이다.

게다가 강하다.

너무 강하다.

너무 강해서 이길 수 있는 녀석이 있는지 의심스러울 정도다.

"어떻게 하면 쓰러뜨릴 수 있지? 뭐냐고, 일섬류가—— 야스시 이 바보 천치가. 어떻게 사기꾼이 그런 괴물을 키워낼 수 있는 거지."

그런 야스시가 키운 리암을 쓰러뜨리기 위한 같은 종류의 괴물들이 존재했다.

하지만 이건 안내인 입장에서도 비장의 수단이다.

그 둘이 리암에게 접근할 수 있도록 행동하고 싶지만―― 그랬다가 안 좋은 쪽으로 기울어지면 어쩌나 하는 생각에 무서워서 움직일 수 없었다.

안내인은 리암의 감사하는 마음에 트라우마를 가지고 있었다.

"지, 진짜 어떡하면 좋지? 나는―― 나는――?"

이런저런 생각을 한 끝에 한 가지 답을 도출해냈다.

"그래. 뭐든 해봐야 아는 법이니까 리암을 도와서 적을 불행하게 만들어보자. 이게 안 되면 다른 방법을 생각하자! 그래, 리암을 조금만 도와주고 상황을 보면 되는 거야!"

궁지에 몰린 안내인은 어처구니없는 행동을 하기 시작했다.

황위계승권 제1위―― 황태자 칼뱅은 자신을 지원하는 귀족들을 앞에 두고 약간 지친 표정을 지었다.

"그렇게 위험한가?"

골머리를 앓는 이유는 옥시스 연합왕국 때문이었다.

옥시스 연합왕국은 소규모 국가가 모인 성간 국가로, 대표인 국왕들로 구성된 의회제를 채용하고 있다.

연합왕국은 죽어버린 라이너스와의 밀약을 이유로 들며 제국령을 침공했다.

"라이너스 전하는 죽은 뒤에도 성가시게 하는군요."

"연합왕국은 진심입니다. 라이너스 전하와 나눈 밀약을 방패로 삼고 있습니다."

"애초에 그 나라는 라이너스 전하 일로 제국을 원망하고 있을 것이다."

"그에 대한 보복과 국내를 압박하는 게 목적이겠죠."

제2황자 라이너스는 생전에 옥시스 연합왕국의 내란을 유발했다.

라이너스는 장래에 제국령 일부를 양도하겠다고 약속하고 연합왕국을 구성하는 일부 국가에 대한 지원을 계속했다.

그 결과, 연합왕국 내의 힘의 균형이 무너져 내란으로 발전했다.

라이너스의 지원 탓에 내란의 규모는 커졌고, 연합왕국 내의 피해 또한 막대해졌다.

그런 때에 라이너스가 죽어 상황이 확 변했다.

지원받던 국가가 급격하게 기세를 잃어 내란은 종결되었고, 제국의 간섭이 있었다는 것을 안 연합왕국은 이에 격노하여 제국을 침공했다.

칼뱅을 지지하는 귀족들이 초조해했다.

"황태자 전하, 아무래도 정세가 좋지 않습니다. 리암이 정력적으로 활동하기 시작하면서, 계승권 다툼으로 피해를 키웠다고 우리를 비난하는 귀족들이 늘어나고 있습니다. 그들은 클레오 전하가 정의라고 내세우며 귀족들을 포섭하고 있다 합니다."

잔챙이 귀족들이 정의를 논한들 입만 살았다고 무시할 수 있다.

계승권 쟁탈전을 키우고 백성을 휘말리게 했으니, 칼뱅 파벌을 좋지 않게 보는 자들이 나오는 건 당연한 일이니까.

하지만 일을 주도하는 자가 리암이면 무시할 수 없다. 라이너스가 보인 빈틈을 찔러 단숨에 매장해버린 자가 아닌가.

클레오라는 죽은 말을 다크호스로 만들어낸 자가 하는 말은 무게가 다를 수밖에 없다.

심지어 리암은 해적에게 자비를 베풀지 않는 고결한 이미지로 지지를 모은 자다. 그런 자가 현 제국에 불만이 있다고 공언한다면…….

그는 절대 일개 어중이떠중이 귀족이 아니다. 힘이 있는 강적이다. 이러는 도중에도 지방의 의로운 귀족들이 리암을 중심으로 모여들고 있다. 상황이 영 좋지 않았다.

"이대로 리암을 방치하면 명성이 더더욱 높아지겠지."

더구나 손을 놓고 있으면 현 제국에 불만을 가진 귀족들까지 클레오 파벌에 붙거나 힘을 빌려줄 것이다.

평소 같으면 군에 통째로 맡기거나 훗날에 만회하겠지만, 리암을 상대로는 불가능하다.

설상가상, 연합왕국과의 전황도 좋지 않았다.

라이너스와 연루된 나라는 지금 분발하지 않으면 영영 설 자리를 잃어버릴 것이다.

분노, 속죄, 복잡한 사정이 뒤얽힌 연합왕국의 기세는 얕볼 수 없었다.

하지만 여기서 물러나면 제국의 피해는 더 커질 것이다.

칼뱅은 생각했다.

"대규모 함대를 편성해서 토벌에 나서면 수도성의 방비가 허술해질 테고, 리암 군은 그 틈을 놓치지 않겠지."

칼뱅파의 귀족들도 고민스러운 표정을 짓고 있었다.

"그 남자를 적으로 돌린 게 악수가 되었군요."

"하지만 그걸 막자고 국경 전쟁을 소홀히 하면 우리의 처지가 몹시 난처해질 겁니다."

"정세는 클레오 전하 쪽으로 기울어 있습니다. 아니, 리암에게 기울었습니다. 황태자 전하, 저희도 움직여야 합니다."

불리한 상황에 내몰렸다는 말을 들었지만, 칼뱅도 치열한 후계자 싸움에서 살아남은 남자다.

이 정도로 당황하지는 않았다.

"——아니, 우린 움직이지 않는다."

"황태자 전하?!"

"애초에 우리만 움직일 필요는 없지 않나. 클레오에게 영광을 안겨주자고."

그 말을 듣고 파벌의 귀족들은 깨달았다는 표정을 지었다.

"클레오 전하께—— 아니, 리암의 전력을 깎자는 것이군요?"

칼뱅은 고개를 크게 끄덕였다.

"그렇다. 리암 군이 막아내지 못하면 그대로 몰락할 것이고, 성공하더라도 전력을 크게 줄일 수 있겠지. 우리가 그렇게 되도록 하면 된다."

즉, 리암을 쳐부수기 위해 연합왕국군과 손을 잡겠다는 뜻이었다.

연합왕국은 제국에 큰 타격을 줄 수만 있다면 만족할 것이다.

칼뱅은 방해꾼인 리암의 전력을 깎아낼 수 있다.

덤으로 리암의 군대가 전장에 나오면 수도성에서의 활동도 둔해질 것이다.

칼뱅은 곧장 지시를 내렸다.

"방비가 허술해진 틈을 타 수도성에서 리암 군의 파벌을 제거한다."

귀족들은 칼뱅의 지시를 받고 신속하게 움직이기 시작했다.

　　옥시스 연합왕국이 움직였다는 소식에 수도성은 난리가 났다.

　　국경에서 소규모 전투야 늘 있는 일이지만, 본격적인 전쟁은 규모가 다르다. 그야말로 수백만 단위의 함대가 충돌하는 것이다.

　　심지어 연합왕국군은 아주 단단히 벼른 모양이었다.

　　"300만 척?"

　　"네! 내란에 가담했던 국가와 귀족들을 중심으로 함대를 편성했다고 합니다. 상황이 몹시 안 좋습니다!"

　　성간 국가 간의 충돌은 길어지면 몇백 년이고 이어진다.

　　하지만 나는 호델 방에서 우아하게 커피를 마시고 있었다.

　　"그런가."

　　"아, 아니, 리암 님?! 제대로 들으신 건가요?"

　　연합왕국의 악덕 귀족과 연줄을 만들라고 시킨 어용상인 토마스다가 급박하게 이야기했다.

　　아무래도 그 악덕 귀족이 바로 일을 해준 모양이었다. 덕분에 토마스를 통해 나에게 재빠르게 정보가 전달되었다.

　　"어차피 나하고는 상관없어. 군이 할 일이잖아. 그리고 지금 난 관리라고."

　　출근 전에 우아하게 시간을 보내고 있는데 토마스가 안색을 바꾸고 뛰어 들어왔다.

　　그는 내 모습을 보고 믿기지 않는다는 표정을 짓고 있었다.

"그, 그건 그렇지만, 방위군만으로는 다 대처할 수 없습니다. 분명 제국이 귀족들에게 참전을 의뢰할 겁니다."

이런 일이 있으면 제국은 '모든 귀족이여, 제국의 위기에 함께 일어서자!' 하고 호소한다.

하지만 난 조금도 흥미가 생기지 않았다.

"그럼 사퇴해야지. 난 현재 수행 중인 몸이야. 예비역이라고."

300만은 적은 숫자가 아니지만, 제국은 작지 않다. 마음만 먹으면 두 배의 전력도 만들 수 있으리라.

하지만 여유가 있으면 서로 눈치를 보게 되는 법. 나처럼 한 발짝 물러서서 지켜보기만 하는 귀족이 대다수일 것이다.

무엇보다 나는 악덕 영주 되는 자. 위험은 무릅쓰지 않는다.

전쟁이야 이기겠지만, 300만의 적을 상대하면 피해가 나올 수밖에 없다.

그 피해가 내게 오지 않는다고 어떻게 장담할 수 있는가.

"이번에는 군자금과 물자를 제공해주고 넘길 거야."

"그건…… 괜찮은 방법이군요."

내 이야기를 듣고 토마스가 침착함을 되찾았다.

설마 내가 솔선해서 참전할 줄 알았나?

커피를 마시고 있으니 클라우스한테서 긴급 통신이 들어왔다.

『리암 님, 긴급하여 실례하겠습니다.』

약속도 없이 나에게 연락한 클라우스의 표정은 상당히 초조했다.

클라우스가 초조해하고 있다면 뭔가 큰일이 일어났을 것이다.

"무슨 일이지?"

써먹을 수 없는 부하── 티아나 마리한테서 온 통신이었다면 바로 끊어버렸을 것이다.

하지만 그 냉담한 대응조차 그 녀석들을 흥분해서 좋아했겠지.

무슨 짓을 해도 내가 지는 기분이다. 요즘은 그 녀석들을 상대하는 게 귀찮아졌다.

그런 면에서 클라우스는 과하지 않았다.

『궁에서 이번 전쟁에 참전해달라는 요청이 왔습니다.』

"사퇴한다. 난 바빠."

『그건 좀 어려울 것 같습니다……. 이번 작전의 총대장이 클레오 전하로 결성뇌었습니다.』

"뭐?!"

연합왕국에는 리암과 관계가 있는 귀족이 있다.

바로 퍼싱 백작이다.

그는 토마스를 통해 리암의 원조를 받고 있었다.

퍼싱은 연합왕국에서 행성 하나를 영지로 가진 백작인데, 이 남자가 모시던 왕이 이전의 반란에 가담하는 바람에 죄를 씻는 의미로 제국과의 전쟁에 강제로 끌려 나왔다.

제국에 있는 리암과 관계를 맺고 단물을 빨아온 이 남자는 처음부터 연합왕국을 위해 움직일 생각이 없었다.

그리고—— 리암을 위해 움직일 생각도 없다.

그는 오로지 자신만을 위해 움직였다.

"그러니까, 리암을 전장에 끌어내는 걸 도우라는 겁니까?"

제국에서 온 상인이 웃는 얼굴로 고개를 끄덕였다.

"제국 내에서 조금 말썽을 일으키는 귀족들이 있어서요. 그자들을 내보낼 겁니다."

퍼싱 백작은 제국 내에도 이 전쟁을 권력 투쟁에 이용하는 자들이 있다는 것을 깨달았다.

"적대 파벌을 전장으로 보내 처분하고 싶다는 거잖아. 제국 귀족들은 자비가 없네요."

"그 대신 클레오 전하의 함대 정보를 상시 제공하겠습니다."

퍼싱 백작은 미소 지었다.

(그거 좋군. 적의 위치를 미리 파악할 수 있다면 공을 세울 수 있겠어.)

무엇보다 제국은 그들이 전장에서 산화하기를 바라고 있다.

함대는 연합왕국과 제국, 양쪽에서 방해를 받게 될 것이다. 그런 상황에서 제대로 싸울 수 있을 리가 없다. 그들은 전장의 쉬운 사냥감이 될 것이다.

하지만 퍼싱은 이 이야기를 곧장 받아들이지는 않았다.

"하지만 곤란하군요~. 저도 리암 공에게 신세를 진 몸. 쉽게 배신할 수는 없습니다만?"

대가를 더 내놓으라는 뜻이었다. 상인은 씨익 고약한 웃음을 보였다.

"물론입니다. 일이 잘 풀리면 원하시는 만큼 보상을 마련하겠습니다. 이건 선금입니다."

막대한 돈과 대량의 자원 리스트였다.

퍼싱 백작은 내심 웃음이 멈추지 않았다.

(번필드 백작, 귀공은 제국 안에 적을 너무 많이 만든 모양이야. 날 위해 열심히 죽어달라고.)

클레오가 지내는 빌딩은 아침부터 몹시 소란스러웠다.

"수백만의 함대를 이끌라고?! 클레오는 군사 교육을 받지 않았다고!"

리시테아가 버럭 소리쳤다.

그녀는 황족이지만 기사가 되어, 지금은 남동생이 되어버린 클레오의 호위를 맡고 있다.

험악해진 언니의 모습을 보고 진정한 클레오는 냉정하게 이야기했다.

"누님, 진정하세요. 교육 캡슐로 기본 지휘는 배웠어요."

"그건 지식이 인스톨 됐을 뿐이야. 그 지식을 잘 활용할 수 없으면 의미가 없어. 캡슐로 완벽하게 할 수 있으면 교육 같은 건 필요가 없지!"

교육 캡슐에 들어가면 지식은 얻을 수 있지만, 결국 그걸 활용하는 건 본인이다. 지식만으로는 불완전할 수밖에 없다.

클레오는 약간 토라져서 리시테아한테서 얼굴을 돌렸다.

"——어차피 제가 아니라 번필드 백작이 함대를 이끌 겁니다."

리시테아가 클레오의 생각을 부정했다.

"번필드 백작이 통솔할 수 있는 건 기껏해야 10만 척이야."

"예? 어째서죠?"

"100만이 넘는 함대는 혼자서 전부 지휘할 방도가 없어. 그에 맞는 수의 지휘관이 필요해. 번필드 백작이 그만한 인재를 보유하고 있을 것 같아?"

과거, 버클리가와의 전쟁에서 리암이 이끈 함대는 20만 척에도 못 미쳤다.

"아, 아뇨."

리암이 아무리 우수해도 단신으로는 해결할 수 있는 문제가 아니다.

리시테아는 머리를 싸맸다.

"그리고 백작은 경험이 너무 부족해. 수백만을 이끄는 지휘관은 재능은 물론 경험도 중요해. 그리고 손과 발이 되어서 그걸 실현해 줄 부하도 몇만 명은 있어야 하고."

그 몇만 명—— 몇십만 명이라는 수는 착실하게 교육을 받은 사관들을 의미한다.

일반적인 병사가 아니라 우수한 함대를 이끄는 지휘관이 필요하다.

일개 백작의 신분으로는 도저히 마련할 방도가 없다.

"전쟁을 준비할 시간이라도 있었다면 모르지만, 이번에는 그럴 여유가 없어. 단결되지 않은 군대로 이길 수 있을 만큼 쉬운 전장이 아니야."

모인 함대를 통합하기에는 시간이 부족했다.

클레오는 언니의 태도를 보고 포기해버렸다.

보통 이런 중대한 임무는 황제나 황태자가 맡는다. 성공하면 계승권이 바뀔 수도 있으니까. 그러니 이번에는 칼뱅이 나서야 했는데, 칼뱅은 정작 클레오를 추천했다. 클레오가 패배하기를 바라는 것이다.

리시테아는 울상을 지었다.

"최악이야. 이런 상황에 클레오가 총대장을 사퇴하면 귀족들은 지지를 철회할 거야. 그렇다고 전장에 나가면 질 게 뻔하고."

설령 이기더라도 전력을 소모한 클레오 파벌은 칼뱅의 파벌과 겨룰 힘이 남지 않을 것이다.

"칼뱅 오라버님은 정말 성가신 분이네요."

클레오가 중얼거린 감상에는 리시테아도 동의했다.

"겉멋으로 오랫동안 황태자 지위를 지킨 건 아니라는 거겠지."

닿을 듯 닿지 않는다. 황제의 자리가 아주 멀게 느껴졌다.

클레오는 내심 생각했다.

(번필드 백작도 만능이 아닌가. 경험이 부족한 젊은이── 그런가, 나랑 똑같구나.)

완전무결하게 느껴졌던 리암에게도 약점이 있다는 것을 알고 클레오는 약간 안도── 아니, 기뻐했다는 것을 깨닫지 못했다.

◇◆◇◆◇

제국 대학을 졸업한 귀족들을 기다리는 것은 2년간의 연수 기간이다.

사관학교를 졸업한 후에도 똑같이 2년간의 연수 기간이 있다.

그와 마찬가지로 문관에게도 연수 기간이 존재한다.

그리고 내가 연수를 받을 곳은── 궁전에서 멀리 떨어진 벽지 같은 곳에 있는 작은 건물이었다.

전생의 일본 느낌으로 설명하자면 시골에 있는 면사무소 같은 곳일 것이다.

왜 내가 이런 곳에서 연수를 받는 것인가?

단순히 출세 코스에서 배제되었기 때문이다.

원래라면 백작가의 당주인 나는 궁전에서 우아하게 일했어야 했다.

하지만 실제로는 지방에 보내졌다.

근처에 머물 곳을 마련하는 게 보통이지만── 난 지금 머무는 호텔에서 매일 차를 타고 다니고 있다.

이 세계에 있는 차의 성능은 대단하다.

소형 제트기 이상의 성능을 지니고 있으며, 고급 차라면 행성 반대편이라 해도 왕래할 수 있다.

지방에 가더라도 안심이다.

그리하여 지방 관공서에서 연수를 받고 있는데── 이게 또 구역질이 나오는 녀석이 상사다.

내 책상에서 돌아갈 준비를 하고 있으니 히죽거리면서 능청스럽게 내 이름을 불렀다.

"리암 군~, 넌 일부러 수도에서 이런 시골에 통근하고 있지? 부자니까 근처에 방이라도 빌리는 게 어때?"

내 교육 담당이기도 한 상사는 대귀족의 30번째 아들이었던가?

대귀족으로 태어난 건 좋지만, 자식이 많은 가정 출신이라 본인은 지방 관리에 머무르고 있다.

처신을 좀 더 잘했으면 궁전에서 나름의 직책을 얻었을 것이다.

여기에 있다는 건 이 녀석의 무능함을 드러내는 증거 같은 것이리라.

본인은 자존심만은 센 주제에 일도 하지 않고 근무 중에는 게임을 하며 놀았다.

주위 사람들도 포기했는지, 상사가 놀고 있는 것을 봐도 아무 말도 하지 않았다.

평소에는 무시하고 있지만, 오늘은 일을 마치기 직전에 쓸데없는 일을 가져온 듯했다.

"아, 그리고 이 자료를 오늘 안에 정리해둬. 내일 필요한 자료 니까."

준비된 대량의 파일—— 전자서류가 내 앞에 전개되었다.

시계를 슬쩍 보니 퇴근 시간까지 몇 분 남지 않았다.

어떻게 봐도 시간 안에 끝내는 게 무리인 업무량이다.

알기 쉬운 괴롭힘이다.

상사는 내 어깨에 손을 올렸다.

"연수 기간에는 내 지시를 따르라고. 아무리 백작가의 당주라 고 해도 설렁설렁하는 건 용납하지 않을 거니까."

무슨 낯짝으로 말하고 있는 걸까?

난 어깨에 올려진 손을 뿌리치고 상사의 머리를 움켜쥐고 책상 에 처박았다.

"흐, 흐걱?!"

내 행동이 이해가 안 되는지 상사는 눈을 희번덕거렸다.

나는 상사의 머리를 책상에 짓눌렀다.

책상에 금이 갔지만 상관없다. ——이 정도는 얼마든지 변상해 주지.

"누구한테 명령하는 거지? 연수 기간 중의 교육 담당 주제에 나 한테 명령하지 마라."

연수 기간 중인 녀석이 할 말은 아니지만, 난 백작이다.

지방 관리 따위가 명령할 수 있는 존재가 아니다.

상사가 짓눌린 채로 손끝으로 나를 가리켰다.

"이, 이 자식, 상사한테 무슨 말버릇이냐! 감점이다! 평가를 마이너스로 해주지!"

교육 담당은 연수생을 평가할 수 있는데, 난 점수가 마이너스든 아니든 상관없다.

기껏해야 잠깐 거치는 정도의 직장이다.

그런 곳에서 어떤 평가를 받든 나는 아무렇지도 않다.

애초에 이 녀석이 내리는 평가 따위는 얼마든지 묵살할 수 있다.

"이런 무능한 놈이 상사라니, 정말 답이 없네. 조금은 네 처지를 이해하는 게 어때?"

난 그렇게 말하고 상사의 머리를 짓누르는 힘을 더 세게 줬다.

우득우득 하고 소리가 났지만 난 아프지 않으니 상관없다.

그리고 난 무능한 상사라는 존재를 긍정하는 사람이다.

나 스스로가 악덕 영주이며 무능한 상사의 필두다.

하지만 내 위에 무능한 놈이 있는 건 용납하지 않는다.

염치없는 말이지만 악당인 나는 용서받을 수 있다.

"퇴근 시간 직전에 일을 시키는 건 대체 무슨 생각이지? 넌 관리직이다. 일을 할당하는 것도 업무다. 이런 시간에 일을 가지고 오다니, 무슨 생각이지?"

"흐, 흐끅."

책상이 우지직 소리를 내며 부서졌고 상사의 얼굴은 반쯤 파묻혔다.

더는 말을 할 수 없는 듯했다.

"네 과실이다. 네가 처리해."

놓아주니 그 남자는 떨고 있었다.

"이, 이 자식! 이런 짓을 하고도 그냥 넘어갈 것——."

——이라고 생각하지 않는다.

나도 그냥 넘어갈 생각은 없다.

무능 상사의 머리를 잡고 꽉 쥐니 빠각빠각 하고 소리가 났다.

주위 사람들은 우리를 보고 떨고 있었지만 상관없으니 계속했다.

"——너 혼자 해. 네 과실이니까, 당연한 일 아냐?"

거역하면 이대로 으스러뜨린다는 기백을 보이니, 무능한 놈도
자기 목숨이 위험하다는 걸 깨달았는지 핏기가 싹 가신 얼굴로
얌전해졌다.

"아, 예."

난 고음의 괴성으로 대답한 무능한 상사에게 미소 지었다.

"분명 내일까지 끝내라고 했었지? 넌 할 수 있으니까 그렇게 말
한 거지?"

언뜻 보기에도 혼자서 하면 끝나지 않는 양이다.

무능한 상사가 떨고 있었다.

"아, 안 됩니다."

"할 수 있지!"

걷어차니 바닥을 굴러 벽에 부딪쳤다.

그대로 덜덜 떨면서 일어나지 않아 못을 박아뒀다.

"내일까지다. 네 입으로 말했으니까 책임져."

무능한 상사에게 다가가 얼굴을 들여다보니, 공포에 떨며 눈물과 콧물을 흘리고 있었다.

그래서 부드럽게 말해줬다.

"내일까지 너 혼자서 끝내라. ──못 하면 죽인다."

"예, 예."

그때 퇴근을 알리는 종이 울렸고, 난 정리하고 돌아가기로 했다.

잔업? 그런 건 악덕 영주가 할 일이 아니다.

나 이외의 사람이 하면 된다.

난 절대로 안 한다.

"그럼, 수고했습니다. ──넌 내일까지 끝내두라고."

무능한 상사를 대하는 태도는 무례하기 짝이 없지만 난 애초에 백작이다.

제국에서는 귀족이 절대적이다.

그걸 무시하고 집안도 못 잇는 남자가 건방지게 구는 건 용서할 수 없다.

어쨌든 난 진짜 귀족이니 말이다.

진짜라고 해도 마음가짐이 아니라 사회적 지위를 말하는 것이다.

노블레스 오블리주── 귀족의 의무 같은 건 환상이다.

그보다 무능한 상사 때문에 스트레스가 쌓인다.

차라리 직장 개선 작업에 착수해야 하나?

다음 날, 난 무능한 상사의 상사에게 불려갔다.

무능한 상사의 혈연자이며 대귀족의 관계자인 모양이었다.

상사의 상사는 거만한 태도로 나를 대했다.

"군에서 심하게 날뛴 것 같은데, 여긴 관공서다. 군인처럼 야만적인 행동은 삼갔으면 좋겠군."

상사 뒤에서 떨고 있는 무능한 상사── 이 자식은 날 보고 조금 우쭐거리는 표정을 짓고 있었다.

난 두 사람을 무시하고 소파에 앉아 전자서류를 보고 있었다.

내 태도가 마음에 안 드는지 상사가 언성을 높였다.

"모든 사람이 너한테 머리를 조아릴 것 같나? 내 가문은 칼뱅 전하의 파벌에 소속돼있다. 너 따위는 안 무섭다고!"

귀족이라는 존재는 나도 포함해서 구제할 길이 없는 녀석들의 집단이다.

평소 지위 때문에 다른 사람들이 떠받들어 주는 데 익숙해지면 착한 사람도 타락해서 나쁜 사람이 된다.

머리 좋은 녀석들은 잔뜩 있다. 이 녀석들 같은 무능한 놈들만 있는 건 아니다.

하지만 무능한 놈도 많은 게 현실이다.

난 서류를 보면서 상사에게 말했다.

"나한테 호통쳐서 기분은 풀렸나?"

대답이 없어서 쳐다보니 상사는 콧방귀를 뀌었다.

"강경하게 나오는구나. 알고 있다고. 넌 조만간 전쟁터에 가게 될 거다. 칼뱅 전하를 화나게 만든 걸 후회하라고!"

——칼뱅에게 동정할 부분이 있다면, 파벌이 너무 커서 이런 무능한 놈들까지 돌봐줘야만 한다는 점일 것이다.

내가 그 수고를 조금 덜어줘야겠다.

"그 부분에 대해서는 지금도 짜증이 나. 그건 그렇고—— 이 서류를 봐줘. 너희가 저지른 부정에 관한 증거가 모여 있어."

모은 전자서류가 방 전체에 전개되자 상사도 무능한 놈도 놀랐지만, 금방 웃음을 지었다.

부정을 들켜도 잘못했다는 생각조차 안 하는 표정을 짓고 있었다.

"그게 어쨌다고? 새삼스럽게 이 정도의 부정은——."

"다들 저지르고 있다, 이거지? 그건 어찌 됐든 상관없어. 너희를 밀어낼 재료가 여기에 있고, 난 그걸 실행해서 기분 전환할 거야. 직장의 환경이 안 좋았던 참이야. 너희를 깨끗하게 청소하고 내 취향의 직장으로 개선해주지."

애초에 나 같은 녀석에게 부정을 들키는 것이 무능하다는 증거다.

사라지더라도 아무 문제 없다.

손가락을 튕기자 무장한 병사들이 차례차례 방에 들어왔다.

파워드 슈트를 입은 병사들이 등장하자 상사도 무능한 놈도 당황했다.

그런 두 사람에게 병사가 크게 소리쳤다.

"꼼짝 마! 머리 뒤로 깍지를 끼고 바닥에 엎드려!"

"뭐, 뭐냐, 이놈들?!"

상사와 무능한 놈이 병사들에게 차이고 구속되어 갔다.

무사히 두 사람을 끌고 나가자 대장이 내 옆에 와서 경례했다.

"신고, 감사합니다."

"금방 왔네."

두 사람의 부정을 조사해서 신고한 건 물론 나다.

옛날에 아마기와 함께 열심히 일하던 때부터 이런 부정을 찾아내는 건 특기였다.

물론 그 후의 뒤처리도 특기다.

"재상께서 일 처리가 빨라서 도움이 된다고 전언을 부탁하셨습니다."

이 녀석들을 칭찬했더니 오히려 내가 칭찬을 받아버렸다.

그게 웃겨서 웃었다.

"뭐야, 너희들 재상의 명령을 받은 거였나."

"넷!"

"재상에겐 신세를 지고 있지. 고마운 마음을 전하고 싶은데."

일 처리가 빠른 병사들에게도 나중에 뇌물——이 아니라 선물을 보내라고 하자.

난 나에게 도움이 되는 사람에 대한 배려는 잊지 않는 남자다.

그건 그렇고—— 요즘 묘하게 운이 나쁘다.

지방에 발령받고, 상사는 무능하고, 직장은 부정투성이── 게다가 귀찮은 정쟁에 휘말렸다.

귀찮은 일이 잇따라 생겼다.

휘말린 전쟁은 성간 국가 간의 충돌이라 규모가 상당하다.

솔직히 내가 감당하기에는 벅차다.

대체 어떻게 돼가고 있는 거지?

안내인은 믿을 수 없었다.

——리암이 난처해하고 있다.

그 사실에 안내인은 손이 떨렸다.

두려워서 그런 게 아니다. 이것은—— 환희.

지금까지 느껴본 적 없는 기쁨이 온몸을 감돌았다.

"리암이 고생하고 있다!"

고생한다는 사실 자체는 드문 일도 아니지만, 자신이 간접적으로 관여하고 있었다면 이야기가 달라진다.

지금까지 무슨 짓을 해도 리암에게 이득이 되는 결과가 나며 일이 끝나왔다.

얼마나 불행하게 만들어주겠다며 바라왔을까.

안내인은 일을 번번이 실패했지만, 이번 결과만은 떨림이 멈추지 않았다.

"리암을 도와서 칼뱅을 불행하게 만들었더니, 칼뱅은 이를 역이용해서 오히려 리암이 괴로워하다니! 내가 도와주고 있는데 리암은 고생의 연속——! 이게 대체 어떻게 된 일이지?!"

머리를 싸매면서도 안내인의 입은 웃고 있었다.

웃음이 멈추지 않았다.

그냥 리암을 지원했을 뿐인데, 리암이 궁지에 몰리는 상황이 참을 수 없이 기뻤다.

굉장한 쾌감이 느껴졌다.

지금도 리암의 감사하는 마음 때문에 몸을 불태우는 듯한 고통에 시달리고 있지만, 그걸 잊을 정도의 쾌락이 안내인을 휘감았다.

지금까지 고생해온 만큼 쾌감도 컸다.

"마치 북풍과 태양! 난 리암을 불행하게 만드는 게 아니라 행복하게 해주면 전부 잘 되는 거다! 그래, 분명 그럴 거야!"

지금까지 계속 실패한 안내인에겐 눈앞에 있는 결과가 전부였다.

깊이 생각할 여유도 없이 그저 눈앞의 결과를 추구할 뿐.

"그렇게 됐으니 앞으로도 리암에겐 최대한의 지원을 해주겠어! 음~, 재밌어지기 시작했네요~."

그늘에서 한 마리의 개가 입을 크게 벌리고 자지러지게 웃는 안내인을 째려보고 있었다.

번필드가의 영지에는 사람이 거주할 수 있는 행성이 늘어나고 있었다.

하지만 그런 것 치고는 인구는 적었다.

급격하게 영지가 확대되는 바람에 영토에 비하면 인구는 부족한 경향이었다.

시간에 따라 차츰 인구가 증가하는 걸 기다리면 되겠지만, 현재 인적 자원을 필요로 하는 리암에겐 빠른 해결책이 필요했다.

그 방법은—— 이민자 수용이다.

이 세계에는 우주를 떠도는 유랑민들이 많이 존재한다.

일찍이 모성이 멸망해 우주선을 타고 거주할 수 있는 행성을 찾아 여행을 계속하길 수십 년—— 이런 사연은 흔하다.

그중에는 수천 년 동안 계속 유랑한 사람들도 있다.

그런 사람들은 독자적인 문화가 있어서 받아들이기도 쉽지 않다.

받아들인다고 해도 쌍방의 이해가 필요해서 시간도 걸린다.

그래서 번필드가가 주목한 것이 제국 주변에 존재하는 성간 국가다.

라이너스 일로 내란이 일어났을 때, 많은 유랑민이 발생했다.

이들을 받아들여서 인구를 불리고 있었다.

——다만 이 이민 정책에는 큰 결점이 있었다.

번필드가의 영지는 비교적 안정되었고 치안도 좋다.

주변국의 상황도 있어서 대량의 이주민을 받아들였지만——.

"귀족의 독재를 허용하지 마라아아아!"

"귀족 정치는 너무 독재주의적이다. 여기에 민주주의를 도입해야 한다!"

"그래. 통합정부에선 그게 보통이었다고!"

——리암은 많은 백성을 획득했지만, 동시에 많은 행성에서 통일정부에서 흘러들어온 이주민들의 데모가 일어나고 있었다.

그런 데모가 일어나고 있는 행성 중 한 곳.

인적 없는 골목에서 데모를 지휘하는 남자가 누군가와 의논하고 있었다.

"당신들 덕분에 우리 동료가 늘었어. 이대로 귀족 정치를 무너뜨리자고."

의지를 불태우는 사람은 통일정부에서 이주해온 청년이었다.

그는 리암이 통치하는 영토 안에서 민주화 운동을 하고 있었다.

귀족 타도라는 기치를 내걸고 이주민으로서 이주해온 사람들에게 민주주의의 훌륭함을 설파하고 있었다.

그의 이름은 '알렉스 레브혼'.

갈색 머리칼에 파란 눈동자를 가진 청년은 겉모습만 보면 쾌활하고 멋진 청년으로 보였다.

하지만 알그란드 제국은 귀족제를 채택한 나라다.

그런 나라에서 민주화 운동을 할 정도로 혈기 왕성한 남자였다.

알렉스를 도와주고 있는 사람은 칼뱅 파벌의 공작원이었다.

"아냐, 우린 너희를 지원하고 싶어. 함께 이런 귀족 정치를 끝장내주자고."

공작원이 손을 내밀자 알렉스가 그 손을 세게 쥐었다.

"물론이지! 이 별을 민주주의 국가로 만들어주겠어!"

남자 공작원은 속으로 웃고 있었다.

(열심히 우리를 위해 춤춰라. 애초에 리암이 아니었다면 행성을 통째로 불태워서 깔끔하게 날려버리는 게 제국이라는 걸 모르

고 있겠지.)

통일정부에서 지낼 적에는 탄압 같은 건 받아본 적이 없을 것이다.

제국에서는 흔한 이야기지만, 지식으로는 알고 있어도 실감이 나지 않는 모양이다.

공작원이 봤을 때, 알렉스는 꽤나 평화에 젖어있는 것처럼 보였다.

(온 힘을 다해서 소동을 키워라. 그러면 우리가 너희를 행성과 함께 통째로 멸망시켜주마.)

리암을 쓰러뜨린 후—— 칼뱅 파벌은 이 행성을 멸망시킬 예정이었다.

(제국에 민주주의 따위는 필요 없다.)

"쓰레기 놈들이이이이이!!!"

『지, 진정하십시오, 리암 님!』

머무르고 있는 오래된 고급 호텔의 방에서 격노한 나는 큰 소리를 질렀다.

겨우 직장을 깨끗하게 청소했는데, 이번에는 영지에서 긴급한 보고를 받았다.

안 좋은 보고를 전한 사람은—— 브라이언이다.

『리암 님, 어떻게 하시겠습니까? 받아들인 백성들이 갑자기 이런 대규모 데모를 할 줄은 몰랐습니다.』

"내 영지에서 민주화 운동이라고? 통일정부에서 받아들인 놈들이 소란을 피웠나."

『뭐, 그 사람들은 민주주의 국가에서 지냈으니, 제국의 귀족주의에 적응하는 데는 시간이 걸리겠죠.』

받아들이자마자 민주화 운동을 한다는 건 있을 수 없는 일이다.

명백하게 누군가가 뒤에서 움직이고 있다.

현재로서는 가장 유력한 후보는 칼뱅이지만 증거가 없어서 책망할 수 없다.

"쿠쿠리!"

암부의 부하를 불러내자, 내 그림자에서 쿠쿠리가 모습을 드러냈다.

내 그림자에서 쑥 나타난 거한은 무릎을 꿇은 모습으로 머리를 숙이고 있었다.

"여기 있습니다."

"공작원 같은 놈들이 움직이고 있을 거다. 왜 못 찾아내는 거지? 아니면 놈들은 진심으로 데모를 계획하고 실행한 건가?"

이주하자마자 데모? 대우가 안 좋으면 이해가 가지만, 난 상응하는 준비를 하고 이민을 받아들이고 있다.

지원도 빠뜨리지 않았다. 바로 인적 자원으로 이용하기 위해서라도 대충하지 않았다.

주거, 교육, 직업 훈련—— 지원을 아끼지 않은 건 곧장 부리기 위해서다.

무일푼이라 하더라도 내 영지에 오면 집과 직장을 얻을 수 있다. 아이들은 교육도 무료로 받을 수 있다.

그런 환경에서 데모를 일으킨다고? 정치체제에 대해 불만이 있어서? ……누군가가 뒤에서 움직이고 있을 가능성이 높다.

젠장! 통일정부에서 온 이주민 수용은 보류했어야 했다.

"이미 조사관들이 조사하고 있습니다만, 그 과정에서 번필드가의 조사관 몇 명이 행방불명되었습니다."

이 건을 조사하던 조사관들은 쿠쿠리나 암부와는 관계가 없는 평범한 사람들이다.

"무슨 일이 있었지?"

쿠쿠리 일행은 우수하지만, 인원이 적어서 모든 것을 커버하지는 못한다.

그래서 번필드가에서도 전생의 일본에 있었던 공안 같은 조직을 마련해뒀다.

그 조직의 조사관들이 몇 명이나 사라졌다는 건 보통 일이 아니다.

브라이언도 조사관들에 관한 일을 생각해냈는지 황급히 덧붙였다.

『그, 그러고 보니, 그런 보고가 올라왔습니다.』

"우리 진영 놈들은 무능한 놈들뿐인가?"

실망하고 있으니 쿠쿠리가 내 생각을 정정했다.

"아뇨, 무능하지 않습니다. 아주 뛰어난 건 아니지만, 그래도 이 정도 공작은 간파할 사람들입니다. ——리암 님, 아무래도 이번 일은 저희 같은 자들이 영지 안에서 암약하고 있는 것 같습니다."

"너희랑 똑같은 녀석들?"

"네. 제국에는 저희 같은 일족과 조직이 존재합니다. 저희가 활약한 시대에도 백 개가 넘는 집단이 암약하고 있었습니다. 그중에 저희와 오랜 세월 싸운 일족이 있습니다."

2,000년 전의 암부인가. 아직 남아있을 가능성이 충분하다. 이제까지 살아남았다면 분명 우수할 것이다.

하물며 쿠쿠리 일행과 경쟁했다면 상당히 노련할 것이다.

그런 녀석들이 암약하고 있다면 이래저래 귀찮아진다.

"영지 내에 숨어들었나."

"현재 저희는 리암 님의 호위와 수도성에서의 활약으로 힘에 부친 상태입니다. 유감스럽게도 영지 내에는 소수만 배치했습니다."

이 미치도록 바쁜 때에 영지 내부까지 어지럽히다니, 진짜 용서할 수 없다.

——영지 안에 보관해둔 연금 상자는 도난당하기 전에 내가 직접 관리해야 한다.

그럼, 대체 어디에 보관해둬야 할까?

쿠쿠리가 짜증이 난 나에게 진언했다.

"영내에 저희를 파견하시겠습니까?"

"여기도 저기도 문제투성이지만, 너희를 간단히 움직일 순 없어. 일단은 현상 유지다. 영지에 있는 네 부하에게도 현재 임무를 우선하라고 전해."

"예."

쿠쿠리는 그대로 바닥에 가라앉아 사라져갔다.

진짜 짜증 난다.

나를 폐하고 민주주의를 세우겠다고?

지금 당장 처분하고 싶지만, 바빠서 꼼짝도 할 수 없다.

아무래도 적은 상당히 깊숙이까지 숨어든 모양이다.

"──일이 끝나면 소란을 피운 멍청이들을 모조리 처형해주마!"

내 말을 들은 브라이언이 놀랐다.

『아, 안 됩니다, 리암 님! 지금은 참아야 합니다!』

"나한테 참으라고? 넌 바보냐? 내 속마음을 그대로 말하자면 지금 당장 영지로 돌아가서 멍청이들을 이 손으로 베고 싶을 정도다. 브라이언, 난 나를 따르는 백성이 좋다. 내 손에서 떠나는 놈들은── 쓰레기나 마찬가지다."

『리, 리암 님!』

브라이언이 충격을 받아 낙담했지만, 난 원래부터 성격이 이랬다.

진짜 짜증 난다── 고 생각하고 있으니 아마기가 방에 들어왔다.

브라이언과의 통신을 끊었다.

아마기의 손을 잡고 같이 방에 들어온 사람은 제자인 에렌이었다.

목도를 들고도 아마기 뒤에 숨은 걸 보니 화가 나서 참을 수가 없었다.

"에렌, 일섬류의 제자가 아마기 뒤에 숨다니, 어떻게 된 거냐?"

나를 무서워하는 에렌을 보고 아마기가 손을 뻗어 머리를 쓰다듬어줬다.

하지만 나를 바라보는 시선은 매서웠다.

평소와 같은 무표정으로 눈을 가늘게 뜨고 있었다.

이건 화내고 있는 거다.

상당히 화내고 있다.

아마기의 반응에 난 위축되고 말았다.

"아, 아마기?"

내가 갑자기 약한 태도로 나오자 아마기가 에렌을 감싸듯이 앞으로 나왔다.

"주인님, 화풀이는 보기 흉합니다."

"아, 아냐! 이건, 그거야. 백성들이 데모를 일으켰어. 귀족으로서, 무력으로——."

긴급사태라서 나도 당황하고 있다고 전해도 아마기는 냉정했다.

"모두가 데모를 일으켰다는 보고를 들은 건 아닙니다. 현지에 남겨둔 전력으로 대처 가능하다면 맡겨두면 됩니다."

"아, 아니, 하지만 화가 나는데."

내 손으로 처벌해주고 싶다고 말하자 아마기가 눈을 반쯤 뜬 상태로…… 싸늘한 시선을 보냈다.

"그보다, 주인님은 해야 할 일이 있습니다. ——자, 에렌 님."

아마기에게 등을 떠밀린 에렌이 내 앞에서 고개를 숙였다.

"스, 스승님, 수행 약속—— 벌써 3일이나 안 봐줬어요."

울 것 같은 에렌의 얼굴을 보고 나는 뜨끔했다.

요 며칠은 바빠서 에렌의 수행을 봐주지 못했다.

기초를 반복하는 시기라서 괜찮다고 생각했는데, 다른 사람도 아닌 내가 일섬류의 후계자를 기르는 걸 잊다니, 최악이다.

이래서는 야스시 스승님의 볼 낮이 없다.

야스시 스승님은 날 가르칠 때는 항상 곁에서 수행을 봐줬다.

아마기의 비난하는 듯한 시선이 나에게 꽂혔다.

"주인님이 돌봐주겠다면서 거둬들였습니다."

"으, 응."

확실히 일섬류의 계승자로 키우겠다고 말했지.

아마기가 이렇게 말하면 나도 막무가내로 영지로 돌아가 날뛸 수 없다.

애초에 그럴 짬도 없다.

관공서에서 일.

전쟁 준비.

게다가 영지에서는 대규모 데모.

에렌도 키워야 해서 난 전에 없을 정도로 바빴다.

아마기가 날 타이르듯이 위로했다.

"지금이 힘든 시기라는 건 이해하고 있습니다만, 조금만 더 주위를 봐주십시오. 전 주인님이 걱정됩니다."

"윽!"

아마기에게 걱정을 끼치고 말았다.

마, 마음이 아프다.

내가 비틀거리며 무릎을 꿇자 에렌이 달려왔다.

"스승님! 괘, 괜찮나요, 스승님?!"

"괘, 괜찮다, 에렌. 수행하자. 널 기르는 건── 스승님과의 약속이니까."

내가 스승님이라 말하자 에렌이 고개를 갸웃했다.

"스승님의 스승님인가요?"

"그래, 내가 존경하는 야스시 스승님은 검신이라 불리는 남자야. 대단한 사람이지."

내가 검신이라 불리도록 만들었는데, 야스시 스승님에게 어울리는 칭호이니 문제없을 것이다.

스승님, 기뻐해 줄까?

난 일어나서 에렌을 데리고 수행장으로 향했다.

"가자."

"네!"

아마기도 우리를 따라왔다.

난 에렌과 이야기했다.

"그런데 에렌, 기초 연습은 잘하고 있겠지?"

"네! 엄청 열심히 했어요!"

내가 수행을 봐주지 않는 동안 아마기가 봐준 모양이다.

"주인님이 안 계신 동안에는 저 아마기가 기본 동작을 확인했습니다. 에렌 님은 노력하셨어요."

그 말을 듣고 충격을 받았다.

"에렌, 너 아마기랑 단둘이 있었던 거냐?! 난 요즘 바빠서 아마기랑 못 놀았는데!"

"죄, 죄송합니다."

사과하는 에렌을 보고 아마기가 진심으로 기막혀했다.

주위 사람들의 눈에는 무표정으로밖에 안 보이겠지만 난 알 수 있다!!

"──주인님, 아이한테 무슨 말씀을 하시는 겁니까?"

"오고 있어. 나한테 바람이 불고 있어!"

전해져 오는 리암의 고뇌가 안내인을 행복하게 해줬다.

힘이 솟아났다.

이유는 알 수 없었다. 하지만 안내인이 리암을 행복하게 해주려고 할 때마다 방해를 받아 리암이 괴로워했다.

리암이 인적 자원을 원해서 안내인은 리암을 도와주기 위해 이

주민을 잔뜩 보내줬다.

결과는 어떻게 됐는가?

리암은 인적 자원을 대량으로 확보했지만, 통일정부 출신 이민자들은 귀족제에 적응하지 못하고 불만을 품고 있었다.

그리고 칼뱅 파벌의 암약으로 인해 영지에서는 데모가 일어나고 있다.

도와줄 때마다 리암이 괴로워했다.

안내인은 감동했다.

"간단한 일이었어. 내가 승리하기 위해 필요했던 것은 리암을 돕는 것! 지금까지는 방법이 잘못됐었어!"

겨우 지금까지의 잘못을 깨달은 안내인은 앞으로도 리암을 도와주기 위한 활동을 하기로 결의했다.

이젠 망설이지 않는다.

"리암, 네가 괴로워하니 네가 행복해지도록 도와주지."

안내인은 모순된 말을 중얼거렸지만, 전혀 의문을 느끼지 못했다.

사실 안내인이 리암에게 힘을 빌려주기만 해도 사태는 나쁜 방향으로 흘러간다.

"전력 지원! 내가 가진 최대한의 힘으로 행복하게 해주겠어어어어!"

안내인이 전력으로 리암을 지원했다.

◇◆◇◆◇

번필드가의 영지에서는 데모하는 사람들이 대열을 지어 거리를 행진하고 있었다.

원래부터 이 영지에 살던 백성들은 그들이 이상하다는 듯이 보고 있었다.

민주주의나 자유는 귀족제 체제 아래에서 살아온 사람들에겐 생소한 말들이었다.

"저 사람들, 통일정부에서 온 사람들이지?"

"힘이 남아도나 봐."

"민주주의라는 게 그렇게 좋은 걸까?"

"가담하는 사람들이 점점 늘어나고 있다고 들었어. 젊은 사람들도 참가하고 있대."

느긋하게 바라보고 있는 백성 중에는 옛날을 아는 사람들도 있었다.

겉모습은 주위 사람들과 별로 다르지 않지만, 리암이 통치하기 전의 세상을 아는 자들은 어이없어했다.

"옛날을 모르는 아이가 많아졌구만. 지금이 얼마나 행복한 세상인지 모르는 모양이야."

"데모는 수십 년 만에 하는 거 아닌가? 전에는 분명── 그렇지! 회오리 스타일 때문에 영주님이랑 다퉜을 때다!"

"아~, 그때는 열심히 했지. 지금은 회오리 스타일 같은 건 아무도 안 하지만."

"축제 같았지. 실제로 포장마차도 늘어서 있었고."

"그렇다면 저들도 축제하는 기분으로 하는 걸까?"

"그런 건가! 이해했어."

데모를 멀리서 보고 대화에 열중하는 백성들.

그런 그들에게 통합정부에서 이주해온 젊은이들이 다가왔다.

"여러분, 이대로 귀족 정치 아래서 살아갈 생각입니까?"

그런 질문을 받은 원래부터 살던 백성들은 고개를 갸웃거리며 서로의 얼굴을 봤다.

"음? 뭐 문제라도 있나?"

젊은이들이 귀족제를 받아들인 백성들에게 격노했다.

"당연히 안 되지!"

젊은이들은 흥분하면서 귀족 정치가 얼마나 잘못됐는지 열변을 토하기 시작했다.

"영주의 기분에 따라 세금이 정해지고, 영주가 법으로 심판을 받지 않는 건 이상하잖아요! 단 한 사람이 모든 것을 쥐고 있다는 건 아주 위험한 거라고요! 그러니까 한 사람 한 사람이 선거권을 가지고 우리가 우리의 대표를 선택하는 거예요!"

"그, 그런가요."

이야기를 듣고 있던 부부가 옛날을 그리워했다.

"그러고 보니 영주님이 바뀌기 전에는 정말 심각했지."

"그렇죠."

부부의 대화를 듣고 젊은이들은 웃음을 띠었다.

"그렇죠! 이대로 귀족 정치가 이어지면 언제 그때처럼 퇴보할 지——."

젊은이들이 열변을 토하고 있는 그 옆에서, 데모를 지켜보던 젊은이들이 부부 주위에 모여 당시 일을 물어봤다.

"저희 부모님도 어렸을 때는 힘들었대요. 그렇게 심했나요?"

"심한 정도가 아니었지. 지금은 풍족하게 살고 있지만, 리암 님 이 당주가 되기 전까지는 정말 궁핍했어. 전기도 못 쓰는 집이 많 았어."

"아~, 그 이야기도 들었어요."

"정말 리암 님이 당주가 되셔서 다행이야. 이대로 아무 일 없이 새로운 당주님도 리암 님의 정치를 이어받고 또 이어받아서——."

이야기하던 도중에 뭔가를 깨달은 부부가 퍼뜩 놀란 표정을 지 었다.

"이봐, 리암 님께 후계자가 있었던가?"

"모, 못 들었어요."

부부가 초조해하기 시작하자 젊은이들도 위기감을 가지기 시 작했다.

"이거 큰일 난 거 아니냐?"

"지금 리암 님이 죽으면 우리 영지는 어떻게 될까?"

부부는 과거의 사례를 떠올리면서 이야기를 들려줬다.

"그럴 때는 대관이 파견되거나 가족 중에서…… 가족——?!"

부부가 함께 양손으로 얼굴을 덮는 것을 보고 주위에 있던 백성들도 깨달았다.

리암의 가족이라고 하면 부모나 증조부와 친족── 그들은 빈말로도 훌륭한 귀족이라고는 할 수 없는 사람들이다.

술렁이는 백성들.

"리암 님, 로제타 님이랑 약혼했지?!"

"임신 발표 없었어?!"

"──야, 리암 님은 혼자서 전선에 돌진하는 사람이지?"

백성들의 불안이 크게 부풀어갔다.

전장에서 리암이 죽어버리면? 후계자도 없는 현재의 번필드가에 당주가 될 사람이 있다고 한다면── 영지를 망친 리암의 부모가 있을까?

다시 괴로운 시대가 돌아올 거라며 백성들의 위기감이 커졌다.

열변을 토하는 데모에 참여한 젊은이들이 주위의 낌새가 이상하다는 걸 알아차렸다.

"저, 저기, 저희 이야기 듣고 있나요?"

백성들은 그런 그들을 째려봤다.

"우린 진지한 이야기를 하고 있으니까 입 다물고 있어!"

"이봐, 우리도 데모해야 하지 않아?"

"그렇지! 서두르는 편이 좋을 거야. 나도 아는 사람들한테 말하고 올게!"

"그럼 나도!"

"나도!"

데모하겠다고 하는 그들을 보고 민주주의를 퍼뜨리고 싶은 젊은이들은 마음이 통했다고 생각해 웃는 얼굴로 그 자리에서 떠났다.

──번필드가의 영지에서는 전에 없던 규모로 데모가 확대되어 갔다.

제국 수도성의 쓰레기장이라 불리는 지하가.

연수 기간 중인 '에일라 세라 베르만'이 그곳을 방문하고 있었다.

정장 차림으로 당당하게 나타난 에일라의 모습을 보고 지하가 사람들은 전전긍긍하고 있었다.

날씬한 검은 정장은 팬츠 스타일이었다.

마치 일을 잘할 것 같은 여성이라는 분위기가 났지만, 연수 중이라는 것을 나타내는 완장을 차고 있었다.

관리님이 지하가에 순찰하러 온 거겠지—— 하고 평범한 주민들은 그렇게 생각해서 신경도 안 썼다.

하지만 에일라는 달랐다.

지하가의 주민들은 날카로운 눈빛으로 주위를 위압하는 에일라와 눈도 마주치지 못했다.

그런 에일라의 뒤를 따라다니는 사람은 파란 머리카락을 기른 '월레스 노아 알바레이트'였다.

이쪽은 정장 차림이지만 어딘지 깔끔하지 못한 느낌이 두드러졌다.

"에일라, 기다려줘!"

월레스가 기다려달라고 말해도 에일라는 들어주지 않고 빠른 걸음으로 앞으로 걸어갔다.

"네가 빨리 걸어."

그 눈빛은 날카로웠고 지하가에서 불법적인 물건이 팔리고 있지 않은지 주시하고 있었다.

두 사람이 지나가자 몸이 탄탄한 남자 둘이 속닥속닥 이야기했다.

"저 녀석들이 관리인가?"

"모르는 거냐?! 저 여자가 베르만이다. 연수 기간이라 순찰 명령을 받았다는데 검거율은 현역 놈들을 제치고 최고래."

"굉장한 녀석이 있군."

"저 여자한테 찍히면 어떤 놈이든 도망칠 수 없지. 참 무서운 여자가 다 있어."

"――찾았다."

지하가에 있는 골목 안쪽.

거기서 에일라는 점쟁이풍 여자를 찾아내자 입꼬리를 올리며 웃었다.

점쟁이풍 여자는 자신을 보고 의미심장하게 웃는 에일라를 보고 떨었다.

에일라에게서 감도는 분위기는 지하가의 주민들과는 달랐다.

바로 귀족이라는 걸 알아차린 점쟁이풍 여자는 소매 아래에서 보석 장식을 꺼냈다.

"이런 이런 관리님. 항상 고생하십니다. 이건 변변치 않지만 제 성의입니다. 부디 받아주십시오."

건넨 것은 희소금속으로 만든 장식품이었다.

팔면 상당한 돈이 되는 물건을 주는 이유는 못 본 척해주는 대가이기 때문이다.

하지만 에일라는 보석 장식 따위는 신경도 쓰지 않았다.

점쟁이풍 여자가 가지고 있는 약을 집어 들더니 바로 왼팔의 단말기로 성분을 확인했다.

묵묵히 일하는 에일라를 보고 점쟁이풍 여자가 매달렸다.

"잠깐만요! 정해진 금액을 내면 봐준다는 말을 관리님의 동료 분께 들었어요. 부디 봐주세요!"

네 동료는 봐주고 있다는 말을 들어도 에일라는 개의치 않았다.

오히려 성분을 확인하고 미간을 찌푸렸다.

"지하가에서 불법 약물을 팔고 있던 건 너구나? 허가 없이 이 약물을 취급한 넌 죄인이야. 연행하겠어."

"드, 드릴게요! 더 가치 있는 보물을 드릴 테니 용서해주세요!"

점쟁이풍 여자가 소매 아래에서 미스릴 주괴를 끄집어냈지만 에일라는 조금도 흔들리지 않았다.

"네가 벌어들인 돈도 전부 압수할 거야. 난 말이지── 절대로 위법 행위를 용서하지 않아."

부정을 용서하지 않는 에일라를 보고 점쟁이풍 여자도 포기하고 그 자리에 무너지듯 주저앉았다.

양손으로 얼굴을 덮고 울기 시작했다.

"매달 일정 금액을 내고 있었는데."

에일라는 단말기로 보고를 끝내더니 담담하게 고했다.

"그것에 대해서도 조사할 거야. 솔직하게 전부 자백하면 감형되니까 전부 이야기해."

점쟁이풍 여자는 전부 포기한 얼굴을 하고 있었다.

에일라가 연수처인 건물로 돌아가자 곤란하다는 표정을 지은 상사가 달려왔다.

하지만 그 태도는 어딘지 소극적이었다.

"베르만 양~, 들었어. 또 검거했다면서? 매일 지하가에 다니면서 불법 약물을 단속하는 열의는 참 기특해~."

"감사합니다."

에일라는 상사는 신경 쓰지 않고 자기 자리로 돌아가 보고서 작성을 시작했다.

하지만 상사는 에일라의 곁에서 떠나지 않았다.

손을 비비면서 에일라에게 상담했다.

"네 노력은 모두가 인정하고 있어. 이만한 대활약이라면 궁전에서도 특별상을 주지 않을까?"

"관심 없습니다."

상사는 월레스를 보면서 재빠르게 보고서를 작성해 나가는 에일라에게 이야기했다.

"그래도~, 너무 열심히 하는 건 좋지 않다고 생각하는데~. 그 왜, 월레스 군처럼 힘을 빼는 것도 중요하다고 생각해."

에일라가 일손을 멈추고 월레스 쪽을 보니 책상에 엎어져서 낮잠을 자고 있었다.

원래라면 월레스는 리암과 함께 지방행이었을 것이다.

하지만 어째서인지 에일라가 강하게 희망한 직장에 배속되었다.

전자서류로 시선을 되돌린 에일라는 월레스를 무시하고 일을 재개했다.

"월레스는 더 열심히 해야 해요."

"으, 응. 그렇네."

상사도 반론하지 못하고 쓴웃음을 짓고 있으니 보고서를 다 쓴 에일라가 작게 한숨을 쉬었다.

"저한테 하고 싶은 말이 있는 것 아닌가요?"

에일라가 날카로운 시선으로 쳐다보자 상사는 횡설수설하면서도 대답했다.

"그, 그러니까, 실은 네가 너무 심하게 단속하고 있다는 말이 나오고 있어. 확실히 지하가 단속은 우리 일이지만, 과하게 하는 건 좋지 않아. 용돈벌이하는 녀석들에게는 재밌는 이야기가 아니니까."

에일라는 그 이야기를 듣고 마음속으로 욕했다.

(단속하는 쪽이 봐주니까 크루트 군이 길을 잘못 든 거잖아! 너희가 좀 더 착실하게 일을 했으면 불행을 줄일 수 있었는데.)

——그렇다, 에일라는 연수처에서 성실하게 일하고 있는 게 아니었다.

에일라가 진정으로 단속하고 있는 것은 일시적이라고는 해도 크루트를 여자로 바꾼 성전환약이다.

사리사욕을 추구한 결과, 진지하게 일하는 것처럼 보일 뿐이다.

(용서 못 해. 크루트 군한테 성전환을 권한 그 여자, 아무것도 몰라. 동성끼리라서 최고인 거라고! 한쪽이 여자가 되면, 그건 아니지!)

——크루트가 일시적으로 여자가 되어서 리암과 접촉했다.

이 사실을 안 에일라는 연수처는 반드시 이 부서로 하겠다고 정했을 정도였다.

(리아크루를 지키기 위해서라도 내가 지하가를 깨끗하게 청소해주겠어. 그러기 위해서라면 어떤 수단이든 써주겠어.)

크루트를 여자아이로 만들지 않기 위해 에일라는 지하가 정화 계획을 홀로 실행하고 있었다.

(그러기 위해서라도 우선 불량 관리들을 일소해야만 해.)

휴식 시간.

에일라는 월레스를 억지로 밖으로 데리고 나오더니 작전 회의를 시작했다.

"월레스, 난 지금 다니는 직장을 개혁할 생각이야."

"왜?"

두 사람은 카페의 테라스석에서 둥근 테이블을 사이에 두고 마주 보고 있었다.

에일라는 커피를 마시고 월레스는 파르페를 먹고 있었다.

직장을 개혁하겠다는 에일라의 말을 듣고 월레스는 의아해했다.

"연수 기간이 끝나면 떠날 직장인데, 성실하게 일해서 뭐 하려고."

파르페를 한 입 먹고 행복해하는 월레스를 보는 에일라의 시선은 싸늘했다.

"단속하는 쪽이 뇌물을 받고 봐주다니, 그러면 안 되잖아? 우리가 맡은 지하가만이라도 철저하게 청소해야지. 그러려면 우선은 직장부터 청소해야 해."

월레스도 말하고자 하는 바는 이해하고 있는 듯했다.

"비리를 청산하고 건전한 조직으로 만들기라도 하려고? 리암이랑 똑같은 일을 하네. 알고 있어? 그 녀석, 지방 관공서를 철저하게 청소해서 귀족 놈들을 전부 처분했대."

지방에 보내진 리암은 그곳에 기생하는 부정부패에 물든 귀족들을 일소했다.

철저하게 조사해서 부정에 관여한 직원도 모두 해고했다.

월레스도 리암한테서 이 이야기를 직접 들었을 때는 '또?'라며 한숨을 쉬었다고 한다.

"역시 리암 군이야."

에일라가 몇 번이나 고개를 끄덕이고 리암의 행동에 감탄했다.

하지만 월레스는 반대였다.

"수도성의 변두리 따위를 개선한들 자기한테는 아무런 이득도 없을 텐데. 내 후원자는 정말 성실한 녀석이야."

월레스의 말에 에일라는 바로 개선의 효과가 나오고 있다는 걸 알아차렸다.

"효과가 있긴 했나 보네. 그 지방에서 무슨 일 있었어?"

"그야 뭐, 부패한 관리들을 제거했으니 지역 주민들은 리암이 고맙겠지. 재상에게도 좋은 소식이고."

연수 기간 중이지만 지방 건전화를 이루어낸 리암의 수완은 훌륭했다.

"뭐, 덕분에 예정에 없던 새로운 직원을 파견하게 된 인사 관계 자들은 리암이 원망스러운 모양이지만."

부패 관리를 처벌한다고 모든 게 끝이 아니다.

새로운 인원을 불러 다시 통상 업무를 진행해야 한다.

그 사이에 리암은 번필드가에서 사람을 보내 업무를 진행했다.

"어쨌든 부패 관리가 줄었으니까 나쁜 이야기는 아니야. 우리 도 이참에 줄일까."

"뭐가 이참이냐. 애초에 리암은 엄청 바쁘다고. 쓸데없이 일을 늘려서 뭐가 하고 싶은 건지."

월레스가 파르페를 쿡쿡 찌르고 있으니 에일라가 말했다.

"그래서 월레스도 도와줬으면 좋겠어. 너, 일단은 전 황태자니까 궁전에 아는 사람 정도는 있지?"

"말투에 가시가 돋쳤네."

"클레오 전하랑 이야기할 수 있어?"

"내 이름값으로는 어렵지. 호위인 리시테아 누님이라면 또 모르겠지만── 설마, 진심이야?"

월레스가 굳은 표정을 짓자 에일라가 미소 지었다.

"그럼 우리도 청소에 착수하자."

"어휴."

몇 주 후, 지하가에서 병력을 동원한 일제 검거가 이루어졌다.

"한 명도 놓치지 마!"

검은 정장을 입고 선두에 선 에일라는 위법 물품을 취급하던 자들을 한 명도 남김없이 잡아나갔다.

거리에 숨은 범죄자들도 예외는 아니었다.

병사가 아닌 부하 한 명이 에일라에게 물었다.

"저, 저기, '과장님'."

"왜?"

"굳이 군대까지 동원할 필요가 있나요? 굳이 이렇게까지 하지 않아도 될 것 같은데요."

그러자 에일라는 눈을 부릅뜨고 그 부하를 째려봤다.

"우리의 일은 뭐지?"

"지, 지하가 감시와 단속입니다!"

에일라가 째려본 부하가 허리를 펴고 대답하자 에일라는 양손을 허리에 두고 고개를 끄덕였다.

"그래. 그런 일을 하는 우리가 얕보이는 채로 있으면 일에 지장이 생겨. 알겠어? 우리가 무섭다는 걸 지하가의 주민들에게 가르쳐주는 거야. ──알았으면, 대답!"

"네, 넵!!"

부하들이 에일라 앞에서 떨고 있으니, 병사── 번필드가에서 빌려온 육전대 대원이 다가왔다.

"에일라 님, 이 건물은 전부 조사했습니다. 다만──."

보고가 끝나기 전에 건물 안에서 총격전 소리가 들려왔다.

패거리를 만든 주민이 본거지로 삼고 있는 건물에 병사들이 돌입했을 것이다.

에일라는 사정을 헤아려 고개를 끄덕이고 명령을 내렸다.

"예정대로 해. 저항하면 전부 잡아. 파워드 슈트를 입고 있으니 문제없지?"

완전무장한 병사를 상대로 지하가의 불량배 패거리는 상대가 안 된다.

대원이 다시 확인했다.

"놈들이 귀족과 연줄이 있다고 떠들며 저항하고 있습니다."

그게 사실인지 알 수 없지만, 에일라는 신경 쓰지 않았다.

"잡아서 심문해."

대원은 에일라의 대답을 반기는 듯한 반응이었다.

"리암 님의 친구분다운 반응이군요. 그럼 모조리 붙잡겠습니다."

대원이 맡은 자리로 돌아가고 에일라는 혼돈한 지하가를 봤다.

지상과는 또 다른 독자적인 발전을 이룬 지하가는 제국의 손길도 그다지 미치지 않는 공백지대가 되기 쉬운 곳이다.

에일라는 이곳에 동지들의 이상향을 만들 수 있지 않을까 하고 생각했다.

(리아크루를 방해한 거리를 내가 정화해서 재활용하겠어. 그래, 이곳에 내 동지들을 모아서 언더그라운드를 다시 태어나게 해주겠어. 우리가 지배하는 건전한 숙녀의 거리가 되는 거야!)

불법 약물이 만연한 거리를 치우고 취미 관련 물품을 취급하는 언더그라운드로 개조할 계획이 수립되었다.

칼뱅파의 귀족들이 모인 회의실은 부채꼴 계단식 강당처럼 되어있었다.

이번 의제는 번필드가의 데모에 관해서였다. 이들은 번필드가에 숨어든 공작원이 보낸 보고를 토대로 논의를 이어갔다.

회장에는 공작원과 통신회선이 열려있었고, 수많은 참석자 앞에는 자료 영상이 투영되고 있었다. 주민들이 대규모 데모를 하는 광경이었다.

칼뱅파 귀족들에게는 기쁜 광경이었지만, 공작원은 제법 당황한 눈치였다.

『민주화 운동이 저희 예상보다 더 크게 번지고 있습니다. 공작은 성공했지만, 저희 통제를 벗어나고 있습니다.』

통일정부에서 온 이주자들을 중심으로 선동해서 리암의 영지를 기능 부전 상태로 만드는 계획은 대성공을 거두고 있었다.

하지만 예상 이상으로 성공해버려서 회의에 참여한 귀족들은 곤란해하고 있었다.

칼뱅도 놀라움을 감추지 못했다.

"상상 이상이네. 솔직히 리암 군의 영지에서 이만한 규모의 데모가 일어날 줄은 몰랐어."

선정을 펼치고 있는 리암의 영지에서 이 정도의 '민주화 운동'이 일어날 것이라고는 누구도 예상하지 못했다.

불안해진 귀족들이 가까이에 있는 사람과 얼굴을 서로 마주 봤다.

"역시 백성에게 쓸데없는 지혜는 필요 없군."

"거만해져서는 권리를 내놓으라니, 역겹기 짝이 없어."

"리암 애송이도 이제 질리겠지."

결과만 보면 대성공이라 칼뱅은 공작원을 칭찬했다.

"수고했다. 더 이상 우리가 건드릴 필요도 없겠지. 너희는 계속 감시하면서 어떤 움직임이 있으면 알려다오."

『넷!』

통신이 끊어지자 칼뱅은 자기 파벌의 귀족들을 앞에 두고 웃음을 지었다.

이 정도로 규모가 큰 데모다. 리암을 비난하기에는 충분하고도 남는 재료가 될 것이다.

이 시점에 칼뱅 파벌의 목적은 달성되어 있었다.

"이로써 리암 군의 통치 능력에 의문부호가 찍히게 되겠지. 이쯤에서 질책해도 괜찮을 것 같지만, 그에겐 무력이 있다. 어떻게 해야 할까?"

영지도 제대로 통치하지 못한다며 리암을 몰아세우는 것도 가능하다.

하지만 지금은 연합왕국과의 전쟁을 앞두고 있다.

리암이 피폐해지길 바라는 칼뱅파 귀족들은 민주화 운동 건으로 비난할 시기를 의논했다.

"연합왕국과 싸움을 붙여서 패배, 또는 간신히 이겼을 때 몰아세워야 합니다. 리암의 군사력은 얕볼 수 없습니다."

"정면으로 맞붙는 건 피해가 너무 큽니다. 그놈 스스로가 검성을 쓰러뜨린 강자. 무슨 일이 생긴 후에는 늦으니, 황태자 전하의 호위도 늘려야 합니다."

"검성들을 불러낼 수 있으면 좋겠는데—— 어려운가?"

귀족들도 리암과 직접 대결하는 건 어리석은 계책이라 생각하여 전면전을 벌이는 건 피하려 했다.

리암은 혼자서 해적 귀족을 격파한 남자다.

열세인 상황을 몇 번이나 뒤집어왔기에 칼뱅과 귀족들은 최대한으로 경계하고 있었다.

리암을 철저하게 공격하기 위해서라도 연합왕국과의 전쟁터에 보내는 건 결정 사항이다.

살아남아서 돌아오면 데모를 이유로 들어서 규탄하면 된다.

리암이 자포자기해서 흉행을 저지르는 경우도 생각해서 칼뱅에게도 호위를 준비하기로 했다.

칼뱅도 자신의 호위에 대해서 생각하고 있었다.

암부도 있지만, 역시 검성을 쓰러뜨린 리암은 무섭다.

실력으로 검성 지위를 얻은 남자를 쓰러뜨리고 순수한 힘을 가진 리암은 위협적이다.

칼뱅은 검호들을 소집하기로 정했다.

"알렌류 검술과 쿠르단류 종합 무술에서 실력자인 검호들을 모으자. 검성인 당주 두 사람에게는 실력 좋은 호위를 준비하라고 전해둘 테니, 너희도 호위를 곁에 둬라."

귀족들도 배려하는 것을 잊지 않는 건 칼뱅의 처세술이었다.

소집하는 두 유파는 제국을 중심으로 널리 알려져 있었다.

알렌류 검술은 검이 주체인 유파이다.

그에 비해 쿠르단류 종합 무술은 다양한 무기를 쓰는 유파로, 검을 고집하지 않는다.

대부분의 제국 기사가 둘 중 하나를 배운다.

제국에 널리 알려진 2대 유파이기에 검성을 정할 때는 양자의 자리가 준비되었다.

2대 유파의 정점에 선 시점에 검성 칭호를 부여받는다.

쉽게 말하자면 이 두 유파는 정치적인 이유로 검성 칭호를 부여받고 있다.

약간 믿을 수 없겠지만, 검술만으로 검성이 되는 인물은 많든 적든 문제를 안고 있는 사례가 많다.

즉, 강해도 믿을 수 없기 때문에 중요한 일을 맡길 수 없는 경우가 많다.

그 때문에 2대 유파의 톱에게 검성의 이름을 줘서 그 이름이 더럽혀지지 않도록 하는 조치이기도 했다.

검성이 불량한 행동을 하면 임명한 제국의 권위에 흠이 간다.

그런 사정도 있어서 2대 유파에서 제대로 된 검사를 검성으로 임명하는 건 제국 입장에서도 형편이 좋다.

단, 2대 유파의 정점에 설 수 있는 자들이 약할 리 없다.

당연하지만 그들은 실력도 겸비하고 있다.

지도력도 있어서 그 제자들은 모두 검호다.

"검성 두 사람에겐 제대로 설명하도록. 일섬류라는 신흥 유파를 방치하면 그 지위가 위태로워진다는 사실도 슬며시 전해둬."

2대 유파가 신흥 유파에게 입지를 빼앗길지도 모른다——이렇게 부추기면 2대 유파 관계자가 일섬류를 무시할 수 없게 된다는 걸 칼뱅은 알고 있었다.

칼뱅은 리암을 철저하게 몰아넣을 생각이었다.

2대 유파도 요즘 화제인 일섬류를 부수기 위해 진지하게 움직일 것이다.

리암뿐만 아니라 일섬류의 명예도 훼손해줄 것이다——칼뱅의 예상은 적중하여 2대 유파의 관계자들이 바로 움직이기 시작했다.

제국은 대형 미디어를 이용해, 그야말로 외국에도 알려지도록 어떤 뉴스를 보도했다.

그 뉴스는 화제의 신흥 유파——일섬류에 대한 뉴스였다.

모니터에는 일섬류에 대해 이야기하는 남자의 모습이 있었다.

그 남자는 일찍이 리암에게 야스시를 소개한 남자—— 원래는 이 남자가 리암의 검술지도자가 될 예정이었다.

현재는 취재를 받아 일섬류—— 야스시에 관해 이야기하고 있었다.

『애초에 야스시라는 남자는 검사로서는 삼류입니다. 아마추어보다 조금 나은 수준이죠. 축젯날 장사꾼이라고 하나요? 그저 묘기를 부려 먹고 사는 남자입니다.』

캐스터는 야스시가 묘기를 부리는 사람이라고 하는 남자에게 질문했다.

『그럼 일섬류라는 검술의 정체는 뭘까요?』

『엉터리 묘기가 아닐까요? 애초에 칼을 뽑지 않고 상대를 벤다는 게 말이나 됩니까? 술수도 속임수도 있을 겁니다.』

다른 방송을 트니 일섬류에 대해 해설을 하고 있었다.

어떻게 조사했는지 일섬류의 기본 동작에 관해 이야기하고 있었다.

일섬류라는 검술의 기본 동작은 야스시류가 다른 유파에서 동작을 도입해 모작한 가짜라고 해설자가 이야기했다.

『일섬류의 이 동작을 보시지요. 이건 쿠르단류의 움직임입니다. 이건 알렌 검술이지요. 요컨대 짜깁기투성이입니다.』

『그렇군요?』

『예, 일섬류는 다른 유파를 흉내 낼 뿐인 겁니다. 독자적인 유파라고 할 자격조차 없습니다.』

모든 방송이 철저하게 일섬류를 깎아내리고 있었다.

야스시는 이 방송을 모니터에 달라붙어서 보고 있었다. 일섬류가 멸시당하고 있는데도 그는 아주 기뻐 보였다.

"좋았어! 더 해라. 더 해줘! 일섬류 따위는 가짜라는 걸 알려줘!"

자신이 한 거짓말 때문에 야스시는 검신이라 불리게 되었다.

일섬류는 야스시가 되는대로 지껄인 허풍이다. 야스시도 일섬 같은 건 쓰지도 못하는 삼류 검사다.

그런데 리암과 엮인 탓에 검신이라 불리며 화제가 되고 쫓겨 다니는 나날을 보내게 되었다.

드디어 해방이 찾아온 야스시는 속이 시원하다는 얼굴을 하고 있었다.

"드디어! 드디어—— 어깨가 가벼워지겠어."

눈물을 흘리며 감동했다.

자신의 거짓말로 시작된 검술이 드디어 이 세상에서 사라진다.

야스시는 모든 것으로부터 해방된 것처럼 기분이 상쾌했다.

장소는 바뀌어 제국령 안에 있는 대중식당.

그곳에서 두 사람이 면 요리를 먹고 있었다.

모니터로부터 들려오는 것은—— '일섬류는 가짜?!'라고 제목을 붙인 보도 방송의 소리였다.

요즘은 매일같이 방송됐다.

『일섬류가 요즘 화제가 되고 있는데, 이게 어처구니없는 엉터리 검술이었다는 사실이 판명되었습니다.』

『그야 그렇겠죠. 백작의 말이 진짜라면 지금까지 세상에 드러나지 않은 게 이상합니다. 거짓이에요, 거짓.』

해설자들의 대화를 듣고 있던 주위의 손님들도 일섬류를 화제로 삼아 신나게 이야기했다.

다들 일섬류에 대해 나쁜 인상이 있는듯했다.

"귀족은 허세를 부리고 싶은 법이잖아."

"일섬류라니, 애초에 가짜 검술이었던 거지."

"진짜는 알렌 검술이랑 쿠르단류 종합 무술이야. 역시 2대 유파가 강해."

방송에서는 2대 유파의 당주와 사범 대리들이 일섬류를 나쁘게 말하고 있었다.

일섬류 같은 건 존재하지 않는다. 분명 어떤 속임수가 있을 것이라고.

식사하고 있던 두 사람은 그 자리에 돈을 두고 가게에서 나왔다.

가게 밖으로 나온 두 사람은 삿갓을 쓰고 얼굴을 가리고 있었다.

일본식 복장의 디자인을 채용한 옷을 입은 두 사람은 허리에 칼을 차고 있었다.

두 검사는 가게 앞에서 서로의 얼굴을 마주 봤다.

"어느 쪽으로 할래?"

한 명이 묻자 다른 한 명은 관심 없다는 듯이 행동하고 있었다.

하지만 태도와 말로는 드러내지 않았지만 둘 다 분노를 느끼고 있었다.

"어느 쪽이든 상관없으려나. 어차피 전부 부술 거니까."

"그 말이 맞아."

둘은 그대로 가게 앞에서 갈라서더니 그대로 걸어가기 시작했다.

◇◆◇◆◇

──쳐 죽여주마.

난 속이 뒤집어지는 심정으로 연일 보도되는 뉴스를 보고 있었다.

검성 칭호를 가진 메이저한 유파의 당주들. 그리고 그 외 많은 유파의 관계자가 일섬류를 깎아내렸다.

엉터리다, 도용이다, 가짜다, 시끄럽게 떠들어댔다.

이 녀석들은 언젠가 전부 베어줄 것이다.

하지만 지금은 타이밍이 너무 안 좋다.

격노한 내 앞에는 에렌이 있었다.

"──스승님."

불안해하는 제자를 보고 무심코 짜증이 난 나는 험하게 대하고 말았다.

"뭐냐? 너도 일섬류를 의심하는 거냐?"

내 어른스럽지 못한 행동에 에렌은 전력으로 고개를 저었다.

그 후, 내 얼굴을 응시하면서.

"전 스승님의 검을 믿어요! 복잡한 건 모르지만, 스승님의 검은 진짜예요. 저한테 스승님은 우주 제일의 검사니까요!"

눈물을 글썽이며 날 보는 제자가 앞에 있으니, 난 마음을 움켜잡힌 듯한 아픔을 느꼈다.

어린아이의 말에 부끄러움을 느끼는 것과 동시에 에렌 뒤로── 야스시 스승님이 보였다.

물론 환상일 것이다.

내 망상일지도 모르지만, 스승님이 나에게 비소 지으면서 말을 걸어오는 듯한 느낌이 들었다.

『리암 공, 심란할 때야말로 자신을 돌이켜보는 겁니다. 마음은 뜨겁게, 머리는 차갑게── 그리고 중요한 것을 놓쳐서는 안 됩니다.』

어렸을 적, 일섬류 수행에 열중하던 나에게 야스시 스승님이 해준 말이었다.

머리를 흔든 나는 얼굴에 오른손을 대고 큭큭 웃었다.

제자를 둔 이후로 배우기만 하고 있다.

난 제자를 키우는 것도 야스시 스승님께는 한참 못 미쳤다.

"그래. 스승님의 검에 거짓은 없었어. 내가 이 눈으로 본 게 진실이야. 다른 사람이 뭐라고 하든 진실은 변하지 않아."

그날 본 광경을 떠올렸다.

야스시 스승님의 '일섬'은 진짜였다.

그건 내가 가장 잘 알고 있지 않은가.

다른 사람이 하는 말 따위에 현혹된 자신이 바보 같다.

"스승님?"

에렌이 날 보고 이상하게 여기고 불안해했다.

난 스승으로서도 미숙하구나.

에렌이 무엇보다 중요한 것을 기억나게 해줬다.

"먼저 처리해야 할 일이 있었어. 다른 유파는 나중에 부수기로 하고, 나에겐 내가 해야 할 일이 있어."

이 거지 같은 상황을 타개한다.

영지에서는 대규모 데모가 발생해서 문제를 품고 있다.

클레오 파벌은 싱간 국기 간의 전쟁을 앞두고 매우 바쁘다.

내 군대도 대부분 데리고 가기 때문에 영지의 치안 유지조차 위태롭다.

일손이 부족하다. 압도적인 인력 부족이다.

"에렌. 답답할 때는 수행이다. 땀을 흘리고——."

내 말에 에렌이 웃음을 보여줬지만, 그 직후에 긴급통신이 들어왔다.

빈 영지를 보고 있는 브라이언한테서 온 것이었다.

『크, 큰일입니다, 리암 님!』

번필드가의 저택.

그곳에서 브라이언은 식은땀을 흘리고 있었다.

"데모가 여기까지 확대될 줄이야."

대규모 데모가 발생한 영지는 데모가 조금만 더 심해지면 기능 부전에 빠질 것 같은 상황이었다.

어떤 문제가 조금이라도 발생하면 영지는 바로 통제력을 상실하고 백성들이 폭주하여 난폭해질 것만 같은── 그런 상황이다.

"브라이언, 저택 안에서 일하는 고용인들의 탄원서야. 저택에서 일하는 사람 중 8할 이상이 사인했어."

거기에 더해 시녀장 세리나가 추가로 폭탄을 가지고 왔다.

"노오오오오오!!"

브라이언은 머리를 마구 흔들며 소리쳤다.

비상사태에 위가 조여 와서 오른손으로 배를 움켜쥐고 있었다.

"8, 8할 이상이라고요?!"

"평소의 불만은 무시할 수 없네. 영지의 분위기에 휩쓸려서 이번 데모를 계기로 요구사항을 밀어붙일 모양이야."

저택에서 일하는 고용인들까지도 탄원서를 낼 정도로 불만을 품고 있었다.

이 사실에 브라이언의 위장은 더더욱 아파졌다.

"조, 조금 전에 막 리암 님께 현재 상황을 전해드렸는데── 어째서. 어째서 이런 일만 이어지는 거지?"

브라이언이 무릎을 털썩 꿇고 말았다.

◇ ◆ ◇ ◆ ◇

안내인은 즐겁게 통통 뛰고 있었다.

콧노래까지 부르며 온몸으로 행복하다는 걸 드러내고 있었다.

"음호호호, 이렇게나 효과가 클 줄이야!"

리암의 영지는 기능을 잃기 직전이고, 거기에 더해 일섬류가 가짜라는 말이 퍼져서 리암은 크게 화났다.

번필드가를 둘러싼 상황은 나쁜 쪽으로 굴러떨어지고 있는 것 같았다.

안내인은 이 상황이 좋아서 참을 수가 없었다.

요 수십 년은 괴로운 나날을 보내온 만큼 기쁨도 한결 더 컸다.

안내인은 지금 역대 최고의 행복을 느끼고 있다.

"내가 리암을 지원하면 어째서인지 리암은 괴로움을 겪어. 훌륭한 일이에요. 그리고 간접적으로 간섭해서 상대를 불행하게 만드는 게 좋아. 제 취향에 맞는 방식 아닌가요."

안내인이 리암을 지원한 덕분에 번필드령에 많은 이주자가 속속 모여들었다.

인력이 부족하고 개발 중인 영지가 남아있는 번필드가에는 낭보지만, 동시에 이주자들이 많은 문제를 가지고 왔다.

그게 리암을 괴롭히는 결과로 이어져 안내인은 자연스럽게 히죽거리는 표정을 지었다.

간접적으로 손을 써서 상대를 불행하게 만드는 걸 정말 좋아한다.

정말 빌어먹을 놈이다.

그래서── 중요한 사실을 간과하고 있었다.

"앞으로도 리암을 적극 지원! 아직 내 지원은 끝나지 않는다고! 그러니 리암의 불행도 끝나지 않아~!!"

──배신자가 나왔다.

"저택에 있는 고용인들까지 배신할 줄은 몰랐는데."

내 저택에서 일하는 고용인들은 백성 중에서 가려 뽑은 정예다.

능력은 물론이고 충성심도 평가해서 고용한 녀석들이다.

그 녀석들이 날 배신했다.

나에게 탄원서 따위를 쓰다니, 웃기고 있다.

걱정스러운 얼굴을 한 로제타가 짜증이 난 나를 위로했다.

"달링 진정해."

"더 이상 진정할 수 없을 정도로 진정하고 있어. 영지에 돌아가면 날 배신한 놈들을 어떻게 처벌할지 기대돼서 참을 수가 없어."

지금부터 고문 방법을 생각해둬야 할 것이다.

악덕 영주인 날 우습게 보면 어떻게 되는지 반드시 깨닫게 해 주겠다.

분명 악한 표정을 짓고 있었을 것이다── 로제타는 슬픈 듯이 날 보고 있었다.

"──달링."

로제타한테서 도망치듯이 시선을 돌린 나는 곁에 있던 시엘에게 말을 걸었다.

"시엘, 에크스나 남작은 무슨 말이라도 했나?"

그렇게 묻자 시엘은 무표정으로 담담하게 대답하면서도 나에게 적의를 드러냈다.

숨기고 있겠지만, 난 시엘의 마음을 손바닥 보듯이 알 수 있었다.

이 녀석은 날 싫어하는구나.

"아버지와 오라버니는 백작님을 잘 보필하라고 엄하게 당부했습니다. 특히 오라버니에게서는 걱정하고 있는지 매일── 매일, 매일, 연락이 옵니다."

매일, 이라는 부분을 심하게 강조하네.

내심 분한 마음을 드러내고 있지만, 표정은 변하지 않았다.

──이 녀석 재밌네, 왠지 마음에 들어.

호의 운운하는 게 아니라, 내 옆에 있으면서 싫어하는 게 좋았다.

"크루트 녀석은 군인이라 바쁠 텐데. 나중에 내가 연락해두지. 그런데 곤란한 일은 없나?"

상냥하게 물어봤지만 시엘의 표정은 변하지 않았다.

조금도 넘어올 기미가 보이지 않았다.

"──없습니다. 모두 저를 잘 대해주고 있습니다. 여러 가지를 배워서 감사하고 있습니다."

주위 사람이 대화만 들으면 내가 시엘을 걱정하는 것처럼 보일 것이다.

집을 떠나 번필드가에서 수행 중인 영애를 염려하고 있는 것으로.

이 녀석은 나에 대한 적의를 숨기지 않았다── 아니, 숨기지 못할 뿐인가?

어쨌든 전부 알 수 있었다.

에크스나 남작이라는 악덕 영주를 아버지로 뒀는데 이 녀석은 청렴결백하게 자라버린 이단아일 것이다.

그런 시엘은 아쉽게도 나를 쓰러뜨릴 실력이 없다.

개인적인 무력도 없으며 나를 뛰어넘는 두뇌도 없다.

우수하긴 하지만 시엘이 나를 쓰러뜨리는 것은 불가능하다.

즉, 나한테는 재밌는 장난감이다.

로제타 같은 쉬운 여자가 아니라 진짜 강철의 정신을 가진 소녀다.

조금 잘 대해줬다고 넘어오는 여자가 아니다.

내가 말을 거니 혐오감을 드러내서 재밌다.

아쉬운 점은 에크스나 남작의 딸이라는 점이다.

크루트의 동생을 거칠게 대할 수는 없다.

놀린다고 하더라도 균형 감각이 필요하다.

"그런가. 요즘 어수선해서 수행 중인 너한테 폐를 끼치는 걸 걱정하고 있었어."

"그렇지 않습니다. 매일매일 배우고 있습니다."

"무슨 일이 있으면 바로 나한테 알려줘. 널 위해서라면 시간을 내줄 테니까."

"──감사합니다."

분위기 파악을 못 하는 로제타가 우리의 즐거운 대화에 끼어들었다.

"안심해, 달링! 시엘은 내가 잘 돌봐줄게!"

커다란 가슴을 펴서 조금 흔들리고 있잖아.

넌 좀 더 조신하게 행동하라고.

시엘이 조금 부럽다는 듯이 로제타의 가슴을 본 후에 자신의 가슴을 보고 굉장히 못마땅하다는 표정을 짓는 건 조금 재밌었다.

하지만 나는 즐거운 시간을 방해받았기 때문에 로제타에게 차갑게 대했다.

"아, 그러셔."

로제타, 넌 분위기 파악 좀 해!

시엘을 가지고 놀고 있었는데 방해하고 말이야.

뭐, 노는 것도 이쯤 해두자.

그건 그렇고 내 영지에 있는 저택에서 배신자가 나왔다면, 그 외에도 있겠지.

곰곰이 생각해보지 않아도 칼뱅파는 이번 일을 기회로 삼아 우리의 세력을 깎아낼 것이다.

분명 여러 공작을 펼치고 있을 것이다.

아니, 한창 공작을 펼치는 중일 것이다.

배신할 것 같은 놈들은 분명 다 배신했다고 봐야 한다.

젠장! 이번에는 안내인이 안 도와주고 있는 걸까?

그렇다면 나 혼자의 힘으로 헤쳐나가야만── 응?

바로 그때, 난 하나하나 천천히 생각했다.

이 상황에서 탈출하고 이길 가능성을 생각해보고 깨달았다.

"어라? 이 상황, 그렇게 나쁘지 않네."

난 직장인 지방 관공서에서 앞일에 대해 생각하고 있었다.

현재 내가 있는 곳은 무능한 상사의 상사가 쓰던 개인실이다.

연수 중인 입장이지만 상사 놈들을 일소해서 내가 이 지위에 올랐다.

이에 대해 불평하는 녀석들이 있었지만, 대부분은 나를 받아들이고 평소대로 업무를 봤다.

연수라는 건 대체 뭘까? 뭐, 어차피 잠깐 거쳐 가는 곳이니 깊이 생각해도 의미 없겠지.

현재의 직장 환경은 한차례 청소한 덕분에 굉장히 쾌적하다.

귀찮은 상사와 그 녀석들과 이어져 있던 지역의 나쁜 놈들은 쓸어버려서 많은 문제가 해결되었다.

전 상사들과 연결돼서 단물을 빨던 일부 관리와 지역 녀석들은 항의했지만, 불만이 있으면 상대해주겠다고 말했더니 모두 입을 다물었다.

관련이 있던 관리들도 철저하게 조사해서 작은 횡령이라 하더라도 그걸 이유로 들어 해고해버렸다.

덕분에 쾌적한 직장 환경을 얻었고, 누구도 나를 방해하지 않았다.

지금은 일을 끝내서 돌아가기만 하면 되는 상태다.

퇴근 시간까지 남은 시간은 15분.

이 시간을 써서 난 앞일을 생각하고 있었다.

첫 번째로, 성간 국가 간의 전쟁에서 승리.

두 번째로, 영지 진정.

세 번째로, 일섬류를 업신여긴 놈들을 때려눕힌다.

첫 번째와 두 번째 사항은 필수이며 시간적인 여유는 없다.

세 번째 사항은 시간을 들여도 좋으니 일단 미룬다.

사실은 당장이라도 세 번째 문제를 먼저 해결하고 싶지만, 일섬류가 최고의 검술이라는 사실은 흔들리지 않는다.

하지만 전쟁은 기다려주지 않는다.

성간 국가끼리 벌이는 전쟁은 규모가 너무 커서 전쟁 준비에도 시간이 걸린다.

움직이기까지 상응하는 시간이 걸리는 건데, 그 전에 배치를 정해야만 한다.

"그럼, 누구를 어디에 배치해야 하나."

전장의 어디에 누구를 배치할 것인가? 그리고 수도성에 누구를 남기는가도 중요하다.

칼뱅과도 정쟁을 벌이고 있기 때문에 모든 전력을 전장에 투입할 수 없었다.

"문제는 수도성이네."

수도성에 전력을 배치하지 않으면 칼뱅 파벌이 멋대로 날뛸 테니 전장에서 안심하고 싸울 수 없다.

생각하고 있으니 그림자에서 쿠쿠리가 모습을 드러냈다.

"리암 님, 잠깐 괜찮으십니까?"

"무슨 일이지?"

"최근 수도성에서 테러가 일어나고 있습니다."

"자주 있는 일이네."

"그게 수상합니다. 사상이나 주장은 매우 뻔한데, 솜씨가 너무 좋습니다. 그리고 제국의 기관이 진심으로 잡으려 하지 않습니다."

테러가 벌어지고 있는데 제국의 기관이 일을 대충 하고 있다──이만큼 들으면 알기 싫어도 깨닫게 된다.

테러를 가장한 암살집단이다.

쿠쿠리가 보고했으니 타깃은 우리겠군.

그 녀석들은 우리를 죽여도 테러에 휘말렸을 뿐이라면서 변명할 것이다.

번거로운 방법이지만── 나도 참고하자.

"너희가 처리할 수 있나?"

"다소 무리를 하면."

쿠쿠리 일행이 무리하면 해결할 수 있는 모양이다.

"그럼 방치해. 너희는 따로 할 일이 있다. ──배신자들을 철저히 조사해라. 하지만 건드리지는 마라. 이용한다."

"네. 하지만 배신자라고 하면── 연합왕국의 백작이 수상한데, 파견하는 데는 시간도 걸립니다. 통일정부에는 이미 저희 심복을 보냈습니다만."

이전에 통일정부와 접촉했을 때, 암부가 숨어들어 있었다.

정말 일을 잘해주고 있다.

"백작? 그 녀석은 어차피 배신할 테니까 볼 필요도 없어."

"처분하시겠습니까?"

"짬이 나면 제거한다. 지금은 신경 쓰지 마."

토마스에게 들은 퍼싱 백작의 됨됨이와 그를 지원하는 나를 대하는 태도를 생각하면 틀림없이 배신할 것이다.

똑같이 나쁜 사람끼리 사이좋게 지내고 싶었지만, 내 상황을 알면 배신해도 이상하지 않다.

처지가 반대였다면 나도 분명 배신할 테니까.

"퍼싱 백작으로부터 흘러들어오는 정보는 유의해라. 우리가 흘리는 정보에는 반드시 거짓 정보를 넣는 걸 잊지 마라."

"그 퍼싱 백작 말입니다만, 전장에 나온다는 정보를 입수했습니다."

토마스한테 들은 바로는 전장에서 활약하는 타입은 아니라고 했는데? 어떻게 된 일일까.

"여유가 있으면 제거해도 좋지만, 지금 중요한 건 수도성이다."

친절하게 테러 집단을 준비해서 우리한테 보낼 생각일까?

쿠쿠리 일행과 맞먹는 암부도 투입된다고 생각하면 누구를 남겨둬도 불안이 남는다.

티아와 마리는 전장에서 지휘를 시키고 싶다.

둘 중 한 명을 수도성에 남겨도 좋지만, 그래서는 전장이 위태로워진다.

첸시는—— 뭐, 전장이 좋겠지.

쿠쿠리는 당연히 수도성에 남겨두기로 하고—— 한 명쯤 더 맡길 수 있는 인재가 있으면 좋겠다.

——잠깐만? 내가 전쟁터에 나간다는 전제가 잘못된 게 아닐까?

굳이 내가 전쟁터에 나서지 않아도 괜찮을 것이다.

난 나를 수도성에 배치한 후에 머릿속에서 인원 배치를 재구축해 나갔다.

"——이거면 되겠군. 쿠쿠리, 돌아오면 중심인물들을 모아라."

"예."

클라우스는 내심 초조해하고 있었다.

표면상으로는 주위에 침착한 모습을 보여주고 있지만, 마음속에서는 소리치고 있었다.

(말도 안 돼애애애!!)

번필드가가 체재하고 있는 오래된 고급 호텔의 회의실에는 중심인물들이 모여 있었다.

그 자체는 괜찮다.

클라우스는 리암의 호위를 맡고 있기 때문에 이 자리에 있어도 이상하지 않다.

하지만 리암이 발표한 인사안을 눈앞에 두니 내심 절규하지 않을 수가 없었다.

이 자리에 소집된 모두가 난처해하고 있었다.

배치를 결정한 리암은 만족스러운 모습으로 의자에 앉아있었다.

"클레오 전하의 원정군 총대장은 클라우스에게 맡기기로 했다."

리암은 평소 엉뚱한 행동이 두드러졌지만, 이번에 한해서는 가신들이 믿을 수 없다는 표정을 짓고 있었다.

수백만의 함정을 지휘하는 총대장으로 아무런 실적도 없는 클라우스가 지명됐기 때문이다.

진짜 총대장은 클레오가 되겠지만, 그에게 진짜 지휘를 맡길 수는 없다. 클레오는 이번 싸움이 첫 출전이니까.

그래서 총대장 대리—— 실질적인 총대장은 따로 준비된다.

그게 바로 클라우스였는데, 그는 평소와 다름없는 태도로 리암의 결정에 이의를 제기했다.

그 모습은 주위 사람들이 보기에 차분한 것처럼 보였다.

"리암 님, 제겐 수백만 척의 대함대를 지휘한 경험이 없습니다. 이 중대한 임무를 감당할 수 없을 것입니다. 다른 분께 맡기셔야 합니다."

"문제없다."

리암이 바로 클라우스의 제안을 물리쳐버렸다.

뭐가 문제없다는 것인가? 클라우스에겐 문제로밖에 안 느껴졌다.

이번 전쟁의 총대장은 제국의 정규군뿐만 아니라, 참가하는 귀족들의 함대도 함께 지휘하는 자리다.

번필드가로부터는 6만 척의 대함대를 맡게 된다.

이것은 곧 리암의 신임을 얻고 있다는 증거이기도 했다.

리암의 결정이 알려지는 것과 동시에 클라우스는 티아와 마리로부터 질투가 담긴 시선을 받았다.

이 둘은 기사단 중에서도 1, 2위를 다투는 유능한 기사이자——문제아이기도 했다.

마리가 볼에 경련을 일으키며 클라우스에게 말을 걸었다.

"좋은 자리가 아닌가, 클라우스 공."

티아도 미소 짓고는 있지만, 눈은 웃지 않았다.

"책임이 무거우면 대신 맡아줄 수도 있는데."

두 사람의 시선에 클라우스는 속이 쓰리기 시작했다.

(우오오오! 괴로워!! 두 사람이 노려봐서 살아있는 것 같지 않은데?!)

클라우스의 기사로서의 실력—— 단순한 개인 무력으로 치면 티아와 마리의 발끝에도 못 미친다.

클라우스가 실력 차이를 느끼고 괴로워하고 있으니, 리암의 기분이 안 좋아졌다.

자신의 결정에 불복하는 모습을 보인 티아와 마리를 날카로운 시선으로 바라봤다.

"내 인선에 불만이 있나?"

그 말을 들은 티아와 마리가 황급히 무릎을 꿇고 사죄했다.

기사로서 보기 드문 실력자인 두 사람이 리암 앞에서 떨고 있었다.

"그, 그렇지 않습니다! 이 크리스티아나는 리암 님의 결정에 따르겠습니다!"

다만 마리는 달랐다.

리암의 명령에 반대한다기보다는 클라우스의 실력을 의심했다.

"리암 님께 불만 따위 없습니다. 하, 하지만, 정말 클라우스 공에게 맡겨도 괜찮겠습니까? 이만한 규모의 함대를 지휘한 경험이 없다고 들었습니다만?"

수백만의 대함대끼리 벌이는 전쟁을 경험한 사람이라면 번필드가에는 두 사람밖에 없다.

티아와 마리, 둘 뿐이다.

공주기사로서 활약했을 적의 티아는 다른 나라와 협력해서 그만한 규모의 함대가 충돌하는 전쟁에 참전했었다.

2,000년 전의 제국에서 삼기사라 불렸던 마리는 그 시절에 몇 번이나 성간 국가 간의 전쟁에 참전했고 대함대의 일익을 담당하고 있었다.

총대장을 경험한 횟수만 보면 티아를 뛰어넘어 세 번 정도 있다.

둘 다 클라우스보다 더 경험이 풍부한 기사다.

그건 클라우스 본인도 자각하고 있었다.

"제게는 책임이 너무 무겁습니다. 리암 님, 재고해주시기 바랍니다."

하지만 리암은 결정을 바꿀 생각이 없는 것 같았다.

"난 너라면 할 수 있다고 확신하고 있어. 네 아래에 티아를 붙여줄 테니까 부려먹어. 그리고 첸시."

아까부터 회의 내용에 관심을 보이지 않고 회의실의 벽 옆에 서서 머리칼을 만지작거리던 첸시에게 모두의 시선이 모였다.

예전에 진심으로 리암을 죽이려 한 미친 기사다. 하지만 리암 본인의 허락을 받아 아직 번필드가에 재적해 있었다.

그런 첸시가 리암에게 불리자 무표정으로 고개를 갸웃했다.

"무슨 일이신지?"

첸시의 그 몸짓에는 인간미가 느껴지지 않았다.

티아와 마리는 마치 인형처럼 보이는 첸시에게 불쾌감을 숨기지 않는 표정을 보였다.

리암은 그런 섬뜩한 첸시를 신경 쓰는 기색이 없었다.

"우리 진영에서 가장 강한 건 너다. 클라우스 아래에서 클레오 전하를 호위해라."

리암의 명령을 들어도 첸시는 무표정인 그대로였다.

"절 신용하는 겁니까?"

그 물음에 리암은 첸시가 의욕을 낼 만한 미끼를 준비했다.

"주어진 일을 완수하면 또 놀아주지."

그 말을 들은 첸시는 볼을 붉히고 몸을 떨었다.

인형처럼 행동한 게 거짓말인 것처럼 지금은 생기가 넘쳤다.

아까 전과는 전혀 다른 사람 같았다.

이때 클라우스는 깨닫고 말았다.

(잠깐 리암 님! 그 말은 문제아 둘을 저한테 떠맡긴다는 뜻이 아닌가요?!)

내심 초조해하는 클라우스와는 별개로 아직 이름을 불리지 않은 마리가 작게 손을 들었다.

자신의 이름이 나오지 않아 섭섭해하는 표정을 짓고 있었다.

"리암 님, 저 마리의 배치는?"

리암의 불안을 떨쳐버리듯이 리암은 명령을 내렸다.

"넌 30,000척을 이끌고 해적 퇴치다. 영지의 방위를 맡기겠다. 물량은 줄 수 없지만 대신 정예를 준비해주지. 내 영지를 지켜내라."

"아, 네!"

리암이 없는 영지를 지킨다는 것은 그만큼 신뢰받고 있다는 증거이기도 했다.

어찌 됐든 리암 본인은 수도성에 남으니까.

클라우스는 리암의 전력을 확인했다.

"리암 님, 수도성에는 어느 정도의 전력을 남기실 생각입니까?"

"3,000척 있으면 충분하겠지."

그 숫자를 듣고 티아가 당황했다.

"그건 너무 적습니다! 칼뱅파의 귀족들이 이 기회를 놓칠 리가 없습니다. 적어도 만 척은 남겨두셔야 합니다."

리암은 티아의 걱정은 아랑곳하지 않고 여유마저 보였다.

"너희는 이기는 것만을 생각하면 된다. 난 수도성에서 느긋하게 너희의 활약을 구경하겠다."

느긋하게 구경하겠다고 말하고는 있지만, 수도성도 전쟁터가 될 것이라는 건 뻔했다.

그런 수도성에 리암을 남겨두고 전력 대부분을 그 외의 전장에 보내는 건 너무 위험할 것이다.

칼뱅파에게 던져주는 미끼라 생각해도 리암의 부담이 크다.

티아는 납득이 안 되는지 아직도 물고 늘어지려고 했다.

"하, 하지만."

"끈질기다!"

"읏! 실례했습니다."

리암이 일갈하여 누구도 반론을 제기하지 못하고 따를 수밖에 없게 되었다.

이 이야기가 끝났다고 생각한 리암은 다른 화제를 꺼냈다.

"그보다 유리시아는 어떻게 됐지? 그 녀석한테도 일을 시킬 생각인데?"

리암이 이 자리에 없는 유리시아를 걱정해서 클라우스가 고개를 갸웃했다.

"저기, 유리시아 님이라면 로제타 님께서 군에 한 번 복귀시키겠다고 말씀하셨습니다만? 확실하진 않지만 요즘 해이해졌다고 하셔서."

리암이 황급히 복귀시키라고 말했다.

"이 바쁜 때에 뭐 하는 거지? 빨리 복귀시켜! 어수선한 영지에서 일을 시켜주지."

리암은 어쩌면 여태껏 유리시아를 잊고 있었던 게 아닐까?

클라우스는 자신의 주인을 의심하면서 유리시아가 리암에게 이성으로서 인식되지 않는 것을 알아차리고 말았다.

(유리시아 공의 측실 코스는 없는 건가? ──하아, 후사 문제는 해결 안 된 그대로인가.)

회의실에서 나온 나는 바로 피팅룸에 왔다.

호출한 사람은 뉴랜즈 상회의 파트리스였다.

내 어용상인 중 한 명이며 뉴랜즈 상회라는 대상회의 간부인 여자다.

갈색 피부에 글래머러스한 체형을 가진 요염한 여성이며 가슴이 트인 정장을 입고 있었다.

파트리스는 지금은 로제타를 상대하고 있었다.

"잘 어울립니다, 로제타 님."

드레스를 시착하는 로제타를 칭찬하고는 차례차례 입어보게 했다.

"그, 저기, 드레스를 이렇게 준비해서 어떻게 할 거야? 벌써 30벌째야."

드레스를 몇 벌이나 갈아입은 로제타는 약간 피곤한 얼굴을 하고 있었다.

파트리스는 담담하게 로제타의 질문에 대답했다.

"파티용입니다."

"파티에 나가는 거야? 이만큼 있으면 몇십 년은 고생 안 하겠네."

로제타는 준비된 드레스의 수를 보고 쓴웃음을 지었다.

파트리스가 그 인식을 바로잡았다.

"아뇨, 한 번 사용한 드레스는 착용하지 않으니, 한 달이면 다 쓰지 않을까요."

"어?! 아, 혹시 전부 싸다던가? 일회용 드레스구나. 뭐야, 전부 비싼 줄 알고 놀랐어."

파트리스는 혼자 멋대로 납득하는 로제타에게 미소 지으면서 사실을 말했다.

"네, 저렴합니다. 가격은 이 정도죠."

파트리스가 손바닥을 위로 향하자 공중에 금액이 투영되었다.

그 숫자를 보고 로제타는 눈을 휘둥그레 뜨고 말았다.

"비, 비싸! 그래도 30벌이나 있으면 이 정도는 하려나?"

"아니요, 한 벌의 가격입니다."

"——어?"

로제타가 놀라서 굳었다.

그 옆에서는 로제타의 측근인 시엘까지 굳어있었다.

시엘도 파티에 참여하기에 똑같이 드레스를 준비시켰다.

로제타보다 수는 적지만 그래도 여러 벌 준비했다.

성실한 시엘은 비싼 드레스를 입고 파티에 참석하는 걸 분명 싫어할 것이다.

──난 파티가 정말 좋지만.

쓸데없는 낭비야말로 악덕 영주의 묘미다!

그래서 왜 이런 일을 하고 있느냐 하면── 수도성에서는 연일 파티를 개최하기 때문이다.

수도성에 남는 나는 신나게 놀 생각이다.

당연히 적이 날 노리겠지만── 살금살금 적을 찾아다니는 건 성미에 안 맞는다.

그럴 바에는 적을 기다리는 편이 낫다.

그리고 이번에는 나도 파티를 즐길 생각이다.

한가해 보이는 월레스에게 매일 파티를 관리하게 하고 난 참가만 하며 놀러 다닐 예정이다.

파트리스가 나에게 다가왔다.

"리암 님, 통일정부 고관들의 전언입니다. 데모와 관련이 없다고 합니다. 오히려 놀랐습니다. 그들이 바로 데모를 일으키는 게 믿기지 않는다고 합니다."

극진하게 환영해줬는데 호되게 배신당하고 말았어.

뭐, 착각한 놈들이 칼뱅파의 공작원에게 선동당했을 뿐이다.

그쪽은 아무래도 상관없고, 통일정부가 엮여있다고 생각하진 않는다.

스파이 정도는 보내겠지만, 그런 건 누구든 하는 일이다.

"통일정부를 의심하진 않아."

파트리스는 나에게 진지한 표정을 보였다.

"——데모 주모자들은 어떻게 할까요? 제국의 방식대로 가면 별과 함께 통째로 불태워야 합니다. 오히려 그걸 걱정하고 있었습니다."

통일정부 놈들은 이민 간 전 국민들을 걱정하고 있는 모양이다.

"자국에서 뛰쳐나온 애들인데도 상냥하네. 그걸 다 불태울 수는 없지. 어찌 됐든 소중한 내 영지와 백성—— 인적 자원인데. 아, 하지만 주모자들은 대가를 치러야지."

내 영지에서 소란을 피웠으니 벌을 받아야 하지 않겠는가.

"그보다 연합왕국과의 전쟁은 이길 수 있나요? 이긴다고 하더라도 파벌의 힘은 크게 하락할 텐데요? 그리고 사람이 부족하지 않나요?"

인재가 부족한 것은 아닌가?

난 나를 걱정해주는 파트리스에게 웃음을 지었다.

"이 세상에서 투자는 참 중요하지. ——회수해야 할 때가 왔다. 그뿐이야."

지금까지 별생각 없이 영지의 젊은이들을 유학 보냈는데, 슬슬 날 위해 일을 시키도록 하자.

군 관계자, 관리—— 내 지원을 받은 사람은 잔뜩 있다.

돈 낭비를 위해 지원했을 뿐이라 나도 지금까지 잊고 있었다는 건 비밀이다.

"인원 문제는 없어. 전쟁은 배신자를 이용할 거야."

난 로제타와 시엘이 차례차례 준비된 드레스를 착용하는 모습을 보면서 앞으로 일어날 일을 기대했다.

"파트리스, 이 싸움은 내 승리다."

승리를 선언하자 큰 가슴 아래로 팔짱을 낀 파트리스가 작게 한숨을 쉬었다.

"지시면 곤란합니다. 아무튼 지금은 연합왕국에 이겨야만 합니다. 칼뱅파가 남아있으니 가능한 한 전력을 온존하며 승리하고 싶군요."

이 녀석은 아무것도 이해 못 했구나.

내가 이겼다고 한 상대는—— 칼뱅이다.

칼뱅 녀석은 반드시 이길 수 있다고 생각해서 부주의하게 움직였다.

난 이렇게 빨리 칼뱅이 움직일 줄은 몰랐다.

이 행운에는 감사할 따름이다.

제국군 제7병기공장은—— 과거에 유례가 없을 정도의 호황을 맞이하고 있었다.

"아하하하, 웃음이 안 멈춰!"

클레오 파벌이 국가 간 전쟁에 끌려가게 되면서 병기를 생산을 맡은 곳이 제3, 제6, 제9병기공장.

즉 제7은 대상 외였는데, 그때 리암의 대량 주문이 들어왔다.

깔깔 웃는 니아스 옆에서 공장이 풀가동 하는 광경을 보는 후배도 웃고 있었다.

싱글벙글 웃으며 니아스에게 말을 걸었다.

"에크스나 남작가의 병기도 다 교체하는 모양이에요. 이야~, 번필드 백작은 통이 크네요."

자기 파벌의 귀족 중에서 함대가 불안한 영주들에게 통 크게 베풀었다.

최신예 전함과 기동기사──── 그 외 여러 장비를 제공하기 위해서다.

클레오가 국가 간 전쟁에 나가기 때문에 제국은 '표면적'으로는 최대 지원을 약속했다.

제7병기공장 입장에서는 클레오를 전면적으로 지원해서 칼뱅파의 비위를 거스를 일도 없다.

누구의 눈치도 보지 않고 전함을 만들어서 팔아치울 수 있다.

게다가 건조하면 건조하는 대로 팔린다.

재고도 사줘서 웃음이 멈추지 않는 상황이었다.

"전쟁 특수는 굉장하네."

"전쟁 자체는 아직 시작 안 했지만요. 뭐──── 그래도."

하지만 제7병기공장이 생산하고 있는 것은──── 신형이지만 번필드가의 불만을 받아들여 개량한 물건뿐이다.

디자인이 마음에 안 든다.

내장이 마음에 안 든다.

성능은 변함없지만 쓸데없는 기능이 추가된 제7병기공장답지 않은 병기뿐이었다.

사실은 건조하고 싶지 않지만, 제7병기공장의 순정 모델은 팔리지 않는다.

인기가 전혀 없다.

번필드가 사양으로 변경된 물건 외에는 주문이 전혀 안 들어왔다.

"우리 공장의 순정 모델은 몇 척밖에 안 팔려서 자존심이 너덜너덜해졌어요."

후배가 깊은 한숨을 쉬었지만, 니아스는 전혀 신경 쓰지 않았다.

"내가 설계 안 했으니까 문제없어."

클레오 파벌은 리암이 무리해서 전력을 준비하고 있었다.

그리고 리암이 영주들에게 돈을 빌려주고 있다.

리암은 파벌 내에서 영향력을 더더욱 높이면서 파벌 강화를 진행하고 있을 것이다.

클레오 파벌은 전쟁을 이유로 삼아 호기롭게 활동하며 군사력을 증강하고 있었다.

니아스는 양손으로 볼을 만지며 칠칠치 못한 얼굴로 눈앞에 있는 전함을 보고 있었다.

"그, 보, 다—— 내 최신예 전함이 더 중요해. 이거 봐, 이 훌륭한 성능을!"

리암을 위해 건조된 3,000m급 기함은 레어 메탈을 풍족하게 쓴 궁극의 전함이었다.

"동력, 엔진에도 레어 메탈을 썼어. 출력이 다르다고, 출력이! 포신은 아론다이트라서 열전도에는——."

이렇게 하면 확실히 최강이다! 라는 구상 자체는 옛날부터 있었다.

니아스 외에도 똑같은 생각을 하는 개발자들은 많이 있었지만, 모두 현실적인 문제를 앞에 두고 뒷걸음질 쳤다.

이유를 간단히 말하자면 예산과 희소금속 확보다.

막대한 예산이 들기 때문에 실현하지 못한 이론상 최강인 거대 전함.

그 꿈이 리암의 지원을 받아 실현되어버렸다.

지원하는 리암도 리암이지만, 그걸 만들어내는 니아스 또한 걸물일 것이다.

니아스는 칠칠치 못한 표정을 짓고 있었다.

"크흐, 크흐흐흐——."

니아스가 한동안은 현실 세계에 돌아올 것 같지 않아서 후배는 업무로 돌아갔다.

"뭐, 이쪽은 돈을 크게 벌 수 있어서 좋지만요. 그건 그렇고 클레오 파벌의 귀족분들은 좋은 타이밍에 병기 세대교체를 했네요."

새 병기가 나온 타이밍이기도 해서 현행 주류인 병기는 구식이
되었다.

클레오 파벌 관계자가 제일 먼저 병기 세대교체를 하는 모양새
가 되었다.

월레스를 평가하자면 무해하고 무익한 남자다.

황제 폐하의 자식으로서 태어났지만, 황위 계승권은 100번째 이후.

황족으로서의 가치는 사실 참 미묘한 남자다.

능력도 대체로 낮아, 모든 일이 40점대 정도. 낙제점은 아니지만 그뿐이다.

번필드가는 그런 월레스를 황족을 부하로 부려먹고 싶다는 이유로 지원하고 있다.

즉, 후원자다.

하지만 언제까지고 놀고먹게 두면 곤란하기 때문에 난 월레스에게 명령했다.

"월레스, 수도성에서 매일같이 파티를 열고 싶어. 그래서 그 총괄을 너에게 맡길 생각이야."

귀족이란 파티를 여는 존재, 라는 멋대로 가진 이미지를 실현할 때가 왔다.

하지만 개최해도 내가 책임을 지고 관리하면 즐길 수가 없다.

그래서 월레스를 쓰기로 했는데── 본인이 난색을 보였다.

"나한테 파티를 관리하라고? 그런 귀찮은 일은 당연히 무리지."

손으로 앞머리를 털어내는 월레스에게 명령을 거부당한 나는 말없이 꿀밤을 먹였다.

월레스가 양손으로 머리를 누르면서.

"아프잖아!"

"잘 들어, 월레스. 난 엄청 바빠. 매일 놀러 다니던 유리시아까지 동원해서 이 기회를 잡으려 하고 있어."

노는 데 정신이 팔려 로제타의 분노를 사서 군대에 던져진 여자가 유리시아다.

그런 녀석까지 동원하는 상황이 번필드가가 빠듯하다는 걸 이야기해줬다.

현재 번필드가의 처리 능력은 한계에 가깝다.

그런데 월레스는 아무것도 이해하지 못했다.

"기회? 위기를 잘못 말한 거 아니냐?"

고개를 갸웃거리는 월레스를 보고 있으면 모든 것이 바보 같아졌다.

"아니, 기회다. 난 행운을 잡기 직전이야."

무슨 말을 하는 거냐? 그런 표정을 지은 월레스는 오기로라도 귀찮은 일을 피하고 싶은 듯했다.

"리암이 관리하면 되잖아."

"내가 관리하면 즐거움이 줄어들잖아. 말해두겠는데, 매번 신경 써서 준비해. 그리고 똑같은 파티가 계속되면 질리니까 주의해."

무리한 요구를 하니 월레스가 난처한 표정을 지었다.

"매일같이 파티를 여는데, 매번 신경 써서 준비하는 건 어려워. 한다고 하더라도 무난하게 끝내자."

난 무난하게 끝내려고 하는 월레스에게 파티에 대한 생각을 이야기했다.

"난 파티에는 까다로워. 대충하는 건 용납 못 해. 사람도 돈도 준비해줄 테니까 열심히 해."

"적어도 파티의 방침이나 아이디어 같은 것 좀 제시해줘!"

"조금이라도 상관하면 내 즐거움이 줄어든다고!"

호통을 치자 월레스는 저항을 그만두고 마지못해 받아들였다.

"거부해도 소용없는 것 같네. 받아들이겠지만 너무 기대하지 마. 그보다 그렇게 파티가 좋으면 스스로 준비하면 좋을 것을."

"난 편하게 즐기고 싶어."

"진짜 리암은 제멋대로야."

스스로 이것저것 고안해내도 처음부터 알고 있으면 놀라움 따위는 없다.

오히려 주위 사람들이 즐기고 있는지 신경 쓰여서 싫다.

자 그럼—— 월레스는 어떤 파티를 열까?

재미없으면 나중에 스트레스를 풀 겸 잔소리해야지.

칼뱅파의 회의장.

그곳에서는 번필드가의 동향에 대한 의논이 이루어지고 있었다.

최신 정보를 손에 넣은 면면들은 놀라서 목소리가 커져 있었다.

"리암이 원정군에 참가하지 않는다고?!"

"도망친 건가?"

"아니, 심복 기사들을 파견했어. 클레오 전하 주위는 자신의 정예로 방비를 굳히고 있는 모양이야. 분명—— 수도성에서도 자주 데리고 다니는 클라우스라는 기사를 파견했어."

"들은 적 없는 이름인데, 리암의 심복인가?"

"힘을 뺀 것 같진 않지만, 본인은 수도성에 남는 건가."

총대장은 클레오지만, 실질적인 총사령관은 리암—— 모두가 이렇게 생각하고 있었다.

하지만 리암은 수도성에 남는다고 발표되었다.

칼뱅이 웃음을 지었다.

"——이겼군."

승리 선언에 귀족들의 시선에 칼뱅에게 집중되었다.

"황태자 전하?"

"이 사실로 인해 리암 군이 적을 두려워해서 물러났다는 소문이 날 거다. 아니, 그렇게 말을 퍼뜨려야지. 원정군이 이기더라도 그의 평판은 땅에 떨어질 거다."

"그건—— 뭐, 그렇게 되겠죠."

귀족들도 칼뱅의 의견에 동의하고 있는 모양이었지만, 신경 쓰이는 점도 있는 듯했다.

"황태자 전하, 리암이 정말 아무 생각도 없이 남았을까요? 진용이 발표된 뒤부터 매일같이 파티에 참여하여 여유로운 모습을 보이고 있습니다만."

칼뱅도 매일같이 파티에 나가는 리암이 신경 쓰였다.

"나도 신경이 쓰이긴 하지만, 그는 선택을 잘못했을 뿐일 것이다. 지금부터 어떻게 하든 그의 신용은 땅에 떨어질 테니까. 어쨌든 클레오를 전장에 보내고 자신은 수도성에 남았다. 이제 와서 움직인다고 해도 시기를 놓쳤어."

이번에는 클레오가 총대장으로서 출진했다.

그런 싸움에 파벌의 수장이 참가하지 않는다는 것은 체면상 심하게 좋지 않다.

더구나 리암은 무력으로 출세한 남자다.

그런 리암이 전장에 나오지 않는다는 말을 들으면── 다른 사람에겐 어떻게 보일까?

리암이 겁에 질려 전장에서 도망쳤다고 생각할 것이다.

리암 스스로가 전장에 나설 필요성이 없었다고 하더라도 세상의 평판이 너무 안 좋다.

거기에 더해 부하들이 전장에서 한창 싸우고 있는 와중에 파티에 빠져있으면 지금까지 리암이 명군으로서 받은 평가는 땅에 떨어질 것이다.

전쟁에서 도망치고 클레오에게 떠민 것은 칼뱅도 똑같다.

하지만 그건 총대장이 발표되기 전의 일이다.

얼마든지 변명할 수 있고 파벌의 귀족들이 리암만 비난하도록 움직여줄 것이다.

귀족들도 실수를 저지른 리암을 보고 맥이 빠진 듯했다.

"너무 많이 건드렸네요. 어이없게 끝이 나는군요."

칼뱅은 모두의 마음을 다잡았다.

"아직 끝나지 않았으니 긴장을 늦출 순 없어. 하지만 리암 군은 끝이 나도 살아있으면 성가시지."

평판이 떨어진다고 하더라도 리암은 존재하는 것만으로도 성가셨다.

최근에는 부정이 만연한 지방에서 연수 중에도 개혁을 단행하여 부패 관리를 일소했다.

좋은 능력과 너무나도 고결한 정신—— 분명 앞으로도 자기들을 괴롭힐 것이다.

칼뱅은 결단을 내렸다.

"——준비한 부하를 보내보지."

그 명령에 귀족들은 조용히 고개를 끄덕였다.

칼뱅은 승리를 확신하고 있었지만, 리암은 라이너스를 쓰러뜨린 남자다.

자신의 라이벌을 쓰러뜨린 남자이기 때문에 부술 수 있을 때 부숴두고 싶었다.

"리암 군, 넌 너무 강해서 방심했어."

칼뱅의 눈에 리암의 행동은 너무 강하기 때문에 거만해져 방심한 것처럼 보였다.

◇◆◇◆◇

번필드가가 주최한 파티는 대성황이었다.

참가한 귀족들이 회장 안에서 감탄하여 소리를 질렀다.

예술품—— 주로 석상 등을 전시하고 있는데, 그 속에서 입식 파티가 벌어지고 있었다.

신진기예 예술가들을 모아 제작된 신작을 발표하는 자리이기도 했다.

제작자나 관계자가 작품 옆에 있어서 설명까지 해줬다.

예술을 좋아하는 귀족과 투자 목적으로 구매하는 귀족들이 흥미를 보였다.

"호오. 이거 훌륭하군요."

"이 작품은 갖고 싶군요. 내 저택에 장식하고 싶어."

"전 이미 저걸 예약했어요. 그건 그렇고 파티도 오랜만이지만, 이런 취향도 즐겁군요. 이전에 참여한 파티는 너무 기발해서 즐기지 못했으니까요."

초대한 손님의 대부분은 같은 파벌의 귀족과 그 가족이다.

같은 편만 초대한 이유는 수도성에서 내 재력을 과시하기 위해 ——그리고 단순히 같은 파벌의 귀족과 그 가족의 환심을 사기 위해서다.

내가 로제타와 함께 주위의 귀족들과 담소를 나누고 있으니 에크스나 남작의 대리인으로서 군복 차림으로 참가한 크루트가 다가왔다.

주위 사람들이 배려해줘서 자리를 비켜주자 크루트가 손을 흔들었다.

"리암!"

"와줬구나. 환영해."

크루트 옆에는 약혼한 지 얼마 안 된 세실리아 전하의 모습이 있었다.

세실리아 전하는 클레오 전하와 자매인 황녀다.

사이좋은 모습을 보여주고 있는데, 내가 크루트와 이야기하기 시작해서 로제타는 세실리아 전하에게 말을 걸어 대화했다.

날 배려해준 건가? ──흥, 눈치가 빠르네.

난 로제타가 의외로 쓸만하다는 사실에 놀라면서 크루트와 잡담을 했다.

"드디어 만났네. 군대는 어때?"

크루트는 이전에 만났을 때보다 키가 컸고 몸의 근육량도 늘어 있었다.

더욱 군인다운 체형이 됐지만, 미남은 늠름해져도 미남인 그대로다.

성격도 변하지 않았는지 처음 만났을 때 그대로였다.

"솔직히 말하면 힘들지만. 그래도 나쁘진 않으려나? 수도성에서 관리 생활을 하는 것보다 거친 생활이 더 잘 맞아."

군대 생활이 더 잘 맞는다고 하는 크루트에게 근무지에 관한 화제를 던졌다.

"지금은 수도성 방위부대 소속이라면서?"

"맞아. 하지만 지금은 사무 처리 잡일을 하고 있어. 이대로 가면 정식으로 배속된다고 하더라도 패트롤 함대에서 근무하게 되려나?"

"정규 함대에 갈 거면 소개해줄까? 세드릭을 중장으로 승진시켰으니까, 그 녀석의 함대라면 융통성이 좋을 거야."

월레스의 형인 세드릭── 그도 황족이지만 지금은 군인으로서 살고 있다.

난 그런 그의 후원자가 되어 승진시켰다.

본인은 빠른 승진에 놀랐는데, 앞으로 열심히 하라는 뜻으로 보상을 미리 준 것과 같은 것이라고 말하니 나를 무서워했다.

대체 무엇을 시키려는 것이지? 라면서 떨었지.

크루트가 쓴웃음을 지었다.

"리암은 여전하네. 그럼 부탁해볼까?"

"맡겨둬."

이런 이야기에 기뻐하는 크루트를 보면 역시 이 녀석은 악덕 영주 동료라는 걸 실감할 수 있다.

에크스나 남작의 피를 제대로 물려받은 모양이다.

그에 비해 로제타 곁에 있는 시엘은 다르다.

기뻐하는 오빠를 보고 눈동자가 흐려졌다.

지금은 수행원으로서 로제타 곁에 있어서 일하는 중이다.

그래서 친오빠라고 하더라도 손님인 크루트에게 말을 걸 수는 없다.

하지만 2대째 악덕 영주로서 순조롭게 성장하고 있는 오빠를 보고 꽤나 슬픈 듯한—— 아니, 복잡한 시선으로 바라봤다.

난 시엘을 놀리기 위해 크루트에게 말을 걸었다.

"크루트, 시엘이 이야기하고 싶어 해."

"괜찮아? 로제타의 수행원으로서 일하고 있잖아?"

"너랑 내 사이잖아. 그런 작은 일은 신경 쓰지 마."

착실한 크루트의 가슴을 주먹으로 가볍게 치자 본인은 동생과 대화하는 게 조금 부끄러운지 쑥스러워하며 볼을 빨갛게 물들였다.

"그, 그럼, 네 말대로—— 시엘, 잘 지냈어? 리암이랑 모두에게 폐는 안 끼쳤지?"

크루트는 웃는 얼굴로 시엘에게 말을 걸었다.

하지만 시엘의 표정은 어딘지 어색했다.

남매의 대화인데 인사말을 늘어놓았다.

"네. 백작님과 로제타 님이 잘 대해주십니다."

"그거 다행이네. 어라? 그 드레스, 혹시 리암이?"

크루트는 시엘이 새 드레스를 입은 걸 알아차린 듯했다.

시엘이 싫어할 줄 알고 준비한 드레스인데 꽤 잘 어울렸다.

비싼 드레스를 선물했는데, 시엘이 거기에 불만을 품고 있다는 건 알고 있었다.

그래서 크루트 앞에서 자랑했다.

"수도성에서 인기 있는 디자이너를 모아서 만들게 한 드레스야. 아마—— 이번에는 60벌 정도 지었던가? 전부 시엘을 위해 특별히 주문한 옷이야."

파티가 계속되는 한, 드레스도 매일같이 바뀐다.

한 번 입은 드레스는 두 번 다시 입지 않는다.

이 낭비가 좋다.

내가 악하다는 걸 실감할 수 있다.

하지만 이런 낭비를 싫어하는 시엘 입장에서는 드레스를 마련해줘도 기쁘지 않을 것이다.

"저, 전 필요 없다고 말씀드렸지만, 배, 백작님이 꼭 입으라고."

시엘은 약간 분한 마음이 드러난 표정을 짓고 있었다.

나에게 조금도 감사한 마음을 품고 있지 않지만—— 그 점이 좋다! 최고다!!

로제타에게 부족했던 '큭, 죽여라' 요소를 갖춘 시엘이 마음에 든다.

이 녀석이 싫어하게 만들기 위해서라면 드레스쯤은 몇백 벌이든 준비해 줄 수 있다.

하지만 그런 시엘의 태도에 크루트가 화를 냈다.

"——시엘은 리암이 준 선물이 마음에 안 드는 것 같네."

크루트는 평소와 다름없는 웃음을 보여주고 있지만, 정의감에 나를 싫어하는 시엘에게 짜증을 느낀 듯했다.

뭐, 그래도 남매다.

나에 대한 무례한 태도를 조금 꾸짖고 싶은 마음이 들었을 것이다.

시엘도 크루트의 짜증을 감지했는지 아래를 보고 사죄했다.

"실례했습니다. 비싼 드레스를 몇 벌이나 받은 적이 없어서 난처했습니다. 백작님께는 대단히 감사하고 있습니다."

크루트가 쏘아봐서 나에게 감사하는 시엘을 보는 재미가 쏠쏠하다.

"사과할 필요는 없어. 앞으로도 무슨 일 있으면 나한테 뭐든지 얘기해."

"아, 네."

억지로 웃음을 짓고 대답하는 시엘을 보고 크루트가 작게 한숨을 쉬었다.

"리암은 상냥하구나."

"난 상냥하지 않아."

대화가 일단락되자 세실리아 전하와 담소를 나누던 로제타가 우리의 대화에 끼어들었다.

"달링은 정말 호쾌해. 드레스를 한 번 입고 버리다니, 난 상상조차 할 수 없어. 적어도 마음에 든 드레스는 남겨두고 싶은데."

──로제타는 친정이 가난했기 때문에 절약하는 습관이 빠지지 않았다.

물건을 소중히 하다니, 악덕 영주인 내 약혼자로서 자각이 있는 건가?

마음에 드는 드레스를 남겨두고 싶다니, 무슨 생각이지?

"얼마든지 사줄게."

"드레스를 남겨두기만 해도 괜찮은데."

그런 대화를 하고 있으니 귀족의 자제들이 다가왔다.

아이들의 아버지는 파티에 참석하지 않았다.

어머니나 친척, 혹은 고용인과 함께 참가했다.

그 이유는 아버지가 전쟁터에 나가 있어서 수도성에 없기 때문이다.

전쟁터에 나간 귀족들의 아이들은 내 쪽에서 돌봐줬다.

인질로 보이겠지만, 귀족들의 기분을 맞춰주는 의미가 강하다.

가족을 소중히 돌봐주고 있다.

우리가 있는 곳으로 온 아이들이 인사했다.

"로제타 님, 오늘 드레스도 아름답네요."

여자아이들은 드레스 화제로 신나게 이야기한다고 해야 할까, 사교계에 나와서 치장하는 것에 흥미를 느끼고 있는 듯했다.

"어머, 고마워."

대답하는 로제타에게 흥미를 느낀 여자아이들이 질문했다.

"어디서 사셨나요?"

"주문한 거야."

"그, 그랬나요."

그러자 주위 아이들이 어디서 샀는지 물어본 소녀에게 어이없다는 시선을 보냈다.

"드레스는 주문 제작하는 게 당연하잖아."

"너, 어느 시골에서 온 거야?"

"기성품 같은 건 전혀 세련되지 않아. 역시 인기 있는 디자이너가 만들게 해야지."

──여자아이는 아이라도 무섭다.

이야기를 듣고 있던 크루트는 쓴웃음을 짓고 있었고 시엘은 약간 굳은 표정을 짓고 있었다.

시엘도 드레스는 주문해서 만드는 게 당연하다는 말을 듣고 놀랐을 것이다.

세실리아 전하는 볼에 손을 대고 난처하다는 표정을 짓고 있었다.

로제타가 낙담한 여자아이에게 부드럽게 말을 걸어 위로했다.

"신경 쓰지 않아도 괜찮아."

울 것 같은 여자아이를 보고 이변을 알아차렸는지 관계자가 황급히 내 쪽으로 달려왔다.

내 앞에서 여자아이를 시골뜨기 취급한 아이들의 관계자인데 상당히 당황한 눈치였다.

"죄, 죄송합니다, 리암 공. ──너희들, 당장 가족이 있는 곳으로 돌아가라."

"네~."

아이들이 떠나가자 관계자인 남자가 머리를 깊숙이 숙였다.

"죄송합니다. 백작님 앞에서 그런 언행은 용납할 수 없습니다. 나중에 엄하게 훈계하겠습니다."

뭐, 내가 변경 시골뜨기이니 말이다.

그리고 로제타도 가난해서 드레스 같은 건 만족스럽게 사지 못했다.

아이들의 순진한 말에 우리의 비위가 상하는 걸 두려워했을 것이다.

원래라면 격노할 만한 일이지만, 난 감정을 억눌렀다.

"신경 안 써요."

이곳에 있는 건 클레오 파벌 관계자들이다.

분노에 몸을 맡기고 섣부른 대응을 할 수는 없다.

난 혼자 남겨진 여자아이—— 시골뜨기 취급을 받아 울고 있는 여자아이에게 말을 걸었다.

"그렇게 울지 마. 괜찮다면 드레스를 한 벌 짓게 하지. 이후의 파티에는 그걸 입고 참가해줄 거지?"

여자아이는 내 제안에 놀랐지만 금방 기뻐하며 울음을 그쳤다.

"정말로요?!"

"그래, 내 이름을 걸고 약속하지."

좋아! 이제 상처 입었으니까 파티에 참여 안 해! 라는 말은 안 하겠지.

그 후, 가족이 와서 나에게 감사 인사를 하고 떠나갔다.

그 모습을 보고 있던 크루트는 세실리아 전하와 신나게 내 이야기를 하고 있었다.

"리암은 옛날부터 착했어요."

"그렇겠죠."

이 녀석―― 착실하게 세실리아 전하에게 내가 착한 사람이라고 속이고 있어.

역시 악덕 영주로서 뛰어난 남자는 다르군.

시엘이 날 수상하게 보고 있어서 웃어주니 고개를 돌렸다.

이 얼마나 재미있는 반응을 하는 아이인가.

온종일 놀리고 싶어진다.

혼자 좋아하고 있으니 로제타가 나에게 고맙다고 말했다.

"달링, 고마워."

"고맙다는 말을 들을 만한 일은 안 했어."

왜 고맙다고 하지? 난 너한테 아무것도 안 했어.

로제타는 고개를 저었다.

"아니, 저 아이를 대하는 태도가 기뻤어. 옛날의 자신을 보고 있는 것 같았으니까."

"――그런가."

내가 저 여자아이에게 살가운 말을 해주는 것을 보고, 자기도 이런 식으로 누가 구해줬으면 했어~ 라며 상상이라도 했겠지.

정말 쉬운 여자다―― 드레스 한 벌쯤은 내 벌이를 생각하면 막과자를 사는 것과 마찬가지인데.

기쁜 듯이 미소 짓는 로제타의 얼굴을 똑바로 볼 수 없는 나는 고개를 돌리고 머리를 긁었다.

"뭐, 됐나."

그건 그렇고 매일같이 파티를 열고 있는데── 월레스 녀석한테 의외의 재능이 있었네.

매번 참가하고 있는데, 질리지 않고 재밌게 즐기고 있다.

게다가 이번에 초대한 귀족들의 취미와 취향에 맞춘 파티다.

저 녀석, 의외로 이런 방면에 재능이 있는 게 아닐까?

파티장 밖.

뒷골목 같은 곳에서 쿠쿠리가 모습을 드러내고 있었다.

어둑어둑한 곳에서 가면을 쓰고 온통 까만 옷을 입은 거한인 쿠쿠리는 이상한 분위기와── 살기를 뿜고 있었다.

쿠쿠리는 이상하게 발달한 큰 양팔을 벌리고 큭큭 웃었다.

"──드디어 모습을 드러냈군요."

쿠쿠리가 목소리를 낸 직후에 수리검이 날아왔다.

수리검들을 튕겨내자 전부 불꽃이 되어 사라져버렸다.

아까 전까지 실체를 가지고 있던 수리검이 불꽃이 되어 환영처럼 사라져갔다.

쿠쿠리 주위에는 가면을 쓴 온통 검은색인 옷을 입은 암부가 차례차례 나타났다.

이에 대항하여 적도 모습을 보였다.

쿠쿠리 일행을 둘러싸듯이 검은 불꽃이 나타났고, 불꽃이 모습을 바꿔 인간의 형상을 만들었다.

그대로 불꽃의 모습이 선명해지니 그곳에 나타난 것은 무기를 든 닌자들이었다.

"──죽인다."

그들은 짧게 중얼거리고는 달려들었다.

좁은 골목에서 전투가 시작되었다.

쿠쿠리는 자신에게 오는 닌자 두 명을 양손으로 후려쳐 찢었다.

다만, 감촉이 없었다.

휘두른 팔은 허공을 갈랐고, 두 닌자의 모습이 일렁였다.

두 사람은 불꽃이 되어 사라졌지만 쿠쿠리는 당황하지 않고──
그 불의 중심에 있는 코어를 쥐고 으스러뜨렸다.

그 순간, 코어── 작은 유리구슬이 깨지자 불꽃이 한순간 날뛰듯이 크게 부풀어 오른 다음 사라졌다.

"키히히히! 우선은 둘."

동료가 간단히 죽는 것을 본 닌자들이 일제히 쿠쿠리 일행과 거리를 뒀다. 그들은 어째서인지 비밀을 알고 있는 쿠쿠리를 앞에 두고 초조함을 느꼈다.

쿠쿠리는 그들에게 말을 걸었다.

"그립네요. 당신들 덕분에 상당히 고생했어요. 하지만 고작 이 정도로 초조해하는 건 마음에 안 드는군요. 당신들의 선조는 고작 이 정도로는 당황하지도 않았는데 말이죠."

그렇게 말하는 쿠쿠리에게 한 닌자가 입을 열었다.

"——네놈은 누구냐?"

쿠쿠리는 큰 팔을 벌리고 자기소개를 시작했다.

"처음 뵙겠습니다. 그리고 오랜만이에요. 옛날에는 제국 암부의 그림자 일족이라 불렸어요. 사람들이 멋대로 그렇게 불렀을 뿐이지만요."

닌자들이 그 말을 듣고 불리하다고 생각했는지 도망치려고 했다.

쿠쿠리는 그때를 놓치지 않고 자신의 그림자에서 뻗어 나온 검은 가시로 그들의 코어를 찔러 쓰러뜨렸다.

한순간에 열댓 명의 닌자들이 사라지자 쿠쿠리의 부하들도 그림자 속으로 사라졌다.

쿠쿠리만은 그 자리에 남아서 이곳을 감시하고 있는 자에게 고했다.

"2,000년이다. 우리는 이때를 2,000년이나 기다리고 있었다. 반드시 복수해주겠다. 이 말을 너희의 주인에게 전해라. ——너희의 선조가 나쁘다고 말이야."

그 말을 남기고 쿠쿠리도 그림자 속으로 사라져갔다.

"월레스!"

"리암, 난—— 내 재능이 두려워."

파티용 정장을 흩뜨려 입은 리암은 월레스의 노고를 위로하러 와있었다.

로제타도 연일 쌓인 피로도 있어서 파티에서 돌아와 의자에 앉아 쉬고 있었다.

휴식하는 로제타에게 마실 것을 준비해주는 시엘은 어이없어 하면서 리암과 월레스의 촌극을 곁눈으로 봤다.

"난 널 식충이라 생각하고 있었지만, 지금은 정말 감사하고 있어! 매일같이 여는 파티는 대성황이다!"

"심한 욕을 들었지만, 고마워. 나도 나에게 이런 재능이 있을 줄은 몰랐어."

리암은 월레스가 좋아하는 술을 가져와 함께 마시기 시작했다.

월레스는 매일같이 파티를 기획했는데 의외로 호평을 받았다.

리암도 실패를 각오하고 있었는지, 안 되면 바로 다른 사람에게 맡길 준비를 하고 있었다.

하지만 월레스가 예상 밖의 활약을 보여줘 리암마저 놀라게 했다.

의외의 재능이다.

(하지만 이건 보통은 필요 없는 재능이지.)

쓸데없이 돈을 들여 매일같이 파티를 열어 노는 것으로밖에 안 보인다.

실제로 리암은 즐기고 있었다.

그에 비해 로제타는 매일같이 관계자에게 신경을 써서 지쳐있었다.

시엘은 로제타를 걱정했다.

"로제타 님, 내일은 쉬시는 게 어떤가요? 매일같이 파티가 계속되고 있어서 피로가 쌓였습니다."

시엘의 제안에 로제타는 고개를 가로저었다.

"그럴 순 없어. 내가 쉬면 불안하게 여기는 사람들도 많아. 가족이 전쟁에 나간 사람들도 많으니까 조금이라도 안심시켜줘야지."

"그건 그렇지만⋯⋯."

전쟁에 참여한 귀족들이 두려워하는 것은 무엇인가?

그건 적인 연합왕국도 그렇지만, 클레오 파벌의 귀족들 입장에서는 칼뱅 파벌도 긴장을 늦출 수 없는 상대다.

자기들이 전쟁터에 나가 있는 동안에 가족이 인질로 잡히면?

전장에서 전력을 다하기 위해서도 많은 귀족이 가족을 수도성에 남은 리암에게 맡겼다.

이는 가족을 인질로 내주는 의미도 강하다.

같은 편을 배신하지 않겠다. 배신하면 가족을 죽여도 상관없다는 뜻으로.

동시에 리암에게 자기들의 가족을 지켜달라고 부탁하기 위함이기도 했다.

전쟁터에 나간 귀족들은 칼뱅 파벌의 움직임도 경계하고 있었다.

시엘이 작게 한숨을 쉬었다.

"백작님은 전쟁에 나서는 편이 더 좋지 않았나요? 그러는 편이 모두가 안심할 것 같은데요?"

로제타도 시엘의 의견을 부정할 수는 없는지 난처하다는 표정을 짓고 있었다.

"원래라면 번필드가의 영지에서 가족을 지키고 달링은 전쟁터에 나가서 싸워야 했지. 하지만── 지금 영지가 소란스러우니까."

번필드령에서는 대규모 데모가 벌어지고 있었다.

그런 상황에 같은 파벌 귀족들로부터 가족을 맡을 수는 없다.

시엘은 데모 이야기를 떠올리고 큰 한숨을 쉬었다.

"설마 그런 시시한 이유로 데모가 일어나다니── 저희 영지보다 심하네요."

현재 번필드가에서 일어나고 있는 대규모 데모는 민주화 운동을 위한 데모가 아니다.

민주화를 하라며 떠드는 사람은 극히 적어서 지금은 화제로도 오르지 않는 수준이다.

그럼 어떤 데모가 일어나고 있는가?

──리암의 후계자 문제로 데모가 일어나고 있다.

번필드가의 백성들이 리암에게 '빨리 후사를 만들어라!'라며 대규모 데모를 벌이고 있었다.

전대미문이었다.

시엘은 이 소동에 골치를 썩였다.

(우리 영지에서는 아버님의 누드 사진집은 언제 나오냐면서 소란을 피웠지만── 그것보다 심해!)

번필드가 저택의 고용인들이 작성한 탄원서도 전혀 손대지 않는 리암에게 '우리는 언제든지 괜찮으니 컴온!'이라는 취지의 어필이었다.

저택에서 일하는 메이드들이 자기를 건드리라며 탄원했다.

저택에서 일하는 남자와 그 외의 여자들도 '후계자는 서둘러 만드는 편이 좋다고 생각합니다'라는 탄원서를 보냈다.

시엘은 바보 같은 문제 때문에 머리가 아팠다.

(귀족도 별 볼 일 없네. 뭐, 나도 그 귀족이지만. 이런 일로 소란을 피울 수 있으니 의외로 평화로운 게 아닐까?)

리암과 월레스는 파티 성공을 축하하며 건배했다.

"다음 파티가 기대된다!"

"기대해줘! 다음도 자신 있어!"

"그거 좋네! 아, 그럼 양동이 파티를 기획해줘! 한 번이라도 좋으니까 번필드가도 양동이 파티를 해보고 싶어."

월레스는 흥분하면서 양동이 파티를 요망하는 리암에게 정색했다.

"미안, 그건 문턱이 너무 높아서 내 능력으로는 무리야."

"그, 그런가."

아무리 그래도 양동이 파티는 무리라는 말을 들어 리암은 의기소침했다.

그때 뭔가를 떠올렸는지 화제를 바꿨다.

"양동이 파티는 앞으로의 과제로 두고, 그보다 요즘 에일라를 못 봤네. 파티에 불렀어?"

한 친구가 파티에 참여하지 않는 것을 걱정하는 듯했다. 월레스는 뭐라 형언할 수 없는 표정을 지었다.

"——에일라라면 지하가에서 날뛰고 있어."

"뭐? 전에 정화 전쟁을 한다면서 우리 병사를 빌려 갔을 텐데?"

에일라의 이름이 나오자 시엘은 몸이 굳어버렸다.

떠올린 것은 에일라와 상의한 그 날의 일.

오빠가 언니가 될 거라며 불안해하는 시엘에게 에일라가 굉장히 탁한 눈동자로 '역시 남자끼리 하는 게 좋지!'라고 말한 그날이다.

시엘에게 에일라는 거북한 여자였다.

일단 에일라의 동향도 궁금해서 둘의 대화에 귀를 기울였다.

월레스는 리암에게 수도성의 지하가에서 활약하는 에일라에 대해 가르쳐줬다.

"확실하진 않은데 자기가 담당하고 있는 지구 이외에도 손을 뻗치고 있대. 지금은 언더그라운드의 여왕이라 불리고 있어."

에일라의 별명을 듣고 리암도 당황했다.

"일을 너무 성실하게 하는 것 아닌가? 너무 무리하지 말라고 말해둘까."

　일을 너무 열심히 하는 에일라를 걱정하는 모양인데, 월레스가 필요 없다고 고개를 저었다.

　"본인은 즐기고 있으니까 문제없어. 문제가 있다면—— 지하가의 주민들이지."

　둘의 대화를 들은 시엘은 에일라가 지하가에서 날뛰고 있다는 이야기를 듣고 떠올렸다.

　(그러고 보니, 전에 받은 메시지에—— 원흉을 근절하겠다고 적혀있었는데, 설마?)

　그 무렵 지하가에서는 검은 정장을 입은 관리들이 서로를 노려보고 있었다.

　제삼자가 보면 마치 마피아끼리 서로를 노려보는 것처럼 보일 듯했다.

　검은 정장을 입은 여자를 앞에 두고 무서운 얼굴의 남자들이 위압하듯이 고함쳤다.

　"여긴 8과의 담당 지구다! 왜 4과의 과장이 튀어나오는 거지?!"

　무서운 얼굴을 가진 남자들이 노려보는 사람은 에일라였다.

　에일라 뒤에는 검은 정장을 입은 관리들이 있는데, 대부분 무서운 얼굴을 가지고 있었다.

그리고 그 뒤에는 무장한 병사들의 모습도 있었다.

에일라는 막대사탕을 먹고 있었고, 다 먹자 막대를 입에서 빼고 구역에 들어오지 말라며 떠드는 관리들에게 웃음 지었다.

"──너희지? 여기 있는 사람들한테서 뇌물을 받고 범죄를 묵인해준 녀석들이?"

"무, 무슨 증거로?!"

"증거도 이미 있어. 귀찮은 절차를 거치기 싫으니까 붙잡은 뒤에 조사할게."

꽤나 난폭한 말투에도 익숙해진 에일라는 웃음을 지우고 무표정해지더니 부하들에게 명령을 내렸다.

"이 부패 관리들을 잡아."

에일라의 명령에 무섭게 생긴 남자들과 리암한테서 빌려온 번필드가의 병사들이 부패 관리들을 덮쳤다.

남자들이 지하가 대로에서 싸움을 시작하자 구경꾼들이 그걸 보고 저마다 말했다.

"저게 소문으로 듣던 베르만이냐."

"저 녀석이 현재 언더그라운드의 주인이야."

"부패 관리들을 쓸어버리다니, 귀여운 얼굴로 잘도 하는군."

에일라는 지하가의 주민들에게 두려움을 사고 있지만, 개중에는 자세한 사정을 아는 자도 있는 것 같았다.

"모르냐? 저 여자는 번필드 백작의 친구야."

"번필드? 그래서 정의감이 강하군. 깨끗하고 바른 귀족님의 친구였어.”

번필드가라고 하면 부정을 용서하지 않는 품행 방정한 귀족으로 지하가에서도 알려져 있었다.

그런 번필드가의 당주와 관계가 있다면 올곧게 일을 하는 것도 납득이 될 것이다.

8과 남자들이 잡히자 부하가 에일라에게 보고했다.

“과장님. 끝났습니다.”

에일라는 그 보고를 듣고 표정을 풀었다.

“보면 알아. 그럼, 다음은 12과의 담당 지구로 갈까. 오늘 안에 남은 두 과도 부숴야지.”

불법 성전환 약은 부패 관리의 소굴과 함께 전부 배제해주겠어! 그런 기백이 넘치는 에일라는 연수 기간임에도 불구하고 일에 매진하고 있었다.

전장이 된 제국령의 공역에는 600만 척이 넘는 함정이 집결해 있었다.

정말 장대한 광경이긴 하지만 이만한 규모를 움직이면 막대한 예산이 필요해진다.

성간 국가로서 거대한 제국으로서도 이 막대한 예산을 짜내는 것은 힘든 일이다.

하지만 옥시스 연합왕국을 제국령에서 격퇴하기 위한 싸움이다.

제국이 그만한 지출을 결정한 것은 적을 물리치고 승리하기 위해서다.

즉, 이겨야만 하는 싸움이다.

총기함이 된 3,000m급 초노급 전함의 함교에서는 실질적인 총사령관으로 임명된 클라우스가 위장의 통증을 견디면서 클레오 전하 옆에 서 있었다.

(물량만 갖춘다고 대규모 전투에서 이길 수 있는 게 아니야. 정말 이길 수 있을까?)

숫자만 보면 적의 두 배에 달한다. 하지만 이만한 전력을 한 곳에서 운용하진 않는다.

우주는 넓고, 그만큼 적도 분산되기 때문에 아군도 분산될 수밖에 없다. 즉 전장이 수없이 많아지는 것이다. 그야말로 몇백, 몇천 곳에서 충돌이 일어난다. 작은 전투도 합치면 만 단위의 전장이 만들어진다.

요컨대 일부 전장에서 지더라도 전체적으로 이기면 되는데, 수가 많아지면 한 인간이 모든 것을 파악하여 지시하는 건 불가능해진다.

오퍼레이터들이 비명을 질렀다.

"클라우스 총대장 대리님! 패트롤 함대로부터 보급 물자가 오지 않는다는 민원이 들어왔습니다!"

"클라우스 총대장 대리님! 참전한 귀족들로부터 언제 만찬회를 하냐는 민원이!"

"클라우스 총대장 대리님! 일부 부대가 싸우고 있습니다! 아군끼리 교전을 시작했습니다!"

민원은 급하게 긁어모은 패트롤 함대에서 왔다.

클레오 파벌의 발목을 잡기 위해 칼뱅파가 보낸 도움도 안 되는 짐 덩어리 귀족들이 통솔했다.

클레오 파벌과는 상관없는 귀족들이 고의로 발목을 잡는 것이다. 분명 칼뱅 파벌과 거래를 했을 것이다.

그들은 소동을 일으켜 아군의 발목 잡기를 반복했다.

그들은 전쟁의 양상에 상관없이 질 것 같으면 핑계를 대고 도망칠 것이다.

적전도망은 귀족이라도 총살형이지만, 칼뱅 파벌은 클레오를 철저하게 깎아내리기 위해 클레오—— 리암의 책임으로 돌릴 것이다.

즉 패배는 번필드가의 끝을 의미한다.

그걸 아는 클라우스는 책임감에 짓눌려버릴 것만 같았다.

(아, 속 쓰려. 진짜 병력은 절반뿐이고, 나머지는 사실상 적이잖아.)

옥시스 연합왕국군 300만.

알그란드 제국군 600만—— 하지만 절반은 적이다.

600만 대 300만의 유리한 싸움이 아니라 사실은 300만 대 600만인 열세인 상황이다.

그나마 다행인 건 아직 300만은 아군이라는 사실이었다.

이건 리암 덕분이다. 수도성에서 같은 파벌의 귀족들이 리암의 요구를 받아들이도록 활동하고 있다. 그리고 어용상인과 연줄을 총동원하여 만전의 태세를 갖췄다. 결과적으로 리암은 후방에서 착실하게 지원했다.

(리암 님이 후방 지원으로 들어간 덕분인가. 그렇게 생각하면 나쁘지 않은 배치이긴 해. 근데 난 왜 여기에 있지?)

클레오 가까이에는 클레오의 기사가 된 리시테아의 모습이 있었다.

조금 떨어진 의자에는 호위인 첸시가 앉아있었다. 그녀는 느긋하게 손톱이나 손질할 만큼 긴장감이 없었다.

(클레오 전하는 함대를 지휘한 경험도 없고, 리시테아 전하도 이런 규모는 경험이 없다. 나도 처음이다. 첸시는 애초에 관심도 없고.)

리암이 있었다면 클라우스도 아무 생각 없이 따르면 됐다.

하지만 리암은 철저하게 후방지원에 몰두하고 있다.

이 정도의 함대를 움직일 수 있었던 것도 리암이 후방에 있기 때문이다.

보급 준비부터 여러 일까지, 리암이 있기 때문에 후방이 안정적이다.

리암이 수도성에 없었다면 칼뱅파의 방해공작을 받았을 것이다.

그렇게 생각하면 리암은 적확한 판단을 내린 거다.

굳이 문제가 있다면, 나를 실질적인 총대장으로 임명했다는 것뿐이다.

속이 쓰린 클라우스는 눈을 반짝이는 티아를 바라봤다.

"멍청이들이 시끄럽네. 오퍼레이터 제군, 소란 피운 놈들을 리스트에 기록해둬라. 우리에겐 필요 없는 존재다."

리암도 막무가내로 그를 믿는 건 아니었다. 클라우스 혼자서는 이 정도 규모의 함대를 지휘하기 어렵다는 걸 짐작하고 티아를 파견했다.

클라우스는 자기 역할이 티아의 감시라고 생각하기로 했다.

(크리스티아나 공은 대규모 전투 경험이 있다고 했었지. 난 한 발 물러서서 철저하게 그녀를 돕자. 애초에 그 외에 할 수 있는 일도 없고.)

티아는 잡일을 전부 무시하니, 잔걱정이 많은 클라우스가 그 잡일을 맡게 되었다.

티아도 그걸 느꼈는지 클라우스에게 쓸데없는 소리는 전혀 하지 않았다.

그래서 티아가 함교에서 총대장처럼 행동했다.

"티아 공, 연합왕국과 싸울 방책은 있는가?"

긴장한 듯한 클레오가 안면이 있는 티아에게 물었다.

클라우스도 사전에 상의하긴 했지만, 작전다운 작전은 없었다.

티아는 미소 지으면서 클레오에게 말했다.

"임기응변을 명심할 것입니다. 애초에 이 정도 규모로 전투가 벌어지면 예상대로는 되지 않으니까요."

그 말을 들은 리시테아는 불안해진 모양이었다.

"이길 수 있나? 사실상 적은 우리의 두 배인데."

리시테아도 모든 아군이 지시를 따른다고는 생각하지 않았다.

그렇게 생각하는 리시테아에게 티아는 고개를 갸웃하며 웃었다.

"두 배? 리시테아 전하, 이건 그런 상황이 아닙니다. 이는 비유하자면 삼파전이 벌어진 상황이에요. 연합왕국군은 제국군을 봐도 적인지 아군인지 판단하지 못할 테니까요."

600만이나 되는 함대가 움직이는 광경이 데포르메 되어 클라우스와 모두 앞에 표시되었다.

전장 도착을 앞두고 이쪽의 명령을 무시하고 움직이는 함대가 있었다.

패트롤 함대를 비롯한 비협력적인 녀석들의 혼성 함대다.

절반의 함대가 예정된 배치 장소로 가는 가운데, 그 외에는 명령을 무시하고 움직였다.

티아는 그 광경이 재밌다는 듯이 바라봤다.

"어라, 바로 배신자가 나왔네요. ──그럼, 우선 이 녀석들부터 제거하시죠."

티아가 눈앞에 있는 화면을 조작해서 함대에 지시를 내렸다.

"우리의 목표는 리암 님의 승리! ──배신자에게도 일을 시키세요."

마지막으로 한 한마디는 주위 사람이 놀랄 정도로 차가운 목소리로 했다.

"퍼싱── 리암 님을 배신한 것을 후회하도록 해."

연합왕국군.

퍼싱 백작이 이끄는 6,000척의 함정은 다른 귀족들과 함께 함대를 이루고 있었다.

10만 척에 가까운 함대로 제국령 내에 있는 한 행성을 점거하고 있었다.

이 함대에는 연합왕국에 가맹한 나라 중 하나── 퍼싱 백작이 일하는 나라의 귀족들이 모여 있었다.

내란 소동 때 연합왕국에 적의를 드러낸 나라다.

원래라면 최전선에서 싸워야만 하지만── 제국과 뒷거래를

했다.

제압한 행성의 제국군은 퍼싱 백작 일행이 왔을 때는 이미 철수한 상태였다.

피해를 내지 않고 일정 활약을 해냈다.

전함의 함교에서 시가를 피우는 퍼싱 백작은 제국군에서 온 통신을 받고 있었다.

"백작님, 제국군으로부터 정시 연락이 왔습니다. 다음 작전이 발표됐습니다."

부하가 준 보고서를 받아 내용을 확인했다.

"흠, 클레오 전하가 탄 총기함은 소수로 행동한다고? 본대에 가짜를 두고 더미로 삼을 계획인가? 제국군은 싸움을 모르는 모양이군."

본대에 가짜 총기함을 두고 미끼로라도 삼을 생각일 것이다.

다만, 이 작전이 과거의 대전에서 성공한 사례가 있다.

총기함이 소수의 함대로 움직일 리가 없다! 그렇게 굳게 믿었다가 진 성간 국가도 존재한다.

의표를 찌르는 작전이지만, 그것도 알려지면 의미가 없다.

퍼싱 백작은 이를 상사에게 보고하기로 했다.

"국왕 폐하께 보고해라. 크크, 전쟁을 구경만 하다 끝나니 참 편하군. 서로 안달이 나서 죽이려 드는 놈들이 불쌍할 지경이야."

퍼싱 백작은 이대로 전선에 나서지 않고 이 상황을 넘길 생각이었다.

함대를 이끌고 참가한 주위의 귀족들도 마찬가지였다.

그들은 진심으로 싸울 생각이 없었다.

"나쁘게 생각하지 말라고."

그 말이 리암에게 한 말인지, 아군에게 한 말인지—— 주위 사람들은 판단이 서지 않았다.

◇ ◆ ◇ ◆ ◇ ◆

한편, 제국군의 총기함에는 새로운 정보가 전해졌다.

"연합왕국군이 30만 척으로 혼성 함대를 격파! 아군은 6만 척의 피해를 입었습니다!"

그 보고를 들은 티아는 손으로 가슴을 잡고 반대쪽 손으로 웃는 얼굴을 가렸다.

"이 얼마나 슬픈 일인가. 서둘러 위치로 돌아가라고 지시를 내렸는데—— 혼성 함대는 마지막까지 말을 듣지 않았구나!"

방해되는 불량 군인들과 방해되는 귀족의 자제들이 정보 하나로 사라져버렸다.

귀족 중에는 칼뱅파의 관계자도 많이 있었다.

쉽게 말하자면 리암의 적들이다.

하지만 같은 제국군이기도 하다.

그런 적들을 정보 조작으로 제거했는데, 티아는 안타까운 척 연기하는 여유까지 있었다.

입으로는 슬픈 듯이 떠들었지만, 리암의 적이 사라졌다는 사실에 기쁨을 느끼고 있는지 어두운 웃음을 띠고 있었다.

티아의 표정을 본 클라우스는 등골이 오싹해졌다.

(이 여자—— 저질렀어?!)

아군을 6만이나 잃었는데 티아는 전혀 대수롭지 않은 모양이었다. 결과적으로는 적이 줄어들었기 때문이다.

클레오는 티아에게 두려움을 느끼는 눈치였다.

"——아군끼리 서로 발목을 잡다니."

적을 앞에 두고 아군끼리 싸우는 게 이해가 안 되는지 클레오는 희희낙락하며 아군을 섬멸한 티아가 불쾌했다.

그러나 티아는 클레오를 보고 흐뭇하게 웃었다.

"예전에는 저도 그렇게 생각했어요. 하지만 이만한 대규모 전투는 반드시 이런 일이 일어나기 마련입니다. 무엇 하나만이라도 잘못됐다면 사라지는 건 우리였을 겁니다."

적을 앞지르지 않으면 우리가 우주의 먼지가 된다는 말이었다. 클레오는 입을 다무는 수밖에 없었다.

리시테아도 티아의 분위기에 압도되어 끼어들지 못했다.

하지만 의자에 앉아있던 첸시는 오히려 히죽거리기 시작했다. 티아의 지휘가 마음에 든 것이다.

"이게 바로 전쟁! 아니, 인간의 올바른 모습이지! 전장이야말로 인간이 가장 추하고, 그리고 아름답게 반짝이는 장소라고! 아아, 참으로 아름다운 우리의 고향이여!"

고양된 첸시를 티아가 싸늘한 시선으로 바라보았다. 마치 미운 적을 바라보는 시선이었다. 이유는 과거에 첸시가 리암의 목숨을 노렸기 때문이다.

그때는 리암의 환심을 사서 죄를 용서받았지만, 번필드가의 기사들은 납득하지 못했다.

티아는 기회만 있으면 언제든지 첸시를 죽일 생각인지, 살기를 뿜으면서 냉담한 말투로 대했다.

"그럼 전쟁터에 나가서 죽는 게 어때? 정말 좋아하는 고향에 뼈를 묻을 기회잖아?"

티아의 매몰찬 말을 듣고 첸시는 손끝을 입술에 대고 웃음 지었다.

진심이 담긴 살의 앞에서도 기쁜 듯이 미소 짓고 있었다.

"여기서 널 죽이지 못하는 게 아쉬워. 너무 놀면 리암이 내 상대를 해주지 않을 테니."

그 순간 주위의 기사들이 살기를 띠었고 티아는 미간을 찌푸리고 표정이 귀신처럼 무서워졌다.

"리암 님의 온정으로 살아있을 뿐인 버서커가."

두 사람 사이에 위험한 분위기가 감돌기 시작하자 클라우스가 중재에 나섰다.

"둘 다 그만. 크리스티아나 공, 지금은 같은 편끼리 싸울 때가 아닙니다."

클라우스의 지적에 티아가 첸시에게서 얼굴을 돌렸다.

"──그랬지."

하지만 분노는 삭일 수 없었는지 죽일듯한 눈빛은 여전했다.

클라우스는 첸시에게도 못을 박았다.

"첸시, 심심하면 출격하게 해주겠다. 준비하도록."

첸시는 클레오의 호위지만 클라우스는 자신의 권한으로 출격시키기로 했다.

그 말을 듣고 첸시가 매력적이고 요사스러운 미소를 지었다.

"새 장난감을 시험해 볼 때가 왔네."

새 장난감이란 첼시의 전용기를 가리키는 말이었다.

출격 준비로 첸시가 함교에서 나가자 긴장됐던 공기가 차츰 풀어졌다.

사람들은 안도했지만, 클라우스는 속이 쓰려왔다.

(왜 우리 기사단은 멀쩡한 기사가 없지? 하아, 클레오 전하의 호위를 멋대로 움직였으니 나중에 보고서도 써야겠군.)

클라우스가 위장의 고통을 느끼는 사이에 티아는 다음 명령을 내렸다.

연합왕국군에 더 큰 피해를 주기 위해 퍼싱 백작을 이용할 생각인 듯했다.

"자 그럼, 퍼싱 백작은 더 우스꽝스럽게 놀려볼까."

자기 손바닥 위에서 퍼싱 백작을 가지고 놀며 전장을 지배하는 티아의 지휘를 가까이에서 보던 클라우스는 생각했다.

(그냥 처음부터 크리스티아나 공이 총대장 대리를 하면 됐던

거 아닐까?)

◇ ◆ ◇ ◆ ◇

연합왕국군의 총기함은 요새급이라 불리는 이동하는 소행성이
었다.

소행성에 엔진 노즐을 설치해 이동하는 소행성 요새는 덩치가
큰 만큼 초노급 전함보다 사령부가 넓다.

그 넓은 사령부에 총사령관과 수십 명에 달하는 장성, 참모들
과 오퍼레이터, 수백에 달하는 군인이 모여 있었다.

이들은 각지에서 일어난 전투의 정보를 모으고 있었다. 물론
제국군── 칼뱅파가 보낸 정보도 와있었다.

사령부는 각지의 전쟁 정보에서 위화감을 느꼈다.

아무것도 모르는 사령부의 오퍼레이터들이 속속 날아드는 아
군의 활약에 흥분을 감추지 못했다.

"제2행성에서, 아군 지상군이 적 기지 제압에 성공했습니다!"

전투 구역이 되는 공역에서는 행성에 번호를 붙여 불렀다.

거주 가능 행성인 제2행성에서는 연합왕국군의 지상부대가 투
입되어 제국군의 기지를 제압했다.

이로 인해 제2행성의 지배권은 연합왕국군에게 넘어갔다.

큰 승리였다.

오퍼레이터의 승리 보고는 끝나지 않았다.

"제8유격함대, 적 함대와 조우하여 이를 격파했다고 합니다!"

"제2함대, 10만 척 이상의 대함대와의 전투에 승리했습니다!"

"제39함대로부터 보고! 적 요새가 항복! 요새 제압에 성공했습니다!"

사기가 높은 연합왕국군은 파죽지세로 제국령 안을 나아갔다.

장성과 참모들 외에는 이 승리 보고에 들떴다.

그들은 아군이 제국군—— 칼뱅파와 연결되어 있다는 걸 모른다.

이 승리도 자기들의 실력으로 거둔 것이라 믿고 있었다.

하지만 냉정한 참모들은 수상하게 여겼다.

"——너무 많이 이기고 있어."

전장이 수도 없이 발생하는 이런 전쟁에서 전부 이긴다는 건 기적에 가깝다.

국지적으로 질 때도 있는 것이 보통이라 참모들은 불안을 느꼈다.

하지만 연합왕국군의 총사령관—— 대장인 여성 장성이 이 승리를 기뻐했다.

"좋은 일이 아닌가."

"총사령관님?"

"배신자가 있으면 제국군도 마음대로 싸우지 못하겠지. 이대로 승리를 거머쥐자고. 첫 싸움에서 적의 총대장을 놓쳤을 때는 분했지만, 지금 생각해보면 제국이 우리에게 승리를 헌상해주고 있어. 이대로 승리를 쌓아나가면 돼."

총사령관은 이번 전쟁에서 승리하면 원수 진급이 확정되어 있었다.

진급하면 그녀는 최연소로 원수에 진급한 인물이 된다.

눈앞에 있는 영광이 그녀의 판단을 흐리게 했다.

참모가 총사령관에게 충고했다.

"너무 부자연스럽습니다. 한 번 물러나서 상황을 봐야 하지 않을까요?"

하지만 총사령관은 들어주지 않았다.

"여기서 물러나면 기세를 잃는다. 그리고 부하들도 공적을 쌓게 해주고 싶다. 나 혼자 승진하면 질투를 받게 되잖나."

다른 사람들도 공적을 쌓게 해서 이를 기회로 승진하게 해주고 싶다는 욕심이 드러났다.

참모가 미간을 살짝 찌푸렸다.

총사령관은 데포르메 된 전장의 상황을 보면서 미소 짓고 있었다.

"제국의 영지를 크게 깎아내면 내 이름은 연합왕국의 역사에 새겨지겠지."

연합왕국을 승리로 이끈 명장으로 후세까지 전해지는── 그런 망상을 했다.

퍼싱 백작은 즐거운 오산에 고뇌하고 있었다.

그 고뇌의 원인은 함께 함대를 짠 귀족들의 요망 때문이다.

『퍼싱 백작, 생각해주시지 않겠습니까?』

"그래도 말이지."

함교에는 귀족들의 얼굴이 투영되어 있었다.

둘러싸인 형태로 있는 퍼싱 백작은 동료들의 재촉에 곤란해하고 있었다.

『특별히 큰 승리를 원하는 게 아닙니다. 제국군과 싸워서 승리했다는 실적을 원합니다. 다른 사람들이 승리를 거듭하면 우리의 활약이 너무 작아 보일 겁니다.』

아군이 승리를 거듭하자 관망하고 있던 아군이 무훈 욕심을 내고 있었다.

"이 함대를 지휘하는 분은 폐하이시다. 폐하를 싸움터에 내보내는 건 문제가 있지 않겠나? 아무리 우세하더라도 위험하다는 건 변함없어."

『그 폐하께서 흥미를 보이고 계신다. 퍼싱 백작, 귀공의 정보망이라면 적당한 적을 찾을 수 있지 않나?』

"뭐── 그렇지."

퍼싱 백작은 이런 전개를 예상하지 못했다.

(클레오파 놈들도 한심하군. 번필드 백작은 무투파라 들었는데, 이렇게까지 약할 줄은 몰랐어. 소문도 믿을 수가 없군.)

해적 사냥꾼으로서 무투파 이미지가 강한 번필드가가 생각보다 한심하다는 걸 알고 어이없어하고 있었다.

하지만 동시에 퍼싱 백작의 공명심이 자극되었다.

(나도 지금 활약하지 않으면 돌아갔을 때 뭘 했냐는 말을 듣겠지—— 뭐, 수가 적은 함대를 노려서 포위하면 문제없겠지.)

아군이 승승장구하고 있어서 자기들도 가세하겠다며 들뜬 연합왕국의 귀족들.

퍼싱 백작은 결단했다.

"알겠다. 폐하를 위해서라도 적당한 적을 찾도록 하지."

『기대하겠습니다, 퍼싱 백작.』

제국군 총기함 함교.

팔짱을 끼고 우뚝 버티고 선 티아는 잇따라 날아드는 제국군의 열세와 패배 소식을 들어도 무표정이었다.

클레오와 리시테아는 휴식을 위해 방으로 돌아갔다.

함교에 있는 사람은 티아의 부관인 여기사 두 명이다.

티아는 부관에게 클라우스가 어디에 있는지 물었다.

"총대장 대리는 어디 있을까?"

"잠시 눈을 붙이고 있습니다. 크리스티아나 님도 좀 쉬시는 게 어떻습니까?"

"지금은 쉴 수 없어."

티아는 쉬라고 하는 부하의 말을 듣지 않고 함교의 상황을 보고 있었다.

각지에서 제국군이 밀려 패배를 거듭하고 있었다.

오퍼레이터들도 담담하게 보고했지만, 안색이 안 좋았다.

아군의 피해를 알고 핏기가 가신 얼굴을 하고 있었다.

티아는 움직여야 할 타이밍을 재고 있었다.

(슬슬 움직여야 할 때네.)

그때, 함교의 문이 열리고 잠을 다 잔 클라우스가 들어왔다.

"상황은?"

티아의 부관이 돌아오자마자 상황을 확인하는 클라우스에게 무뚝뚝하게 대답했다.

"변화는 없다."

"그런가."

총대장 대리에게 무례하게 말했지만 클라우스는 나무라지 않았다.

티아의 부관은 현재 상황에 짜증이 난 듯했다.

"어째서 리암 님은 크리스티아나 님이 아니라 클라우스 공을 총대장 대리로 임명한 걸까요? 이해가 안 됩니다."

자기 상사가 더 뛰어난데 인선이 잘못됐다는 불만이 태도로 드러났다.

하지만 티아는 신경 쓰지 않고 움직여야 할 때가 오는 것을 기다렸다.

그리고 한 오퍼레이터가 보고했다.

"새로운 적 함대가 출격했습니다. 그 수는 약 10만!"

그 보고에 티아는 미소 지었다.

"──지금부터 공세를 펼치겠습니다. 대기하고 있는 함대를 출격시키세요."

오퍼레이터들이 분주하게 다른 함대와 연락을 취하자, 부관이 작게 한숨을 쉬었다.

"미끼를 꽤 많이 뿌렸네요."

"덕분에 제국군의 배신자들을 줄일 수 있었어. 연합왕국군에게 감사하자."

티아가 쓴 작전은 잘못된 정보를 뿌려 칼뱅파의 함대를 연합왕국군과 싸움을 붙이는 것이었다.

처음엔 신경을 써줬지만 연합왕국군과 붙은 칼뱅파의 함대는 배신당했다고 생각했을 것이다.

그 후에는 평범하게 연합왕국군과 싸웠는데, 티아가 퍼싱 백작에게 정보를 흘려서 차차 궁지에 몰렸다.

퍼싱 백작은 아직 알아차리지 못했다.

티아 일행을 칼뱅파라고 믿어서 진짜 칼뱅파를 바싹 몰아넣었다.

티아는 적끼리 싸우게 만들어 지치게 만들고 아군은 전력을 온존한 것이다.

클라우스는 티아에게 말했다.

"칼뱅파에 속한 병사들이 불쌍하네."

자기들과 적대한 귀족과 군인들은 어찌 됐든, 칼뱅파의 군대에 소속된 병사 중에는 파벌과 관련된 자들이 적을 것이다.

티아가 쓴 작전에서는 그런 자들이 희생되었다.

"그럼 우리 부하들더러 죽으라고? 전 저를 따르는 병사들을 한 사람이라도 더 많이 지키기 위해 이 작전을 선택했어요. ──'클라우스 공'은 불만인가요?"

총대장 대리라는 호칭을 붙이지 않는 티아를 보고 클라우스는 신변의 위협을 느꼈다.

클라우스가 작전에 참견한다고 느낀 티아가 그를 험악한 시선으로 바라봤다.

클라우스는 어깨를 으쓱이고 불만 같은 건 없다고 전했다.

"그 작전을 채용한 건 나다. 나한테도 책임이 있지. 그래도── 구원 요청은 파벌 상관없이 응할 생각이다."

클라우스가 말하고 싶은 바는 '작전은 인정하지만, 종료 후의 구원은 파벌과 상관없이 한다'이다.

다시 말해서 칼뱅파라고 하더라도 구해줄 것이라 말하는 것이다.

티아도 클라우스의 생각을 부정할 생각은 없다.

"물론이죠, '총대장 대리님'."

총기함의 기동기사용 격납고.

그곳에는 특별한 기체가 마련되어 있었다.

빨간색을 기조로 도색된 기체는 퍼스널 컬러가 허용된 첸시의 전용기였다.

기사로서 차원이 다른 실력을 지닌 그녀를 위해 번필드가 제7병기공장에 건조를 의뢰한 기체다.

기체명 '에리키우스'―― 첸시를 위해 개발된 원오프기다.

기체는 날씬하며 어깨 부분이 원뿔형으로 되어있다.

각 부분에 광학병기 발사구를 장착하여 무장하고 있기 때문에 기체에는 무기가 가득했다.

하지만 에리키우스에게는 다른 기동기사처럼 손에 드는 무기가 없다.

주위에 에리키우스용 무기는 보이지 않았다.

그도 그럴 것이 에리키우스의 길고 가는 손가락은 무기를 드는데 적합하지 않다.

손끝은 손톱처럼 뻗어서 무기를 다루는 걸 포기했다.

온몸에 발사구가 있어서 옵션 파츠를 장착하기도 어려운 기체다.

그 점을 미심쩍게 생각하는 정비사들이 많아서 고개를 갸웃거리는 모습을 볼 수 있었다.

하지만 이것이 에리키우스의 올바른 모습이다.

"네 차례가 왔어. 나의 귀여운 고슴도치."

빨간색과 흰색의 파일럿 슈트를 입은 첸시는 왼손에 헬멧을 들고 무중력 상태인 격납고에서 자신의 기체에 다가갔다.

기체를 받고서 몇 번이나 시운전을 했지만, 실전인 이번이 처음이다.

첸시는 고슴도치라 부르는 기체에 올라탔다.

해치를 열고 안으로 들어가니, 콕핏 안은 첸시 취향으로 장식되어 있었다.

전통적인 디자인을 도입한 건 완전히 첸시의 취향이다.

매달지도 않았는데 제등이 시야를 방해하지 않는 곳에 떠서 불을 밝히고 있었다.

시트에 앉자 조종간과 페달이 첸시의 몸에 딱 맞는 위치에 왔다.

깍지를 끼고 기지개를 켠 첸시는 에리키우스의 상태를 체크했다.

이 에리키우스라는 기체는 무기를 만재한 기동기사다.

라이플과 같은 근접 전투용 무기를 들지 않는 대신, 기체에 장치되어 있다.

대신 대부분의 장갑이 제거되어 프레임이 드러나 한 발이라도 맞으면 바로 부서질 것만 같았다.

첸시는 방어 따위는 처음부터 고려하지 않았다.

원래는 방어에 돌려야 하는 에너지도 전부 공격에 돌렸다.

공격력이 높은 유리 대포 기동기사다.

하지만 사용하고 있는 프레임은 희소금속이다.

가동만으로 부서지는 일은 없겠지만, 장갑이 얇아서 전장에 적합한지 의구심이 드는 기체였다.

이런 기체를 주문한 사람은 첸시였다.

"이거라면 얼마든지 싸울 수 있을 것 같아."

눈을 활 모양으로 가늘게 뜬 첸시는 출격할 때를 기다렸다.

제국군 총기함의 함교에는 혼란스러운 적과 아군의 정보가 잇따라 날아들었다.

오퍼레이터들이 당황하면서도 담담하게 보고를 계속했다.

"제2행성에서 적 지상군을 물리치고 기지를 탈환했습니다."

"아군 함대로부터 적 유격함대를 격퇴했다는 보고가 있었습니다."

"적의 잔존 함대가 집결하여 재편성하고 있습니다. 아군이 공격 허가를 요청하고 있습니다."

열세였던 상황이 완전히 바뀌어 아군이 우세하게 싸우고 있다는 보고가 들어왔다.

클라우스는 보고를 들으면서 티아의 작전에 감탄했다.

(적을 영내로 끌어들여 피폐해졌을 때 전력을 투입한 건가.)

연합왕국군은 승승장구하면서 아군인 칼뱅파의 함대와도 싸웠다.

승리를 거듭하더라도 피해는 발생한다. 수를 줄이고, 탄약과 에너지를 줄이고, 물자가 적어진 타이밍을 노려 클레오파의 함대가 공격해 들어갔다.

클라우스는 속으로 티아에게 두려움을 품었다.

(그건 그렇고 잘못된 정보를 흘려 아군이라고 오인시킨 방법이 불명하네. 정보를 조작하면 된다고 모두가 생각하지만, 그걸 실행한 수완은 역시 대단하다고밖에 할 수 없지만── 아군의 피해가 너무 커.)

티아는 적대 파벌을 철저하게 공격했다.

그 무자비함은 평소의 티아를 생각하면 상상도 할 수 없을 정도로 가혹했다.

티아는 리암이 곁에 있으면 들떠서 바보 같은 행동도 하지만 기본적으로는 기사로서 좋은 사람이라고, 클라우스는 그렇게 생각하고 있었다.

하지만 전쟁에 임하면── 아니, 적을 대하면 사람이 바뀐다.

지금도 칼뱅파의 함대가 조금씩 소모되고 있다는 보고를 듣고 계략이 잘 먹혔다며 어두운 웃음을 띠고 있었다.

(유능한 기사일수록 어둠을 품고 있다는 말을 들은 적이 있어. 크리스티아나 공도 어떤 어둠을 품고 있는 걸까?)

단서가 있다면, 전에는 우주 해적에게 붙잡혀 있던 기사였다는 사실뿐이다.

상상도 할 수 없이 고문을 받았고, 후에 리암에게 구출되었다고 한다.

티아와 우주 해적에게 붙잡혀 있던 기사들은 당시의 일을 그다지 이야기하지 않는다.

하지만 구출되었다는 은혜는 느끼고 있고, 그게 리암에 대한 충성심으로 나타났다.

어떻게 보면 이렇게까지 무자비하게 적을 매장할 수 있는 티아가 리암 앞에서는 감정적인 태도를 보이는 게 이례적일 것이다.

──티아는 인간으로서 뭔가가 부서질 뻔했지만, 리암 앞에서만큼은 무른 모습을 보여준다.

리암 앞에서만큼은 인간으로 있을 수 있는 것이리라.

그건 평소 티아와 싸우는 마리도 마찬가지다.

클라우스는 저이 아니라 다행이라 생각하면서 티아의 위험성에 대해 생각했다.

(풀어놓으면 역사에 이름을 남길 영걸이나, 마왕이 되는 건가 ──아니, 동료를 의심하는 건 그만두자. 지금은 이 싸움에 집중할 뿐이다.)

갑자기 티아가 뒤로 돌며 클라우스를 보는데, 그 얼굴은 눈을 크게 뜨고 입꼬리를 초승달처럼 올리고 있었다.

"클라우스 총대장 대리님── 이 함대로 적 본대를 공격하지 않겠습니까?"

대장끼리 승부를 내자고 말하는 티아를 앞에 두고 클라우스는 기겁했다.

표정으로는 드러내지 않았지만, 실은 티아의 제안에 반대하고 싶었다.

하지만 티아가 이길 수 있다고 판단했다면, 그 승산에 걸기로 했다.

클라우스는 무표정인 그대로 티아에게 허가를 내렸다.

"──좋다."

(실질적으로 크리스티아나 공이 총대장이니까. 난 결정에 따르고 도와줄 뿐. 하지만 적 본대를 치자고 할 줄은 몰랐어.)

연합왕국군 본대는 제1함대라 불렸다.

전체의 1할에 달하는 30만 척을 이끌고 있었는데, 아군이 열세에 놓인 것도 있어서 지원하느라 전력을 나눈 상태였다.

현재는 10만 척의 호위함대를 이끌고 이동하고 있는데, 사령부에서는 총사령관이 초조해하고 있었다.

얼굴에는 드러나지 않았지만, 팔짱을 끼고 검지를 통통거리며 움직이고 있었다.

"어째서, 갑자기 우리 군이 열세에 몰린 거지?"

평소와 약간 다른 말투로 참모들은 총사령관의 기분이 나쁘다는 것을 알아차리고 있었다.

"제국군이 전력을 투입했기 때문입니다. 총사령관님, 지금은 한 번 물러나서 태세를 재정비해야 합니다."

참모의 충실한 의견을 들어도 총사령관은 고개를 끄덕이지 않았다.

아니, 받아들일 수 없었다.

그건 공명심 때문이 아니다.

"이 상황에 적에게 등을 보이면 아군이 혼란에 빠진다. 그리고 많은 함대가 제국령 안쪽까지 너무 깊이 들어갔다."

참모들이 굉장히 씁쓸한 표정을 지었다.

"공을 세우려고 욕심을 내서 파고든 함대는 지금쯤 지옥을 보고 있겠죠."

진군하기로 정한 건 총사령관이지만, 그 지휘 아래 있는 함대가 명령을 무시하고 너무 나아갔다.

본대에서 돌아오라는 명령도 내렸지만 많은 함대가 이유를 대며 명령을 무시했다.

통신장애, 적 함대 추격 중, 다른 함대 구원 등.

참모가 총사령관에게 제안했다.

"단거리 워프를 연속으로 사용해서 본대와 합류시키면 어떨까요?"

"적을 이쪽으로 유도하고 싶은 거냐? 그리고 워프를 연속으로 사용한 함정은 전장에서 표적이 된다."

성간 국가가 존재하는 세계에서는 우주를 이동할 때 정상적인 방법을 사용하면 시간이 아무리 지나도 목적지에 도착할 수 없다.

그래서 순간이동—— 워프 항법이 확립되어 있는데, 함정에 실려있는 워프 장치는 단거리 워프 전용이다.

장거리 워프를 하려면 전용 장치가 필요하다.

입구와 출구를 이은 거대한 고리. 그곳을 통과하여 장거리 워프가 가능해진다.

단거리 워프로 도망칠 수 있는 거리란, 적도 추격이 가능하다는 것을 의미한다.

그리고 단거리 워프에는 방대한 에너지가 필요하다.

도망치고서 힘이 다해 움직일 수 없게 된 사례도 많다.

그런 함정이 본대와 합류해도 전선에서 탈락할 뿐이다.

참모도 알고는 있었지만, 이대로 아군을 버리지도 못해 고뇌하고 있었다.

"하지만 이대로 가면 아군이 전멸합니다."

"알고 있다. 그래서 구원을 보내서 아군 구출을——."

총사령관이 말을 끝내기 전에 오퍼레이터가 비통하게 소리쳤다.

"아군 함대, 단거리 워프로 본대로 접근해옵니다! 함대로부터 통신 수신. 적 함대와 조우, 구원을 요청한다."

그걸 들은 총사령관과 참모들의 표정이 일그러졌다.

부하들 앞에서는 냉정하게 있으려고 했지만, 듣기 싫은 소식에 자연스럽게 표정근이 움직이고 말았다.

참모 중 한 명이 외쳤다.

"어느 멍청이냐!"

오퍼레이터가 접근해오는 아군 함대의 소속을 말했다.

"달 공국의 함대입니다!"

달 공국―― 그것은 퍼싱 백작이 소속된 나라의 이름이었다.

대체 무슨 일이 일어나고 있는 거지?

전함의 함교에서 자리에 앉아있는 퍼싱 백작은 떨고 있었다.

(간단한 작전이었을 것이다. 그런데 왜 이렇게 됐지?!)

흔들리는 함내에서 오퍼레이터가 외쳤다.

"제국군, 추격해옵니다!"

달 공국 함대는 단거리 워프에 성공했지만, 그 뒤에서 제국군의 함대가 워프로 나타났다.

퍼싱 백작은 모니터에 비치는 제국군의 모습을 보고 두려워했다.

적 함대 속에 번필드가의 문장이 그려진 함정 집단이 보였다.

"히이이익?!"

두려움에 팔로 얼굴을 가린 이유는 제국군과 조우하여 일전을 벌였기 때문이다.

달 공국 함대는 공명심 때문에 제국군에게 공격을 가했는데, 그들이 노린 것은 만 척에도 못 미치는 함대였다.

10만 척의 함대가 구식함 뿐이고 제대로 저항도 하지 않는 제국군을 일방적으로 섬멸했다.

이에 달 공국 함대는 기분이 좋아졌지만, 그 후에 나타난 3만 척의 함대에게 막대한 피해를 받았다.

적 함대의 수는 아군의 3분의 1이었지만 달 공국 함대는 반이 격파당했다.

기함도 격파당해 왕은 전사.

살아남은 귀족들은 앞다투어 한창 도망치는 중이다.

그리고 퍼싱이 도망친 곳은 연합왕국군의 본대였다.

"아군의 구원은 아직인가!!"

소리치는 퍼싱 백작에게 오퍼레이터가 대답했다.

"아군 본대와의 거리, 곧 가시거리에 들어갑니다!"

퍼싱 백작은 제 몸을 가장 소중히 여겨 번필드가의 함대를 연합왕국군 본대에 안내하고 말았다.

차례차례 나타나는 제국군의 함대는 약 30만.

후방에서 가한 공격에 의해 주위에 있던 아군은 차례차례 격파당했다.

언제 자기들이 폭발이 휘말릴지—— 무서워서 살아있는 것 같지 않았다.

그때 후방에 있던 아군 함대에 붉은 기동기사가 접근해 있었다.

붉은 기동기사—— 그 모습을 본 달 공국군은 부들부들 떨었다.

퍼싱 백작도 마찬가지였다.

"노, 놈이 왔다!"

빨갛고 날씬한 기동기사는 어깨 부분이 크다는 특징이 있었다.

양어깨에서 빨간 입자의 빛이 일렁이며 움직임에 따라 꼬리를 그렸다.

그런 붉은 기체가 아군함에 접근하자 온몸에 장치된 광학병기 발사구에서 고출력 레이저를 조사했다.

전함이 레이저에 꿰뚫려 폭발해 흩어졌다.

폭발 속에서 붉은 기동기사가 튀어나와 다음 목표에 접근했다.

붉은 기동기사가 커다란 손을 들자 손끝에서 금빛 손톱이 나오더니, 전함을 단숨에 갈라 터트렸다.

단기로 전함을 차례차례 격파해 나가는 광경은 적에게 그야말로 악몽이었다.

"괴물인가?! 모든 기동기사를 출격시켜서 저 붉은 놈의 발을 묶어라!"

퍼싱 백작은 자기 기사들을 희생해서라도 살아남고자 발악했다.

달 공국의 함대에서 기사가 탑승한 기동기사들이 출격했다.

각 함에서 출격한 기동기사들이 모여 임시 부대를 편제했다.

기사의 모습을 모방한 기동기사인데, 머리는 양동이를 뒤집어 쓴 듯한 그레이트 헬름 형태를 하고 있었다.

대부분의 기동기사의 머리 양 측면에는 대장기임을 나타내는 뿔이 달려있었다.

엄선한 정예들이다.

트윈아이가 빨갛게 빛나는 기동기사들을 이끄는 자는 연합왕국군의 탑 에이스인 여기사였다.

항상 최전선에서 활약했던 그녀는 이번에서도 기동기사를 10기 이상을 격추하는 공훈을 세우고 있었다.

단일 격추 수는 그야말로 달 공국 내에서 최고 수준이었다.

그녀는 여기 모인 부하 기사들을 든든하게 여겼다.

"빨간 놈을 쓰러트린다! 어떻게 해서든 놈을 격추해라! 다른 기체에 눈이 팔린 바람둥이는 내가 직접 쏘아 죽여주겠다!"

거친 말투로 지시를 내리자 부하들이 '예!' 하고 대답했다.

한눈팔 틈도 없다.

상대는──.

『싱싱한 적이 있네.』

──피아 상관없이 통신회선을 열고 얼굴을 보여주는 건 연합왕국에도 명성이 알려진 여기사였다.

"제국의 붉은 악마가── 산개!"

아군이 산개해서 첸시가 탄 붉은 기동기사를 둘러쌌다.

엄선된 기사들의 움직임은 모두가 에이스급 실력자라는 것을 보여줬다.

하지만 첸시는 입을 초승달처럼 구부리고 기뻐했다.

여기사는 등줄기에 오싹한 오한이 들었고, 그 직후에 붉은 기동기사가 아군을 꿰뚫었다.

무기가 없는 붉은 기체는 금빛으로 빛나는 손톱으로 콕핏을 정확하게 꿰뚫었을 것이다.

아군도 왼손에 들고 있던 실체검으로 막으려고 했지만, 산산이 부서져 있었다.

난폭하게 뽑아내자 상반신과 하반신으로 찢긴 아군기가 내던져졌다.

『에리키우스의 움직임에 반응하다니, 대단하네. 하지만 싸우는 맛이 아직 부족해.』

첸시는 뭔가 부족함을 느끼고 작은 한숨을 쉬었지만, 그 사이에도 기사들을 차례차례 격파해 나갔다.

여기사는 달 공국에서 이름을 떨치는 에이스들이 차례차례 격파당하는 광경을 어금니를 꽉 깨물면서 봤다.

기동기사를 조종해 붉은 기체에 광학병기를 쏘았지만 맞지 않았다.

곡예라도 부리듯이 여기사와 그 아군의 움직임을 피하는 붉은 기체는 기동기사치고는 관절의 가동 범위가 넓었다.

가동 범위를 우선하여 장갑을 덜어내고 또 덜어냈을 것이다.

기체 컨셉은 어처구니없지만, 그 기체에 첸시가 타니 굉장히 성가셨다.

"넌 내가 목숨과 바꿔서라도 여기서 숨통을 끊어주마"

라이플을 버리고 실체검으로 바꿔 든 여기사의 기동기사가 가속했다.

　콕핏 안에서는 몸이 시트에 꽉 눌리는 중압이 발생해 조종도 어려워졌다.

　하지만 기체를 부딪쳐 동귀어진을 노리는 여기사에겐 상관없는 일이다.

　도망 다니는 기체를 쫓으며 가끔 가해지는 공격을 피하니 첸시가 입을 크게 벌리고 웃었다.

　『좋아! 너, 엄청 좋아! 목숨을 버리는 각오도 훌륭해! ——하지만 안쓰러운 기체를 타고 있단 말이지.』

　첸시는 흥분했었지만 급속하게 흥분이 식었다.

　다음 순간, 여기사가 탄 기동기사는 붉은 기동기사에게 양단되었다.

　그 공격에 콕핏 내부가 심하게 흔들리고 모니터는 깨지고 부품이 튀어나왔다.

　그대로 여기사의 복부에 꽂혔다.

　"——괴물이."

　피를 토하면서 말을 짜내자 첸시가 마지막으로 말을 걸어왔다.

　『안타깝지만 난 인간이고—— 이 세상에는 더 강한 괴물이 있어.』

　"그것참—— 세상은—— 넓구—— 나."

　『동의해.』

　여기사의 숨이 끊어진 것을 확인하고 붉은 기체가 콕핏을 꿰뚫었다.

◇◆◇◆◇

붉은 기체── 에리키우스의 콕핏에서는 첸시가 고양되어 있었다.

볼을 빨갛게 물들이고 흥분해서 호흡이 거칠었다.

열기를 띤 숨을 내뱉고 대항해 오는 적 기동기사를 보고 미소 지었다.

"아직 환영해주는구나. 그렇다면 나도 기대에 응해줄게."

경쾌하게 풋 페달을 밟아 리듬감 있게 조종간을 움직였다.

싸움도, 그리고 기동기사 조종도 즐기고 있었다.

──아니, 살인을 즐기고 있었다.

에리키우스의 양어깨에 내장된 동력로가 빨간 입자를 방출하자 기체의 각 부분에 장치된 광학병기의 발사구가 반짝였다.

그대로 에리키우스가 회전하면서 적 기동기사 무리에 뛰어들었다.

다가오는 적기가 레이저에 관통당하고 찢어져 폭발했다.

적의 통신을 감청하던 첼시의 콕핏에 적의 비통한 비명이 들려왔다.

그 소리가 첸시를 최고로 흥분시켰다.

『기동기사가 어떻게 이런 고출력 레이저를 쓰는 건데?!』

『금방 에너지가 떨어질 거다. 어떻게든 버텨라!』

『트, 틀렸어. 광학병기용 방패가 일격에 불탔어!』

에리키우스의 특징은 에너지 대부분을 공격에 쓴다는 점이다. 강력한 출력을 바탕으로 전함에나 실을만한 광학병기를 잔뜩 갖고 있다.

에리키우스가 회전을 멈추고 황금 손톱을 가진 커다란 손을 뻗어 접근해온 기동기사의 머리를 붙잡았다.

"레이저만 있는 게 아니야."

첸시가 그렇게 말하자 에리키우스의 손바닥이 진동을 일으켰다.

고주파로 예리함을 더한 손톱이 적의 머리를 간단히 찢었다.

실체검이기도 한 그 손톱은 광학병기를 다루는 만능 칼날이기도 했다.

그리고 다른 한쪽의 손으로는 적의 콕핏을 무자비하게 뚫고 있었다.

날카로운 손톱은 적 기동기사의 장갑을 종잇조각처럼 다뤘다.

파괴한 기동기사를 걷어찼는데, 적 기동기사가 에리키우스를 둘러싸고 총을 겨누고 있었다.

광학병기와 실탄의 비가 쏟아졌지만 첸시는 당황하지 않고 기체를 움직여 피했다.

"좋아. 그렇게 생각하면서 싸워."

에리키우스의 광학병기 발사구에는 빛으로 만들어진 바늘이 나타났다.

그 바늘들이 일제히 발사되어 적기를 향해 날아갔다.

적기가 피하려고 했지만 추적당했고, 따라잡히자 직격당해 폭발해 나갔다.

"니들 미사일이었나? 나쁘진 않지만 이름이 좀 그렇네."

첸시는 작게 한숨을 쉬었지만 니들 미사일의 성능에는 만족했다.

몇십 기나 되는 기동기사를 파괴한 첸시 앞에는 적기가 차례차례 나타났다.

첸시는 아쉽다는 듯이 중얼거렸다.

"사실은 더 놀아주고 싶지만, 클라우스한테 전함을 격침하라는 부탁을 받았어. 미안하지만 잽싸게 끝내버릴게."

웃는 얼굴로 그렇게 말하자 에리키우스의 각 부분에서 고출력 빔 소드가 나타났다.

마치 고슴도치—— 몇 킬로미터에 달하는 빔 소드를 온몸에서 꺼낸 에리키우스는 그대로 회전하듯이 움직였다.

빔 칼날이 적기를 집어삼키고 난도질해서 파괴해 나갔다.

구체 형태의 분쇄기가 나타나 적진에서 날뛰고 있었다.

기동기사뿐만 아니라 전함도 집어삼키고 분쇄하고 파괴해 나갔다.

"마음에 들었어, 에리키우스. 나랑 같이 즐기자!"

첸시는 자기 취향의 모습과 성능을 가진 에리키우스에게 점점 애착을 가지게 되었다.

하지만 적 입장에서는 공포의 대상에 지나지 않을 것이다.

첸시는 달 공국군에게 공포를 각인시키면서 크게 웃었다.

◇◆◇◆◇

"버서커의 사고방식은 이해할 수가 없어."

"동감입니다."

제국군 총기함의 함교에서는 티아와 부관이 첸시가 싸우는 모습을 보고 기막혀하고 있었다.

그녀는 아군의 지원을 거절하고 홀로 적진에 쳐들어가 날뛰었다.

그녀의 기체는 겉보기에 무장이 없는 것처럼 보이지만, 사실은 전신에 무기를 적재한 기동기사다. 암기를 다루는 첸시에게 잘 어울리는 기체였다.

아군기는 첸시의 공격에 휘말리는 걸 피해 거리를 두고 총기함이 이끄는 함대는 달 공국군을 추격하고 있었다.

번필드가의 함대가 앞장선 제국군의 추격에 적은 차례차례 가차 없이 격파당했다.

이를 지켜보던 리시테아는 몸의 피가 마르는 기분이었다.

(이들이 번필드가의 기사── 군대인가! 이곳에서 수만의 목숨이 사라졌는데, 저런 시원스러운 표정이라니!)

리시테아가 보기에는 티아도 전장에서 날뛰는 첸시와 다를 바 없는 인물이었다. 이들은 지옥을 만들어놓고도 대수롭지 않다는 얼굴이었다.

총대장 대리인 클라우스도 무표정하게 이 전장을 지켜보고 있을 뿐이었다.

(이 남자도 무섭군. 기사 역량은 나랑 비슷한 수준이지만, 이런 광경을 보고도 태연하다니.)

클레오 역시 리시테아처럼 얼굴이 창백했다. 밖에서 벌어지는 전투가 이곳이 전쟁터라는 걸 실감하게 만드는 것이다.

그래도 클레오는 마음을 다잡고 다부지게 행동하고 있었다.

한 오퍼레이터가 티아에게 보고했다.

"퍼싱 백작이 탄 함선을 발견했습니다."

배신자인 퍼싱 백작이 탄 함선이 발견되자 리시테아는 손을 꽉 쥐었다. 분노가 아니라 티아 일행이 배신자를 어떻게 처리할지 몰라 무서웠다.

하지만 무시무시했던 예상과는 달리, 티아는 퍼싱 백작을 보호했다.

"전함에 통지. 퍼싱 백작이 탄 함선과 그가 이끄는 함대는 공격하지 마세요. 그들을 공격해서는 안 돼."

티아가 내린 의외의 명령에 리시테아가 놀라 소리쳤다.

"공격하지 않을 작정인가?!"

조심성 없는 발언을 한 리시테아는 무심코 오른손으로 입을 막았다.

이를 본 클레오가 질려서 작게 한숨을 쉬었다.

"누님, 조심하세요."

"미, 미안하다."

하지만 두 사람을 돌아본 티아가 기분 좋게 퍼싱 백작에 대해 이야기했다.

즐거워서 참을 수가 없다는 표정이었다.

"걱정하실 필요 없습니다. 퍼싱 백작의 미래는 정해져 있으니."

연합왕국군의 기함인 요새급의 사령부에서는 참모들이 언성을 높이고 있었다.

"적 함대를 포위해서 섬멸한다. 증원으로 파견한 함대를 복귀시켜라!"

아군이 데리고 온 제국군 본대와 전투를 시작.

갑작스러운 사태에 가능한 한 신속하게 대처했지만, 적 전력은 아군의 세 배. 간단하지 않았다.

철수도 고려했지만, 요새급은 기동성에 문제가 있다. 거대한 몸집 때문에 재빨리 움직일 수 없는 것이다.

항행 속도도 느리고 워프도 준비가 오래 걸린다.

오퍼레이터가 소리치듯이 보고했다.

"파견한 함대가 적과 교전 중이라 움직일 수 없다고 합니다!"

"뭐라고?!"

"다른 함대도 마찬가지입니다! 제국군의 맹공에 증원을 보낼 여유가 없다고 합니다!"

팔짱을 끼고 참모와 오퍼레이터의 대화를 듣고 있던 총사령관이 자신의 팔을 더욱 강하게 움켜쥐었다.

"무능한 놈이 본대의 위치를 알렸나── 응?"

그리고 모니터를 보고 알아차린 것이 있었다.

"퍼싱 백작의 함대를 확대해라. 빨리!"

언성을 높여 명령하자 참모가 모니터를 조작하여 퍼싱 백작이 탄 함선을 비췄다.

제국군에 포위당했는데도, 그들만은 공격당하지 않고 무사했다.

다른 아군은 가차 없이 공격당하고 있는데, 제국군은 퍼싱 백작의 함대를 공격하지 않았다.

총사령관이 분노하여 미간을 찌푸리고 증오를 말로써 토해냈다.

"배신했구나, 퍼싱!!"

연합왕국군은 퍼싱 백작이 배신해서 제국군을 본대로 끌어왔다고 생각할 수밖에 없는 상황이었다.

본대 간의 격전이 이어지는 가운데.

클라우스는 올라오는 자질구레한 보고를 처리했다.

단거리 워프로 에너지를 소모한 함정이 지시를 요청해서 아군에게 지키게 하고 교대시켰다.

보급함을 수배하고 전장 후방에서 함대 재편을 진행하고 있었다.

규모는 2,000척 정도.

총대장 대리가 할 일은 아니지만, 티아가 바쁜 것 같아서 클라우스가 처리하고 있다.

(재편한 함대는 지원으로 돌리도록 하고……. 연합왕국놈들도 대단하네. 무슨 이동요새를 끌고 왔어?)

제국에도 요새급 전함이 있지만, 연합왕국군보다는 작았다.

30만의 대함대를 상대하는데도 연합왕국군은 3분의 1의 전력으로 버티고 있었다. 그만큼 요새급이 만만치 않다는 의미였다.

공격하는 제국군 쪽에도 피해가 나기 시작해 후방으로 물러나는 함정도 늘어났다.

하지만 공격하느라 바쁜 티아는 후방으로 물러나는 아군에게까지 신경을 못 써주는 듯했다.

지금도 부관과 요새급 공략을 의논하고 있었다.

"만만치 않네."

티아가 나지막이 중얼거리자 부관은 적의 총사령관과 참모들에 대한 자료를 주위에 전개했다.

"지휘관이 유능한 모양입니다. 연합왕국군 내에서는 최연소로 대장의 자리까지 오른 걸물이라고 합니다."

그 말을 듣고 티아가 눈을 가늘게 뜨면서 입가에는 미소를 지었다.

"공격을 좋아하는 사람이었네. 이런 것도 나쁘지 않지만——

리암 님의 적은 내가 이 손으로 없애야 해.”

이 손으로, 라는 말에 부관이 반응했다.

“직접 출격하실 겁니까?”

“요새급 공략을 서둘러야 해. 너무 시간을 들이면 적 함대가 돌아와서 우리를 포위할 거야.”

“지휘관이 직접 나서는 건 찬성하기 어렵습니다.”

놀라는 부관에게 티아는 미소 지었다.

“리암 님을 따라 했을 뿐이야. ──가능하면 첸시를 보내고 싶지만. 그 녀석한테 이런 일은 맞지 않아.”

부관은 티아의 이야기를 듣고 설득하기를 포기했는지 기체 출격 준비를 명령했다.

귀에 오른손 검지와 중지를 대자 통신회선이 열렸다.

“나다. 크리스티아나 님의 기체를 준비해라.”

티아가 함교에서 나가는 도중에 클라우스를 곁눈으로 봤다.

“그렇게 됐으니 뒷일은 잘 부탁드립니다. 제 부관을 남겨두고 가니 무슨 일이 있으면 그녀를 의지하세요.”

“──네, 그렇게 하죠.”

(실질적인 총대장이 직접 기동기사로 출격하는 건 말도 안 되는 이야기지만, 리암 님도 똑같은 방법을 쓰시니⋯⋯. 어쩔 수 없지.)

지휘관이 앞에 나서는 건 말도 안 되는 일이다! 라고 목청껏 외치면 번필드가에선 리암에 대한 비판으로 받아들여진다.

그리고.

(뭐, 크리스티아나 공이라면 어떻게든 하겠지. 이 사람은 지휘관으로서도 유능하지만, 기동기사 파일럿으로서도 초일류니까. 내가 걱정할 필요도 없나.)

마음속으로 자신과 티아를 비교하고 클라우스는 살짝 침울해졌다.

하지만 지금은 눈앞의 일에 집중했다.

(그럼, 난 부상자 구조와 함대 재편을 해둘까.)

하얀 네반이 이끄는 기동기사 부대가 요새급을 향해 돌격했다.

콕핏에서 지휘하는 티아는 선발한 에이스급 파일럿들에게 명령했다.

"요새급 제압에 착수할 거야. 육전대가 돌입할 루트를 확보하는 걸 잊지 마."

수백 기의 네반이 등에 있는 망토형 부스터를 펼치고 따라왔다.

그 뒤에는 육전대가 탑승한 소형정의 모습이 있었다.

소형정을 지키기 위해 큰 방패를 든 라쿤── 둥그스름하고 중후한 느낌이 있는 기동기사들이 호위로 붙었다.

『각하, 요새급의 요격 시스템의 사거리에 진입합니다.』

전자전용 장비를 한 네반의 보고에 티아는 곧바로 조종간을 움직였다.

레이저 빛이 네반들을 덮쳤지만 전부 피했다.

그대로 가속해서 요새급의 표면까지 접근하자 네반들은 등에 있는 망토를 날개처럼 펼쳐 능숙하게 역분사를 개시했다.

스피드를 떨어뜨리고 요새급의 표면── 바윗덩어리에 착지하자 지면에서 요격용 병기와 기동기사가 잇따라 얼굴을 드러냈다.

하지만 티아가 이끄는 네반에 탑승한 자들은 정예들이다.

라이플을 쥐고 적을 배제하고는 내부로 통하는 진입로를 발견했다.

『각하, 저기에!』

티아의 네반이 아무것도 없는 곳을 레이저 소드로 가르자 전함의 입구인 통로가 발견되었다.

"──찾았다."

티아가 눈을 활 모양으로 만들며 미소 짓고 그대로 정예들을 차례차례 돌입시켰다.

요새급의 사령부에는 돌입해온 제국군의 육전대가 접근해 있었다.

사령부에 완전무장한 육전대가 와서 출입구의 방비를 굳히고 있었다.

총사령관이 어금니를 꽉 깨물었다.

"침입을 허용했나."

참모들은 적이 요새급 내부로 침입하자 당황했다.

"총사령관님, 이대로는 위험합니다. 총사령관님만이라도 탈출하십시오."

총사령관은 도망치라는 말을 들었지만, 고개를 저었다.

"내가 도망치면 아군이 혼란에 빠진다. 그리고 사령부는 아직 살아있다. 먼저 제국군을 치면 우리의 승리다."

적의 침입을 허용하고 말았다.

이제 승산은 희박하지만, 총사령관은 싸우고 있는 아군을 위해서라도 이 자리를 지키며 마지막까지 지휘할 생각이었다.

그 모습에 참모는 감동하였지만, 동시에 분한 마음이 치밀어올랐다.

이 상황을 만든 인물에 대한 불만이 흘러나왔다.

"퍼싱만 없었다면."

하지만 총사령관은 이미 포기한 듯했다.

"이제 와서 말해도 어쩔 수 없다. 적이 우리보다 한 수 위였을 뿐이다. ──나 참, 나도 너무 성급하게 공을 세우려고 했군. 너희 말대로였다."

"아닙니다."

그때, 참모들의 의견에 귀를 기울였다면── 사령관은 그런 후회를 했지만, 지금은 생각할 겨를이 없다.

"──너희는 탈출을 서둘러라."

"사령관님?"

"나보다 너희가 살아남는 게 나라에 도움이 된다. 육전대, 저들을 호위해서 이 공역으로부터 이탈해라."

"사령관님!!"

참모들은 저항했지만, 육전대의 손에 사령부에서 끌려 나갔다.

그리고 총사령관은 중얼거렸다.

"그럼—— 제국군은 한 명이라도 더 많이 길동무로 삼을 텐데, 책임을 지도록 해야겠지."

한 곳의 전장을 무대로 900만 척의 함대가 전투를 반복했다.

광대한 우주를 무대로 한 전략 시뮬레이션 게임이라고 표현하는 게 맞을 것이다.

행성을 확보, 기지를 건설, 뺏고, 빼앗기고—— 그리고 배신하고 배신당한다.

이 전쟁 하나에 엄청난 이야기가 생겨난다.

이 전쟁은 자칫 잘못하면 몇백 년이나 이어져도 이상하지 않지만, 예상보다 빠르게 끝을 향해 달려가고 있었다.

퍼싱 백작은 현재 제국군에게 포위되어 꼼짝도 할 수 없었다.

"뭐냐? 무슨 일이 일어나고 있는 거지?!"

통솔하던 6천 척의 함정이 어느새 수백 척까지 줄어들어 있었다.

아군인 달 공국군의 함정은 전멸했고, 남아있는 것은 퍼싱 백작의 지휘하에 있는 함정뿐이었다.

제국군의 기동기사가 총구를 겨누고 있어 꼼짝도 할 수 없는 퍼싱이 탄 함선에 아군의 통신이 왔다.

『꽤나 약삭빠르게 굴었네, 이 박쥐 자식.』

연합왕국군과 제국군. 두 조직 사이에서 알랑거린 퍼싱을 박쥐라 부른 사람은 총사령관이었다.

"초, 총사령관님?! 아, 아니야. 이건 뭔가 착오가 생긴 겁니다!!"

모멸하는 표정을 지은 총사령관은 퍼싱에게 쏘아붙였다.

『배신자의 말 따위는 들을 마음이 안 드는군. 내가 하고 싶은 말은 두 가지다. 네 소행은 조국에 반드시 보고할 것이다. 그리고 난 널 얕보고 있었다. 어디에든 있는 속물적인 귀족인 줄 알았는데, 설마 여태껏 번필드가와 이어져 있을 줄은 몰랐어.』

"무, 무슨 말입니까?"

『시치미 떼지 마라. 네가 우리를 속여서 칼뱅파와 싸우게 했지?』

퍼싱 백작은 총사령관의 말을 들어도 무슨 말인지 이해할 수 없었다.

왜 자신이 연합왕국과 칼뱅파를 배신한 것으로 되어있는가?

자신이 배신한 상대는—— 번필드가였을 텐데.

총사령관이 더욱 노기등등해졌다.

『제국도 증오스럽지만 넌 더더욱 증오스럽다. 연합왕국군 대장의 이름을 걸고 너만은 반드시 죽이겠다.』

통신이 끊어지자 퍼싱의 안색은 파란색에서 흙빛으로 변해있었다.

시트에서 미끄러져 떨어지듯이 주저앉아 덜덜 떨었다.

"뭐가 어떻게 된 거지? 난 분명 제국 측의 스파이들로부터 정보를 얻고 있었는데? 번필드가를 배신했을 터인데, 어째서 내가 아군을 배신한 게 된 거냐?"

제국 측에 연락원—— 스파이가 있어서 항상 거기서 정보가 흘러들어오고 있었다.

그 덕에 첫 전투부터 승리를 거듭해 퍼싱은 의심조차 하지 않았다.

그런데 어느새 배신자 취급을 받고 있었다.

상황을 이해하지 못하고 있으니 퍼싱이 탄 함선에 한 기의 기동기사가 날아들었다.

갑판에 난폭하게 내려선 것은 붉은 기동기사—— 첸시가 탄 에리키우스였다.

통신회선이 열리며 모니터에 첸시의 얼굴이 비쳤다.

흐트러진 호흡을 가다듬는 모습에서는 색기가 느껴졌다.

하지만 지금 퍼싱 백작에겐 그런 건 어찌 되든 상관없었다.

첸시는 퍼싱 백작의 전함에 들러붙어 흥분하면서 말했다.

『너무 심하게 놀아버렸어. 좀 쉴게. 아, 그래그래—— 클라우스의 명령인데, 내가 이대로 너희를 호위해줄게.』

달 공국의 군대를, 그리고 연합왕국군을 게걸스럽게 먹어 치운 붉은 기동기사.

그 붉은 기동기사가 자기들을 지키겠다고 말했다.

퍼싱 백작은 더는 아무것도 이해하고 싶지 않은지 양손으로 귀를 막고 바닥에 주저앉아 떨었다.

"거짓말이야. 이런 건 거짓말이야…… 왜 내가 이렇게."

그 모습을 보고 첸시가 웃었다.

『속은 거야? 진짜 바보네.』

그리고 잠시 후, 요새급이 함락—— 연합왕국군은 패배하여 제국령으로부터 철수하기 시작했다.

연합왕국군을 물리친 티아는 총기함에 돌아와 있었다.

어두컴컴한 방에 홀로 들어가니, 그곳에는 칼뱅파의 스파이들이 있었다.

티아는 그 스파이들에게 웃음을 지었다.

공격적인 웃음이 아니라 정말 감사하는 표정을 짓고 있었다.

"정말 잘해줬어요. 진심으로 감사하고 있어."

그들의 모습이 검은 액체에 감싸이더니 모습을 변화시켜 나갔다.

모습을 드러낸 것은 가면을 쓰고 온통 검은 옷을 입은 자들.

번필드가의 암부로서 활약하는 쿠쿠리의 부하들이다.

한 명이 대표로서 티아와 이야기했다.

"리암 님의 명령이니까요."

"그래도 너희의 협력이 있었기에 거둔 승리야. 나도 리암 님께 보고해둘게."

"감사합니다. 퍼싱 녀석, 보기 좋게 배신했군요."

번필드가와 리암을 배신한 퍼싱에게 티아는 강렬한 분노를 느꼈다. 그녀의 표정이 분노로 험악해졌다.

"어리석은 남자였지만, 그래도 조종하기에는 최고의 인재였어."

티아는 퍼싱이 배신했다고 확신했을 때부터 이용하고 제거할 생각이었다.

그래서 퍼싱에게 정보를 흘리는 스파이들을 암부와 바꿔치기 했다.

감쪽같이 속은 퍼싱은 칼뱅파를 치고 좋아했다.

쿠쿠리의 부하가 말했다.

"그놈은 반드시 배신한다── 리암 님께서 하신 말씀입니다."

티아는 '역시 리암 님이야'라며 미소 지으면서 중얼거렸다.

"이날을 위해 무능한 귀족에게 먹이를 주신 거구나. 리암 님과 교제하기에 걸맞지 않은 상대였지만, 도움이 되어서 다행이야."

티아는 퍼싱의 배신을 예견하고 이용한 리암에게 심취하여 볼을 빨갛게 물들였다.

쿠쿠리의 부하가 이후의 예정을 물었다.

"그래서, 적을 어떻게 하실 생각입니까?"

티아는 리암만을 생각하고 있었지만, 맡은 일이 있어서 다시 마음을 다잡은 듯했다.

"연합왕국 측에서 정전 협정을 요청했어. 전쟁이 시작되고 석 달만인가? ——의외로 빨리 끝났네."

"규모와 비교해 확실히 빨리 끝났습니다. 리암 님도 기뻐하실 겁니다."

그 말을 듣고 티아는 마치 어린아이인 것처럼 활짝 웃었다.

손을 쥐고 마치 기도하는 듯한 몸짓을 하며 지금의 심정을 말했다.

"나도 벌써 보고가 기대 돼. 분명 직접 칭찬받을 수 있겠지? 아아, 기다릴 수가 없어."

쿠쿠리의 부하들은 티아의 모습에 서로 얼굴을 마주 보며 어깨를 으쓱였다.

결과적으로 제국 측의 피해는 숫자로 따지면 백만에 육박했다.

그 외에도 몇만 척이나 되는 함정이 도망쳤지만, 전쟁은 승리로 끝났다.

클레오 일파도 다소의 피해가 있었지만, 그래도 만족할 수 있는 결과일 것이다.

무엇보다 칼뱅파 놈들이 큰 손해를 봤다. 게다가 도망친 놈들도 많다.

암부 한 명이 큭큭거리며 웃었다.

"그건 그렇고, 수적인 피해는 엄청 컸지만요."

결과만 보면 아슬아슬한 승리일 것이다. 제국군의 피해도 막대하다.

하지만 티아는 전혀 신경 쓰는 기색이 없었다.

"우리 피해는 적으니까 상관없어. 그건 그렇고, 적전도주를 한 멍청이들에겐 그에 맞는 벌을 줘야겠지."

제국에는 아슬아슬한 승리이지만 리암 입장에서는 불평할 여지가 없는 대승리다.

"돌아가면 이걸 구실로 삼아서 칼뱅파를 추궁할 수 있어. 아아, 리암 님의 승리가 보여! 그리고 그 승리를 곁에서 보좌하는 건, 바, 로, 나!"

망상의 세계에 빠지기 시작한 티아를 방치하고 암부 사람들은 그림자 속으로 사라져갔다.

"아아, 리암의 패배가 보인다!"

제국의 수도성.

요즘 굉장히 상태가 좋은 안내인은 제국군이 승리했다는 뉴스를 보고 기뻐하고 있었다.

제국군이 이긴 것은 기쁘지 않지만, 막대한 피해가 났다면 이야기는 달라진다.

"리암 놈이 파티에 빠져 사는 동안에 제국군은 막대한 피해가 났어. 이제 책임 문제에 시달리겠지."

점점 불행해지는 리암을 보고 있으니 안내인은 웃음이 멈추지 않았다. 요즘은 항상 웃고 있었다. 몸을 불태우는 듯한 리암의 감사도 지금은 웃으며 용서할 수 있었다.

지금 리암은 격노하고 있었다. 영지에서 전해지는 정보를 들은 뒤부터는 항상 난폭하게 행동했다.

리암의 영지에서는 현재도 대규모 데모가 빈발하고 있었다. 그 때문에 통치 능력도 의심받고 있는 모양이었다.

제국 내에서 리암의 평가가 내려가 안내인은 기뻐서 참을 수가 없었다.

"이제 곧이다. 곧, 리암이 모든 것을 알고 불행해질 거다."

수도성을 통통 뛰어 돌아다니며 안내인은 불행을 빨아들였다.

제국 같은 거대한 성간 국가의 수도쯤 되면, 쌓이고 쌓여 고인 부정적인 감정이 있다.

그것들을 흡수하고 스쳐 지나가는 사람들로부터도 불행을 빨아들였다.

"역시 수도성은 좋아. 정말 심오한 맛의 불행이 가득해."

마치 좋은 술이라도 맛보고 평가하는 듯한 말투였다.

그런 안내인이 지나가는 길에 절망한 얼굴을 한 남자가 골목에 주저앉아 술을 마시고 있었다.

"젠장! 뭘 해도 되지를 않아. 왜 내가——."

안내인은 정신없이 취한 남자의 옆을 지나 자신의 영양을 섭취하기 위해 남자의 불행을 빨아들였다.

"오, 지금 이 남자의 불행은 상당했어요. 음~, 오늘도 불행이 맛있어!"

그때, 남자의 가슴 주머니에 넣어둔 단말기에 통신이 들어왔다.

남자가 무뚝뚝하게 대답했다.

"뭐야?! 어차피 나 같은 건—— 어?! 저, 정말인가? 귀족님께서 마음에 들어 하셨다고? 내가 디자인한 옷을?!"

지금까지 별다른 활약을 하지 못했던 디자이너 남자에게 아무래도 의뢰가 온 모양이었다. 그것도 보수가 상당히 비싼 일이었다.

하지만 안내인은 행복에 흥미가 없다.

"불행을 빨아들이면 항상 이래. 하아~, 싫다, 싫어. 빨리 리암을 불행하게—— 아니, 행복하게 만들어줘야 해."

자신이 리암을 행복하게 해주면 해줄수록 리암이 불행해진다.

오늘도 안내인은 불행을 모아 리암을 행복하게 만들어주려고 활동하고 있었다.

안내인이 떠나가자 골목에 놓인 쓰레기통 뒤에서 개가 한 마리——안내인의 모습을 보고 고개를 갸웃거리고 있었다.

취해 있던 남자는 새로운 일에 의욕을 보였다.

"번필드 백작의 부인과 시녀? 그 둘의 드레스를 디자인하면 되는 거지?! 몇 벌이지? ——최소 열 벌?! 보, 보수는?! ——할게! 열 벌이든 스무 벌이든 만들게! 다행이다. 이제 가족을 부양할 수 있어."

디자이너는 눈물을 흘리며 기뻐했고—— 그리고 달리기 시작했다.

개는 안내인을 신경 쓰며 몇 번이나 뒤돌아보면서 디자이너의
뒤를 따라갔다.

"드레스도 실용성을 추구해야 합니다! 단순히 꾸미기만 해서는 안 됩니다. 제 모토는 아름다운 드레스에는 실용성을! 입니다."

이른 아침부터 재미있는 놈이 찾아왔다.

내가 의상실에 들어가니 새로 불러낸 디자이너가 와있었다.

연일 파티를 개최하고 있어서 착용하지 않은 드레스가 줄어들기 시작했다.

디자이너 한두 명으로는 아무래도 부족해서 많은 디자이너에게 드레스 제작을 의뢰하고 있다.

그 디자이너 중에 한 번 입고 버리는 드레스에 이상할 정도로 기능을 더하는 남자가 있었다.

──이 녀석은 바보다.

"보십시오, 이 수많은 장식품을! 보통 드레스에서는 일회용 실드 에너지 발생장치를 쓰지만, 이 드레스는 제대로 된 물건을 쓰고 있습니다. 그만큼 중량도 늘었지만, 귀족님이라면 문제없습니다!"

귀인의 드레스에는 암살 등을 막고자 방어 필드를 전개하는 액세서리가 있다.

위험이 닥치면 배리어를 전개하는데, 대부분은 일회용이다.

과하게 성능을 추구하면 무겁고 비싸다는 문제가 생긴다.

그렇다고 액세서리를 돌려쓸 수도 없다. 이런 장식은 드레스와 맞춘 디자인이라 돌려쓰면 보기 안 좋다.

애초에 절약이란 말은 악덕 영주에게 어울리지 않는다. 절약은 선—— 악하다면 사치의 극치에 달해야만 한다.

남자의 이야기를 듣고 있는 로제타와 시엘이 몹시 미묘한 표정을 하고 있었다.

사용감보다 기능을 주장하는 디자이너의 의견에 공감할 수 없는 것이리라.

제작을 의뢰한 드레스는 일회용인데, 전투복 수준의 방어력을 갖추는 바람에 가격이 몹시 비쌌다.

한 번만 입고 끝인 옷에 그렇게까지 돈을 쓰는 게 이해되지 않는 모양이었다.

하지만 난 이런 바보를 좋아한다.

악덕 영주라면 백성을 착취해 얻은 세금으로 사치를 부려야 한다. 설령 일회용 드레스라 해도 그건 변함없다.

세금을 대량으로 투입하기 위해서라도 쓸데없이 호화롭게 만들어주지.

난 열변을 토하는 남자에게 박수를 쳤다.

"훌륭해! 마음에 들었어."

"가, 감사합니다!"

나는 머리를 깊이 숙여 인사하는 디자이너에게 또 한 가지 의뢰를 하기로 했다.

"그런 너에게 추가 의뢰다. 아마기."

"——네, 주인님."

방 한쪽에서 상황을 보고 있던 아마기를 곁에 부른 나는 디자이너에게 소개했다.

"나의 아마기다. 평상복이 메이드복뿐이라 조금 허전했어. 역시 드레스도 필요하지? 아마기의 드레스도 제작해라."

내 의뢰에 디자이너가 난처해했다.

이 녀석의 대답에 따라 주위에 있는 내 기사들이 검을 뽑을 것이다. 아마기를 업신여기는 발언을 하면 이 자리에서 죽일 생각이었다.

하지만 이 디자이너는 눈치가 제법 있는 모양이었다.

"어, 그, 안드로이드의 옷을 만든 경험이 없습니다. 방법을 가르쳐주시고 시간만 주시면 제작은 가능합니다. 하지만 제 전문이 아니라는 것만은 이해해주십시오."

난 이 녀석의 대답을 듣고 더더욱 마음에 들었다.

아마기의 드레스 의뢰를 받은 디자이너 중에는 코웃음 치며 '저희는 그런 인형의 옷은 만들지 않습니다'라고 말하는 녀석도 있었다.

그 녀석과는 통신으로 대화했는데, 앞으로는 두 번 다시 발주하지 않을 것이다.

마음 같아서는 제거하고 싶었지만 모 귀족의 마음에 든 사람인 모양이라 귀찮아지니 아마기가 그만두라고 해서 포기했다.

쿠쿠리와 그 부하들을 보내고 싶었지만, 아마기의 눈도 있어서 단념했다.

──하지만 복수해서는 안 된다고 하진 않았다.

지금은 바빠서 힘들지만, 시간이 나면 반드시 복수해줄 것이다.

아마기에게 들키지 않도록 움직이면 문제없겠지.

그보다 지금은 눈앞에 있는 디자이너다.

"상관없다. 너한테 의뢰하지. 예산은 마음대로 청구해라."

"예!"

디자이너가 의뢰를 받자 아마기가 나에게 나무라는 듯한 시선을 보냈다.

"주인님, 제게 드레스는 필요 없습니다."

"명령이다."

"하지만……."

아마기가 난색을 보이자 로제타도 설득에 가세했다.

성미가 까다로운 아마기를 설득하는 걸 도와주다니, 이 녀석 의외로 좋은 녀석이구나.

"아마기도 가끔은 드레스를 입어도 괜찮지 않을까? 분명 잘 어울릴 거야."

로제타까지 이렇게 말하니 그 완고한 아마기도 더 거부할 수 없는 모양이었다.

"──알겠습니다. 하지만 한 번 입고 버리면 죄송하니, 드레스는 사용 후에도 제가 보관해도 되겠습니까?"

됐다! 아마기가 물러나서 드레스를 만들게 되었다.

"물론이지! ──이봐, 최대한 좋게 만들어라. 돈은 얼마를 들여도 좋다. 최고 걸작을 만들어라. 하지만 요란한 건 허용하지 않을 거다. 적절한 노출에도 신경 써라!"

"아, 네!"

디자이너가 분주하게 작업에 착수하는 것을 보고 있으니 통신이 들어왔다.

요즘 여러 가지로 안 좋은 보고만 가져오는 브라이언이었다.

난 엄청 질색하는 표정을 짓고 있었을 것이다.

통신회선을 여니 예상대로였다.

『리암 이이이임!』

리암임! 이라고 들은 기분이 들어, 나는 단번에 기분이 안 좋아졌다.

아까 전까지 기분이 좋았는데 브라이언은 항상 날 방해하는구나.

브라이언, 네가 아니었으면 고문을 했을 거라고.

"무슨 일이지?"

『데모가── 데모가 또다시 커졌습니다.』

"뭐어어?! 그쪽에도 사람을 배치했을 텐데! 그래, 유리시아는 어쩌고 있지?! 그 녀석, 그래도 우수하잖아?!"

그 녀석은 엘리트 군인이었던 주제에 데모 하나도 진압하지 못하는 건가?!

아니, 데모랑 엘리트 군인은 상관없지만.

번필드가는 거주 가능 행성을 몇 개나 보유하고 있다.

그 행성들을 합쳐서 영지라 부르고 있는데, 각 행성에서는 오늘도 데모가 일어나고 있었다.

다만 분위기가 이상했다.

"타코야키는 어때요~?"

"야키소바~!"

"플래카드 있어요~!"

포장마차가 늘어서고 많은 사람이 모여서 다양한 서비스가 제공되고 있었다.

병사들이 교통정리를 하고 의사도 대기하고 있었다.

데모하는 코스를 벗어난 사람들을 발견한 병사가 부드럽게 말을 걸었다.

"그쪽은 코스가 아니니까 루트로 돌아가."

"죄송합니다, 화장실은 어딘가요?"

"저쪽에 있어요."

"감사합니다."

데모라고 하지만, 분위기는 축제였다.

그 모습을 보고 아연실색한 사람은 통일정부에서 이주해 온 민주화 운동의 리더인 알렉스였다.

알렉스는 통일정부가 다스리는 행성에서 지낼 때는 대학생이었다.

일단 졸업은 했지만, 사회에 나간 경험이 없다.

좋은 대학을 나와 지금부터 시작인 타이밍에 반란에 휘말린 게 원인이었다.

다만, 그는 그때 출세하자고 생각했다.

지식도 있고 행동력도 있었던 그는 바로 반란군에 협력했다.

반란군에게 협력해 사회적 지위를 얻어, 이후에 새로운 나라에서 중요한 자리에 오르고자 했다.

하지만 출세하기 전에 반란군은 진압당하고 말았다.

흘러 흘러 제국까지 와버린 알렉스는 이 땅에서 출세할 방법을 생각했고 민주화 운동의 리더가 되었다.

알렉스에게 민주화 운동은 방법이지 목표가 아니다.

번필드가는 선정을 펼쳐 백성에게 다정하다는 것도 이해하고 있었다.

이해하고 그 다정함을 이용해 민주화 운동을 격화시켰다.

이제 탄압하면 번필드가도 다른 귀족과 다름없다고 외치며 철저하게 싸울 생각이었다.

반정부군을 일으켜 리더가 될 생각도 있었다.

다행히 자기들에게 협력해주는 세력도 있었다.

이 민주화 운동은 성공한다! 그렇게 생각했지만.

"왜 우리랑 상관없는 데모가 퍼지고 있는 거냐고!"

알렉스가 소리친 이유는 계속 확대되고 있는 데모가 민주화 운동과는 상관이 없기 때문이다.

플래카드를 들고 대열을 지어 걷는 백성들의 주장은 민주화가 아니었다.

"후사를 잊지 마라~!"

"영주의 책무를 다해라~!"

"로제타 님을 행복하게 해줘라~!"

영주인 리암에겐 아이가 없다.

그 사실에 백성들이 위기감을 느낀 이유는 번필드가가 국가 간의 전쟁에 관여하고 있기 때문이다.

그런 규모의 전쟁이라면 영주가 언제 죽어도 이상하지 않다는 걸 백성들도 깨달은 것이다.

쉽게 말하자면 이건—— 아이를 만들라는 데모였다.

백성들이 영주 리암에게 빨리 아이를 만들라고 재촉하는 것이다.

알렉스는 자기들의 활동은 확대되지 않는데, 폭발적으로 확대되는 모습을 보이는 아이 만들기 데모를 보고 격분했다.

"웃기지 말라고! 기회인데! 제국이라는 독재국가에서 자기들이 권리를 얻을 기회라고!"

동료들이 알렉스를 달랬다.

"진정해, 알렉스."

"이 모양인데 진정할 수 있겠냐! 왜 아무도 깨닫질 못하는 거지? 이 별의 인간은 바보뿐인가?!"

그런 알렉스 일행의 이야기를 듣고 있던 대학생이 아기 그림이 그려진 플래카드를 들고 지나갔다.

알렉스 일행이 든 민주화를 주장하는 플래카드를 보고 노골적으로 싫어하는 표정을 지었다.

성가셔하면서도 알렉스 일행에게 말을 걸었다.

"너희들, 이주해 온 사람들이지? 데모할 거라면 제대로 신청했어? 이쪽은 아이 만들기 데모를 하고 있으니까 할 거면 다른 곳에서 활동해."

데모 신청 같은 건 안 한 알렉스는 일단 말을 늘어놓았다.

"우리는 사람이 가지고 태어나는 권리를――!"

하지만 대학생은 한숨을 쉬었다.

"아니, 그런 건 됐으니까. 속마음을 말하자면 이 영지에서 민주화 운동 같은 건 민폐야. 싫으면 다른 행성에 이주해주지 않을래?"

현지의 대학생에게 매몰찬 말을 들은 알렉스는 분개했다.

"뭐어어?! 너 설마, 공작원이지! 국민이 자기 권리를 원하지 않다니, 이상하다고! 너, 영주의 스파이지!"

대학생은 침착하게 격노한 알렉스에게 반론했다.

"아니, 그냥 일반인이야. 얼마 전에 유학에서 돌아왔어. 그보다 제국의 사정을 모르냐?"

"사정?"

알렉스의 반응을 본 대학생이 눈살을 찌푸렸다.

민주화 운동에 참여한 젊은이들을 바라보는 눈은 굉장히 차가웠다.

"이 제국에서 민주화 운동이 일어나면 어떻게 될 것 같아?"

"아니, 그야 탄압을 당한다던가 가혹한 일을 당하겠지만 여기서 포기하면——."

"귀찮으니까 별과 함께 통째로 불태워버려. 그게 제국의 방식이야. 너희의 활동 때문에 우리까지 휘말리는 건 사양이거든."

"부, 불태워버리다니?! 아무리 그래도 그렇게까지는 안 하겠지!"

"사실이야. 실제로 그렇게 사라진 곳들도 있어."

유학생으로서 번필드가가 다스리는 영지 바깥도 보고 온 대학생은 민주화 운동이 활발했던 행성을 알고 있었다.

과거의 데이터로 봤는데, 그때 제국이 내린 결단은—— 행성 하나를 불바다로 만들어 본보기로 삼는 것이었다.

개중에는 처음부터 반란의 싹을 잘라버리는 귀족들도 많다.

교육을 최소한으로 하고 민주화 같은 건 생각할 수 없도록 한 행성도 많다.

"있잖아, 우리는 공부도 할 수 있고 공공기관도 충분히 기능하고 있어. 유학도 할 수 있고. 너희 때문에 그 권리까지 빼앗기면 웃기지도 않을 것 같은데?"

대학생의 이야기를 들어도 알렉스는 납득할 수 없었다.

"가축의 생각이군. 그렇게 귀족에게 꼬리를 흔들며 살고 싶은 거냐? 인간이라면 스스로 생각하고 살아야 해. 그리고 귀족의 대가 바뀌어서 상황이 참혹해지는 예가 있잖아? 너희는 불안하지 않은 거냐? 누군가에게 인생을 잡힌 채로 살고 싶은 거냐고!!"

대학생은 알렉스를 보고 어이없어했다.

"누군가에게 인생을 잡혀있다고? 근데 그건 통일정부도 마찬가지 아닐까?"

"뭐라고?"

"요즘 세상에는 우주 해적이 행성을 불태워서 죽는 사람도 많지? 그런 의미에서는 우리는 항상 누군가에게 농락당하면서 살고 있어. 그리고 영주님의 통치는 지금 나에게는 나쁘지 않거든. 그리고 말이야, 독립해서 잘 할 수 있다는 보증은 있어?"

"썩었어. 귀족뿐만이 아니야. 너희도 썩어서 생각이 멈췄어."

"너희, 왜 우리한테 온 거야? 민주주의가 좋으면 다른 곳으로 이주해. 우리 영지는 다른 곳으로 이주하는 것도 제한이 없거든."

싫으면 네가 나가라는 말을 듣고 알렉스는 깜짝 놀랐다.

대체 뭐가 어떻게 된 것인가?

자기 권리를 주장하지 않는 번필드가의 백성들이 이해되지 않았다.

그때, 영지에서 지위가 높은 사람이 나온 것 같았다.

호위로 무장한 병사가 대량으로 준비되었고 하늘에는 기동기사들이 떠서 주위를 경계했다.

그것만으로도 영지의 중요인물이라는 것이 전해졌다.

동료들이 알렉스에게 말을 걸었다.

"뭔가 시작되는 것 같아."

대학생은 떠나갔고, 알렉스의 관심은 중요인물에게 넘어갔다.

"요인인가? 상황을 보자."

알렉스는 머리를 흔들고 사고를 전환했다.

(그래. 이런 바보들이 사는 행성이야. 나라면 반드시 장악할 수 있어. 오히려 다루기 쉬운 바보들이라는 걸 안 것만으로도 잘된 일이잖아. 지위 있는 놈이 뭔가 연설이라도 하면 논파해서 나에게 공감하는 놈들을 모아주지.)

이를 기회로 삼아 더욱 눈에 띄어 동료를 늘릴 생각을 했다.

공중에 떠 있는 장갑차 꼭대기에 서서 마이크를 든 사람은 군복을 입은 여자였다.

여군은 데모 참가자에게 말했다.

『데모에 참가한 여러분! 영주님의 하반신 사정에 대해 떠들어서는 안 됩니다. 당장 해산하세요!』

금발의 아름다운 여자를 보고 있던 알렉스는 눈앞에 있는 게 누구인지 알아차렸다.

"이봐, 저 녀석은 영주의 측실인가 정부지?"

동료에게 확인을 구하니, 동료는 단말기로 정보를 조사하고 고개를 끄덕였다.

"틀림없어. 자료에도 적혀있어."

그런 여자가 대체 무슨 이야기를 하나 싶었는데, 창피한 데모를 그만두라고 말할 뿐이었다.

주위에서는 우우~ 하는 야유가 들려왔다.

"우리는 진심이라고!"

"귀족의 책무를 다해라~!"

"그보다 너도 측실이잖아? 무관하지 않다고!"

유리시아는 리암이 군에서 빼 온 인재이며, 번필드령 내의 뉴스에서도 그녀에 관해 보도되었다.

일반적으로 그대로 정부나 측실이 될 수 있기 때문에 백성들도 그렇게 생각하고 있었다.

하지만 백성들의 말을 들은 유리시아는 부들부들 떨며 눈물을 글썽였다.

『나, 나도!』

원래라면 데모에 참여한 백성들을 설득하는 것이 유리시아가 할 일일 것이다.

하지만 유리시아는 양손으로 마이크를 잡더니 영혼을 담아 소리쳤다.

『나도 노력했어! 나를 건드리게 하려고 노력했어!! 그런데도 리암 님은 전혀 관심을 보이지 않는걸?!』

유리시아의 외침에 참가자들이 쥐 죽은 듯이 조용해졌다.

한 백성이 불안하게 중얼거렸다.

"──어, 영주님 혹시 여자를 싫어하는 건가?"

그 말을 들은 유리시아는 울음을 터뜨리고 말았다.

『그랬으면 단념했겠지! 하지만, 하지만── 평범하게 여자가 좋다고 말하는걸! 리암 님의 비서가 되기 위해서 난 청춘을 바쳤어! 이번에도 군의 재교육 시설에 처넣어졌는데, 그걸 본인이 모르는 건 대체 어떻게 된 거야?! 결국 영지로 돌아와서 데모를 진정시키

라고 하고── 몇 년 동안 못 본 사이에 잊히는 건 또 뭐냐고!!』

　매일의 격무도 있어서 유리시아는 한계에 가까웠을 것이다.

　무엇보다 리암이 자신의 존재를 잊은 것이 용서가 안 되는 듯
했다.

　마이크를 양손으로 들고 마구 푸념했다.

『나도── 나도── 데이트 정도는 하고 싶다고! 로제타 님은,
지금은 매일 파티에 동행하는데 나만 일하다니 뭐냐고. 하루쯤은
놀아줘도 괜찮잖아. 이대로 나이만 먹는다고 생각하면, 밤중에
울고 싶어진다고! 불안해. 매일, 밤이 올 때마다 불안해진다고!!』

　서로의 얼굴을 마주 보는 데모 참가자들.

　마이크를 든 유리시아가 훌쩍거리며 울었다.

　울음을 터뜨린 유리시아를 앞에 두고 데모 참가자들은 위로하
는 말을 해줬다.

　작은 여자아이가 유리시아를 응원했다.

　"히, 힘내라~!"

　"유리시아 언니, 분명 좋은 일이 있을 거야."

　"괘, 괜찮아. 예쁘니까. 엄청 예쁘니까."

　유리시아는 그대로 한 손으로 마이크를 들고 평소의 불만을 털
어놓았다.

『나도 손 좀 대줬으면 좋겠어! 하지만 손대지 않는걸! 어떻게 할
방법이 없잖아! 손대면 뭐든지 해줄 거야! 하지만 손대지 않으면
아무것도 할 수 없어! 내 탓이 아니야!』

◇◆◇◆◇

『──이상의 결과로, 데모 참가자들의 주장은「로제타 님을 소중히」에서 더 추가되어「유리시아 님도 잊지 말아주세요」라는 주장이 더해졌습니다. 하지만 로제타 님을 미는 세력이 가장 강합니다. 로제타 님의 인기는 대단하군요. 이 브라이언, 감복했습니다.』

희희낙락하며 데모의 양상을 보고하는 브라이언을 앞에 두고 나는 주먹을 떨었다.

──유리시아, 그 녀석은 뭘 한 거지?

나의 악덕 영주로서의 이미지가 너덜너덜해졌잖아.

내가 쌓아 올려온 악하다는 인상이 그냥 나쁜 남자처럼 돼버렸다.

꾀어낸 여자에게는 먹이를 주지 않는 쩨쩨한 남자── 그게 지금 내 이미지가 되지 않았는가?

그런 건 용서할 수 없다!

『덧붙여서 새로운 측실을 들이라는── 그런 의견도 나오고 있습니다.』

"왜 백성한테 지시를 받아야 하는 건데! 내 하렘은 나만의 하렘이다! 누구의 지시도 받지 않을 거다!"

브라이언이 나에게 싸늘한 시선을 보냈다.

너, 너── 네가 아니었으면 그 목을 쳤을 거라고!

『리암 님, 현재 0명입니다.』

"어? 뭐가?"

『하렘을 만들겠다고 한 뒤로 오늘까지── 리암 님이 들인 여성의 수는 0명입니다.』

"뭐어?! 이, 있잖아! 아마기가 있잖아! 똑바로 세라고!"

『그래도 한 명입니다. 로제타 님께는 손도 대지 않고, 거기에 더해 군에서 데려온 유리시아 님은 방치── 이 브라이언, 데모에 참여할까 진심으로 고민했습니다.』

"젠장! 난 누구의 지시도 받지 않아! 나에겐 나의 미학이 있다고!"

주위 사람들의 말을 듣고 마지못해 하렘을 만들어?

어쩔 수 없이 여자한테 손을 대?

그런 건 싫다.

난 내가 원하는 여자를 손에 넣을 것이다.

그것만큼은 절대로 양보할 수 없다.

『미학도 중요합니다만, 후계자 문제는 더욱 중요합니다.』

정론 앞에서는 불리하다고 느낀 나는 백성들에 대한 복수를 생각했다.

"내가 영지로 돌아가면 두고 보라고. 무거운 세금으로 백성들을 괴롭혀주지. 두 번 다시 데모가 일어나지 못하도록 해줄 거라고."

하지만 브라이언은 내 발언에 흥미를 보이지 않았다.

──나한테 무례한 것 아닌가?

『예에, 그건 또 기대되는군요. 그건 그렇고── 민주화 운동은 생각보다 확산되지 않았군요. 거의 진화되었습니다.』

그쪽 데모가 진정된 것은 솔직히 고마웠다.

"민주화인가. 소란을 피운 멍청이들은 제대로 조사해둬. 그 녀석들은 내 적이다. 뭐가 권리냐. 원하는 건 권력자라는 지위일 텐데."

『리암 님?』

브라이언이 곤란하다는 표정을 짓고 있었지만 난 거리낌 없이 계속 말했다.

"——귀족이 없어진다고 해도 권력자들은 계속 존재해."

설령 어떤 정치체제라 하더라도 지배하는 측과 당하는 측이 생겨난다.

신분제가 없는 세상?

그런 건 존재하지 않는다.

귀족이 없으면, 그때는 정치가와 부자가 권력을 쥘 뿐이다.

그다음은 부자와 가난한 사람 사이에 격차가 생겨난다.

항상 누군가가 권력을 쥐고, 그 외 많은 사람이 지배당한다.

뭐, 신분 세습제보다는 나아지겠지.

하지만 난 이 권력을 누구에게도 넘기지 않을 것이고, 그 외 여러 사람이 어떻게 되든 알 바 아니다.

민주화를 하라며 소란을 피우는 놈들도 마찬가지다.

정말 진지하게 민주주의를 생각하는 건 일부이며, 대부분은 나 대신 권력을 쥘 생각을 하고 있을 것이다.

아니, 처음엔 이상을 가슴에 품더라도 손에 권력을 쥐면 반드시 썩는다.

손에 쥐었기에 잘 이해할 수 있다.

권력이란 그만큼 매력적이다.

사람을 현혹하는 힘을 가지고 있다.

그게 나쁘다고 생각하진 않는다.

오히려—— 난 권력에 현혹당하고 그 힘을 탐닉하고 싶다.

왜냐하면 난 악덕 영주니까.

"날 밀어내고 지배자가 되고 싶다면 내 이상의 힘을 보일 필요가 있지. 그게 가능하다면 하면 돼. 불가능하다면—— 패자의 대우를 받아야지."

이건 하극상이다.

마음대로 하면 된다.

하지만 지면 그 뒤는 각오해야 할 것이다.

난 적에게 친절하게 대해주지 않는다.

철저하게 부숴주겠다.

——칼뱅파 귀족들의 표정은 좋지 않았다.

분노하여 얼굴을 새빨갛게 물들인 귀족이 책상 위로 주먹을 내려쳐 주위의 시선을 모았다.

"내 아들과 일족 관계자만 해도 100명 이상이나 죽었어! 100명이라고!"

"우리만 피해를 입었다고?! 젠장! 리암 놈에게 그만한 심복이 있다는 걸 알았으면!"

"클라우스였나? 무명이지만 상당히 유능하군. 적끼리 싸우게 해서 적대 파벌을 이토록 철저하게 공격할 수 있다니, 대체 어떤 냉혈한인 거냐."

연합왕국군과의 전쟁은 싱겁게 막을 내렸다.

몇십 년은 걸릴 것이라 예상했던 전쟁이 1년도 되지 않아 제국 측의 승리로 끝났다.

단기간에 승리를 거둔 클레오의 명성은 높아지고 있다.

그게 상당한 피해를 입은 아슬아슬한 승리라 하더라도 말이다.

그 피해의 대부분은 클레오 파벌이 아닌 발목을 잡기 위해 파견한 칼뱅파의 피해다.

파견한 것은 파벌의 주전력이 아니다.

줄어든다고 해도 아무렇지도 않은 자들이긴 하지만, 실질적으로 대패를 했다고 하면 이야기가 달라진다.

칼뱅 근처에 앉아있는 귀족이 씁쓸한 얼굴을 하고 있었다.

"황태자 전하, 클레오 전하의 파벌 말입니다만, 전쟁을 구실로 삼아 병기의 세대교체를 거의 끝냈습니다. 수많은 병기공장이 원정군에게 협력하지 말라는 우리의 부탁을 무시했습니다."

"그런 것 같군. 내 이름도 이 정도밖에 안 됐다는 뜻이지."

제국은 원정군이 최우선으로 장비를 갱신할 수 있도록 허가를 내줬다.

내주긴 했지만―― 칼뱅 파벌은 병기공장에 도움은 최소한으로 주라고 통보했다.

그걸 리암과 친분이 있는 병기공장이 무시했다.

다른 병기공장이 칼뱅의 지시를 따르는 가운데, 제3, 6, 9―― 그리고 리암과 친하게 지내는 제7병기공장이 전면적으로 지원했다.

결과적으로 병기 제조 의뢰가 네 곳의 병기공장에 집중돼서 다른 병기공장은 손해를 입었다.

다른 병기공장에서는 칼뱅파에 대한 불만의 목소리가 나왔다.

귀족들이 괘씸하다는 표정을 짓고 있었다.

"황태자 전하를 무시하고 클레오파에 붙겠다는 건가! 구제불능 놈들이!"

칼뱅은 병기공장이 자신의 부탁을 거절한 이유가 상상이 갔다.

"병기공장은 리암 군이 정점에 서는 게 더 이점이 있다고 생각한 건가?"

귀족 한 명이 씁쓸한 표정을 짓고 있었다.

"제국은 제1, 제2병기공장을 우대해왔습니다. 다른 병기공장은 무상으로 제1과 제2에 기술을 제공하는 제도가 있습니다. 오랜 불만이 있으니 그들은 클레오파에 붙는 편이 이득이라 판단했을 겁니다."

"곤란하게 됐군. 내가 정한 제도도 아닌데."

제1과 제2를 우대하는 이유는 제국군의 기술력 향상이 목적이기 때문이다.

당초에는 병기공장 단위로 독점하던 기술을 집약하여 더욱 발전된 병기를 만들어낸다는 목적이 존재했다.

하지만 오랜 세월이 지나자 차차 제1과 제2가 다른 병기공장으로부터 기술을 강제로 빼앗아 이용하기만 하게 되었다.

병기공장은 그런 상황을 방치하는 제국에 불만이 쌓여가고 있었다.

클레오 파벌에 접근한 것도 통이 큰 리암이 곁에 있기 때문일 것이다.

병기공장은 클레오가 황제가 되면 이 상황을 개선할 수 있다고 생각하는 모양이다.

칼뱅이 병기 관련 문제에 대한 이야기를 꺼냈다.

"결과적으로 클레오파는 최신예 병기를 얻었다. 우리도 그만한 장비가 필요할 것 같은데, 어려울까?"

칼뱅이 귀족들을 봤지만, 표정이 좋지 않았다.

그 표정으로 현재로서는 곤란하다는 걸 알 수 있었다.

"일부라면 모를까, 대대적인 교체는 이번 전쟁으로 예산이 빠듯하여 어렵습니다. 연합왕국으로부터 배상금을 받더라도 재상이 간단히 허가를 내주지 않겠죠."

재상은 이번 전쟁 비용을 이유로 들어 군비를 삭감할 것이다.

제국의 예산을 사용한 파벌 강화는 기대할 수 없다.

다른 귀족들이 리암에 관해 이야기했다.

"그 꼬맹이, 제국의 예산으로 자기 파벌을 강화했군."

"아니, 리암 꼬맹이는 요란스럽게 사재를 썼어. 지출이 상당하다더군."

"그럼 놈도 피폐해졌나?"

리암은 자기 돈을 써서 전력을 갖췄지만, 동시에 큰 보상을 얻었다.

클레오 파벌의 강화다.

이번 전쟁으로 클레오 파벌의 군사력을 크게 향상하고 협력도 강화했다.

칼뱅은 생각했다.

(──내가 실수했군. 리암 군은 힘을 쓸 타이밍을 정확하게 읽고 있었다.)

리암이 수도성에 남은 이유도 철저하게 후방지원을 하기 위해서였다.

덕분에 원정군은 병참에 문제가 없었다.

리암이 수도성에 있는 덕분에 만전의 태세로 싸울 수 있었다.

전장에 나서지 않는다는 다소의 오명을 썼다고 하더라도 리암의 수도성 대기는 그만한 가치가 있었다는 뜻이다.

(우리 파벌은 군사력 면에서 불안이 생겼나.)

원정군에 참가한 칼뱅파 관계자가 상당한 피해를 받았다.

그리고 한동안은 병기의 세대교체가 생각대로 진행되지 않을 것이다.

전쟁이 끝났다는 것을 이유로 들어 제국의 재상이 쓸데없는 예산이라며 퇴짜를 놓을 것이다.

(흐름은 저쪽에 있는 것 같군. 하지만 이대로는 끝낼 수는 없다.)

칼뱅이 여기서 포기할 인물이었다면, 이미 후계자 경쟁에서 패배해 죽었을 것이다.

"리암 군의 단독승리로 기세가 기울었네. 이대로는 곤란해."

칼뱅의 말에 귀족들이 고개를 끄덕였다.

"리암을 철저하게 공격해서 평판을 떨어뜨립시다."

"후방지원에서 유능했던 건 인정하지만, 전장에서 도망친 것도 사실이니까요."

"그리고—— 살짝 못을 박아둬야 하지 않겠습니까."

리암의 관계자들에게 뭔가 하려고 해도 검성을 쓰러뜨린 리암이 호위하고 있다.

리암이 거느리고 있는 암부도 우수하다.

수도성에 남아 발목을 잡는 자기들과 같은 적대 파벌을 전부 물리쳤다.

같은 파벌의 귀족들도 인식을 바꿨는지 깔보는 언동이 사라졌다.

운이 좀 좋고 힘에 취한—— 그런 눈에 거슬리는 존재가 아니라 자기들이 상대해야 하는 강적으로 인식했다.

(리암 군은 강적인데, 너무 늦게 알아차렸다. ——라이너스, 너도 이런 느낌이었을까?)

지금은 죽은 동생인 라이너스도 이렇게 리암을 깔봐서 진 걸까?

라이너스의 기분을 상상하면서 칼뱅은 마음을 다잡고 명령했다.

"검성 두 명을 수도성에 소집할까."

귀족들이 서로의 얼굴을 마주 봤지만, 어쩔 수 없다며 받아들였다.

"리암과 직접 싸움을 붙이시는 겁니까?"

칼뱅은 고개를 저었다.

"아니, 대비하는 차원에서 곁에 둘 거야. 수도성은 앞으로 혼란스러워질 테니까 호위가 있어야지."

전장에서 쓰러뜨릴 수 없다면—— 이곳 수도성에서 쓰러뜨리는 수밖에 없다.

다만 검성들을 직접 보내지는 않는다.

그건 좋은 수가 아니라는 것을 칼뱅도 이해하고 있었다.

검성 두 명이 자기 옆에 있다는 걸 보여주는 것이 중요하다. 굳이 자객 일을 시킬 생각은 없었다.

(승부를 내는 방법은 얼마든지 있다. 정치, 경제, 그 외 여러 가지와 군사력만이 전부가 아니다.)

칼뱅 일행은 온갖 수단을 쓰기로 결단했다.

(그건 그렇고 그 상황을 뒤집다니, 정말 리암 군은 천운이 따르는 것 같아. 하지만 이대로는 끝낼 수 없어.)

알렌 검술의 총본산이 있는 행성.

그 행성은 알렌 검술 당주의 통치가 허가되어 있었다.

그만큼 제국에서는 알렌 검술의 명성이 크다는 걸 나타냈다.

문하생 중에는 황족뿐만 아니라 힘 있는 귀족들도 이름을 올리고 있었다.

알렌인가, 아니면 쿠르단인가—— 그런 말이 나올 정도로 제국에서는 메이저한 유파다.

그런 알렌 검술의 총본산에서 당주인 남자가 수도성을 향해 여행을 떠나려 하고 있었다.

정장에 코트를 걸치고 선글라스를 쓴 근육질 남자다.

그의 손에는 오랫동안 쓴 애검이 쥐어져 있었다.

"선생님, 준비됐습니다."

문하생들이 정렬하여 당주가 차에 타는 모습을 지켜보고 있었다.

"음."

검성인 당주의 아들이 거리낌 없는 태도로 말을 걸어왔다.

"황태자 전하도 문제군요. 리암이 무섭다고 호위로 아버지를 불러내다니, 너무 무례하지 않습니까."

알렌 검술은 어중간한 귀족보다 권력이 있어서 당주의 아들은 마치 귀족처럼 말했다.

실제로 그들은 귀족이다.

제국의 검술지도자이며 그에 맞는 지위를 가지고 있다.

그 독특한 지위 때문에 말투가 건방져졌다.

"일섬류 따위는 들은 적도 없건만, 그런 자들을 두려워하다니. 정말 한탄스러운 일이야. 황태자 전하를 다시 단련시킬 좋은 기회라 생각해야지."

그들은 귀족들에게 선생님 대접을 받아서 약간 오만해져 있었다.

검술 스승으로서 떠받들어지는 데 익숙해져 있었다.

실제로 검술 실력은 확실하며 귀족들에게 지지 않는 영향력을 가지고 있다.

알렌 검술이 적으로 인정하면 문하생인 황족들도 적으로 돌아서게 된다.

어중간한 귀족보다 권력이 있었다.

"검성을 쓰러뜨렸다고 자만하고 있지만, 놈은 독문 검술을 쓰는 자를 한 명 쓰러뜨렸을 뿐이니까요. 우리 알렌 검술의 적수가 아니에요."

아들이 그렇게 말하자 당주도 고개를 끄덕였다.

"그래. 일섬류 따위는 물거품처럼 사라질 유파 중 하나에 불과하지."

당주가 차에 타려고 했지만, 금방 몸의 움직임을 멈추더니 그 자리에서 홱 물러났다.

주위의 문하생들도 똑같이 물러났지만, 실력 없는 자들은 베였는지 피가 뿜어져 나왔다.

당주보다 먼저 아들이 검을 뽑고 자세를 잡았다.

"누구냐!"

정신 차리고 보니 차도 세로로 양단되어 있었다.

당주와 문하생들 앞에 나타난 자는 양손에 칼을 한 자루씩 든 젊은 여자였다.

삿갓을 쓴 여자는 기모노와 비슷한 옷을 입고 있었다. 한눈에 봐도 여자라는 걸 알 수 있는 몸매였다. 옷차림도 상당히 가벼웠다. 파워드 슈트를 입은 것도 아니었다.

눈은 가려져 보이지 않았지만, 입꼬리가 올라가 있는 게 보였다.

"어떻게 여기까지 왔지?"

당주는 아들이 초조해하는 모습을 보고 무리도 아니라고 생각했다.

세상에는 무모한 젊은이들도 많으며 알렌 검술의 총본산에 쳐들어오려는 자도 매년 나타났다.

그래서 행성을 출입할 때는 엄중한 체크를 하고 있다.

그 체크를 빠져나와 나타났다면 상당한 실력자일 것이다.

여자가 삿갓에 손을 대자, 빈틈이 생겼다고 생각한 사범대리급 검호들이 일제히 달려들었다.

당주는 이제 죽을 것으로 여겨지는 여자에게 쓸데없다는 걸 알면서도 말을 걸었다.

"적지에 와서 여유를 너무 많이 보였구나. 쳐들어올 거면 그에 맞는―― 아니?!"

당주가 본 것은 여자를 베려고 달려든 사범대리들 모두가 날아가고―― 사지 중 어딘가가 잘린 모습이었다.

전원이 땅에 자빠져서 다친 부위를 손으로 누르고 있었다.

한 사람도 죽이지 않았는데, 그보다 눈앞에 있는 여자는 움직인 것처럼 보이지 않았다.

아들이 당주 앞에 나왔다.

"자객인가?! 아니, 그렇다면 왜――!"

왜 우선 자신을 노리지 않는 것인가?

당연한 의문도 떠올랐지만, 그보다 당주는 적의 실력에 당황했다.

(지, 지금―― 이 여자는 대체 뭘 한 거지?!)

여자의 검이 보이지 않았다.

마법의 일종일까? 아니면 신병기인가?!

삿갓을 내던진 여자가 당주에게 얼굴을 보였다.

살짝 곱슬한 긴 오렌지색 머리카락을 뒤로 묶고 있었다.

바람에 흔들리자 딱 한 번 사자의 갈기처럼 묶은 머리카락 끝이 펼쳐졌다.

한눈에 여자라는 걸 안 것은 옷을 입고 있어도 다 숨기지 못하는 그 커다란 가슴 때문이다.

난폭함 속에 묘한 색기가 느껴지는데, 어떻게 봐도 젊다──이제 막 성인이 되었을까?

(뭐야. 누구야, 이 여자── 아니, 어느 유파지?!)

당주는 식은땀이 멈추지 않았다.

바로 검을 뽑자 여자가 이름을 댔다.

"이름을 말해두지. 그렇게 하지 않으면 누구한테 졌는지 모른다고 할 것 같으니 말이야. 내 이름은 '시시카미 후우카'── 유파는 일섬류."

유파를 들은 당주는 위험을 느끼고 뒤로 확 물러났다.

하지만 아들이 앞으로 튀어나오고 말았다.

"나왔구나, 가짜 검술! 여기서 내가 심판해주지!"

젊고 혈기 왕성한 아들은 무모하게도 뛰쳐나가고 말았고, 당주는 그 등에 손을 뻗었다.

"아, 안 돼! 물러나라!"

"이 정도 검사 한 명쯤이야 아버님이 나설 것까지도──."

말을 끝내기 전에 아들의 몸에 이변이 일어났다.

당주는 눈 앞에 펼쳐진 광경에 눈을 크게 떴다.

(대체 무슨 일이 일어난 거지?! 뭘 한 거지?!)

자식 중에서 가장 재능이 있는 아들의 양팔이 간단히 잘려버렸다.

조금 늦게 피가 뿜어져 나오자 아들은 몸을 떤 뒤에 울부짖었다.

"팔이! 내 팔이이이이!"

양팔에서 흘러나온 피가 땅에 퍼졌다.

"방해된다, 비켜."

그런 아들을 걷어찬 후우카는 칼자루에도 손을 걸치지 않고 당주에게 다가갔다.

양팔을 벌리고 칼을 든 모습을 보이지 않았다.

"만나고 싶었다고, 약소 유파의 검성 양반. 사실은 네 목을 선물로 들고 사형한테 싸움을 걸 생각이었는데."

알렌 검술의 총본산에 침입해 강자들을 차례차례 베어버리는 여검사를 본 당주는 직감으로 이해했다.

(내 실력으로는── 이길 수 없는 상대다.)

정치적인 이유로 검성으로 선정되었지만, 그래도 메이저 유파의 수장이다. 검성에 걸맞은 실력이 있다.

그리고 상대의 역량을 느끼고 이길 수 없다는 것을 이해했다.

당주는 실력이 부족한 것을 이해하면서도 웃음을 띠었다.

"난 정말 운이 좋아. 여기라면 자네를 어떤 수단으로 쓰러뜨려도 좋으니 말이야."

"어?"

후우카가 수상하게 여기는 표정을 보였지만 당주는 바로 외쳤다.

"쳐라!"

튀어나온 것은 무장한 병사들.

그 외에는 하늘을 나는 전차.

총기를 든 병사들에게 포위당해 후우카는 어깨를 으쓱였다.

당주는 자신이 가진 검을 후우카에게 겨누며 우쭐댔다.

"네놈 따위와 진검승부를 해줄 줄 알았나? 일섬류가 얼마나 강하든, 지면 끝이다. 진실 같은 건 전해지지 않는다. 이 우주에 퍼지는 화제는 너희의 패배뿐이다. 너희 유파도 이걸로 끝이다."

일섬류 검사가 알렌 검술에 패배했다── 그 사실만을 퍼뜨리고 내용은 일절 외부에 누설하지 않는다.

그렇게 함으로써 알렌 검술은 일섬류에 승리했다는 사실만이 남는다.

후우카의 눈은 굉장히 차가워져 있었다.

분명 질렸을 것이다. 검성에게 실망한 듯한 표정이었다.

하지만 당주는 웃고 있었다.

"이기면 되는 거다! 검술도 결국은 이기기 위한 기술. 승리를 위해 계략을 짜는 것은 당연한 일이다! 사라져라, 일섬류!"

후우카는 머리를 긁적이고 있었다.

당주에 대한 흥미를 잃어버린 모양이었다.

"이제 됐어. 난 그저 널 쓰러뜨렸다는 실적이 필요할 뿐이니까. 그리고── 내 스승님을 깔본 죗값을 치르게 해주마. 너희는 이 패배로 몸소 우리 일섬류를 증명하는 도구가 될 거다."

후우카의 말투에 격노한 당주는 주위에 '빨리 쏴 죽여라!'라고 외쳤다.

그 순간—— 주위에 있던 병기와 사람이 모조리 베여서 날아갔다.

당주는 움직이지 못했다.

어쨌든 아까 전까지 30m 정도 거리에 있던 후우카가 눈앞에서 칼을 뽑아 자신의 배에 칼날을 꽂고 있지 않은가.

"지금부터 너한테 천천히 일섬류의 무서움을 가르쳐줄게. 이참에 네가 가진 검성 칭호를 줘. 뭔가 멋있으니까."

자신이 검성이라는 이름을 대기까지 대체 얼마나 고생한 줄 아는가?

뭔가 멋있다는 이유로 그 칭호를 넘기라는 말을 들어 자신의 모든 것이 더럽혀진 기분이 들었다.

후우카에게 격분한 당주가 뭔가 말하려고 입을 여니 고통 때문에 비명이 먼저 나왔다.

"어억!"

"사실은 뿌직, 뭉개고 끝낼 생각이었지만, 스승님을 바보 취급한 너희는 절대로 용서 안 할 거야."

당주는 후우카의 눈을 보고 떨었다.

(이, 이런 계집애가 나보다 강하다는 건가! 일섬류—— 대체 뭐냐?! 왜 이제야 세상에 나온 거냐! 어째서!)

세상에 나오지 않았던 유파가 움직이기 시작했다.

당주는 그렇게 생각했다.

"쳐, 쳐라아아아!"

그리고 당주가 외치자 아까 전보다 더 많은 병사가 모습을 보였다.

"이 녀석을 죽여라! 내가 휘말려도 상관없다! 그렇지 않으면, 알렌 검술으으으은!!"

──유파로서 끝장나고 만다.

그 위기감에 마음이 움직인 당주는 후우카를 자신과 함께 없애려고 했다.

수백 명의 병사에게 둘러싸인 후우카는 웃음을 짓고 두 자루의 칼을 쥐었다.

"물어뜯어 줄게."

그날, 알렌 검술의 총본산은 폭풍에 휩쓸린 듯한 피해가 나왔다.

다행히도 사망자는 한 사람도 없었다.

내막을 모르는 사람들은 다행이라고 막연하게 생각했지만, 당사자들은 모두가 이 이상 불행할 수가 없다며 한탄했다.

다른 행성.

그곳에는 기동기사를 양단한 여검사가 있었다.

쓰러진 기동기사의 머리에 앉아 자신을 올려다보는 쿠르단류 종합 무술의 당주와 수제자들을 내려다봤다.

당주는 발가벗겨져 등에는 '일섬류 등장'이라는 적혔다.

레이저총을 든 여검사가 장난으로 당주의 등을 지져서 남긴 글자였다.

"음, 마음에 드네. 가끔은 총을 쓰는 것도 나쁘지 않아. 좋은 기분 전환이 됐어."

수제자들은 하나같이 겁에 질려있었다.

쿠르단류의 본거지에 쳐들어온 긴 칼을 든 여검사 '사츠키 리호'가 당주를 가지고 놀다 쓰러뜨렸다.

기동기사를 동원해서라도 죽이려고 했으나 그 기동기사마저 베었다.

감색의 찰랑찰랑한 머리카락. 벚꽃색 눈동자. 천진난만하게 웃는 여성. 날씬하고 가냘프게 보이지만 여성스러운 몸매를 가지고 있었다.

갓 성인이 되었지만, 이들에 비하면 아직 아이나 마찬가지다. 그런 상대에게 손도 못 쓰고 패배했다.

리호는 앉아서 발을 흔들었다. 이미 정신을 잃은 당주에게 흥미를 잃은 듯했다.

"──자, 그럼 말해봐. 일섬류가 뭐라고?"

쿠르단류 제자들이 대답하지 않자 리호는 한 사람의 팔을 잘라버렸다.

"끄아아아악!"

수제자들의 눈에는 리호가 그저 앉아있는 모습으로만 보였다. 그게 더욱 두려움을 품게 했다.

리호는 가학적인 웃음을 지으면서 말했다.

"겁먹지 마. 목숨을 뺏지는 않을 거니까. 하지만 검사로서의 생명은 오늘까지. 약소 검술이 까불거린 대가야. 우리, 아니, 나와 스승님의 일섬류를 바보 취급한 건 절대 용서 못 하거든."

수제자들이 부끄러워하지도 체면도 신경 쓰지 않고 울면서 도망치자 리호가 그들을 쫓아갔다.

"아하하하! 나와 술래잡기를 하려고? 있잖아, 그게 진심으로 도망가는 거야? 너무 굼떠서 우스운데?!"

쫓아가서 발목을 베어 차례차례 쓰러뜨려 나갔다.

리호는 겁에 잔뜩 질린 쿠르단류 제자들을 향해 말했다.

"잘 기억해둬. 이 세상에서 가장 강한 검술은 일섬류이고, 최강의 검사는 내 스승님인 '검신 야스시'라는 걸. 이후로 애들 장난 같은 검술로 건방 떨면——."

"그, 그만! 아아아아아아아아아아아!!"

리호에게 짓밟힌 수제자의 비명이 울려 퍼졌다. 다른 제자들이 격렬하게 몸을 떨었다.

미소 짓던 리호의 얼굴에서 표정이 사라졌다.

"사형과 검을 나누기 전에 좋은 선물이 생겼네. 이 모습을 온 제국에—— 아니, 스승님께도 전해지도록 온 우주에 방송해야겠다. 잠깐 기다려봐."

품에서 단말기를 꺼내더니 리호가 혼자 떠들기 시작했다.

단말기는 홀로 떠서 리호와 주변 상황을 촬영했다.

리호는 동영상 업로더로서도 활동하고 있었다.

"오랜만이야~! 모두의 아이돌 검사, 리호야. 오늘~은~! 쿠르단류 종합 무술의 본거지에 와버렸어! 데헷."

인위적으로 웃으며 귀여운 포즈를 취했지만, 그녀 뒤로 비치는 광경은 피바다였다.

모두 목숨만 겨우 붙어있을 뿐.

리호는 제국에서 제일 피비린내 나는 아이돌 검사를 자칭했다.

"내 유파를 바보 취급한 너무한 사람들이라 박살 냈어. ——살짝 모자란 감이 들지만, 다음은 사형을 벨 거니까 워밍업이라 생각할게! 사형은 강하다고 하니까 벌써 기대 돼. 응원해주는 모두, 다음 보고를 기다려줘. ——다음은 리암의 목을 모두에게 보여줄 테니까."

야스시가 길러낸 두 명의 일섬류 강자—— 그들이 지금 리암의 목숨을 노린다.

그리고 이날, 야스시는 2대 유파의 원수가 되었다.

——어라? 좀 이상하지 않나?

리암이 위기에 몰린 상황에 있는 가운데, 이런저런 확인을 하던 안내인은 고개를 갸웃거렸다.

리암이 괴로워하고 있다. 초조함을 느끼고 있는 건 틀림없다.

격렬한 분노를 느끼고 있는 것도 전해져 왔다.

리암은 요즘 바쁘게 지내면서도 주위에는 노는 데 정신이 팔린 모습을 보였다.

원정군은 승리했지만, 전력이 상당히 소모되었다.

클레오 파벌은 약화 되었을 텐데—— 이전보다 더 결속이 강해졌다는 느낌이 강하게 들었다.

"기분 탓인가? 아니, 잠깐만!"

이때 안내인은 알아차렸다.

"그런가—— 아직 리암에 대한 지원이 부족한 건가!"

괴로워하는 상황에는 몰아넣었지만, 리암에겐 지금까지 몇 번이나 호되게 당해왔다.

리암을 이 정도로 쓰러뜨릴 수 있다면 고생하지 않았을 것이다.

자신의 노력이 부족해서 불안을 느끼고 있을 뿐이라는 결론에 다다랐다.

"리암을 더욱 운 좋게 만들기 위해 움직이면 되는 건가! 하, 하지만 정말로 그럴까? 난 뭔가 큰 잘못을 하는 게 아닐까?"

고민하는 안내인.

문득 리암을 죽이기 위해 기른 두 사람이 신경 쓰였다.

이전에 유리시아를 지원했을 때는 배신당했다.

이번에도 실패한 건 아닌지 초조해하기 시작했다.

바로 조사해보려고 했지만, 이전보다 힘이 약해져 있었다.

힘을 되찾자마자 바로 리암을 지원했기 때문이다.

그랬더니 어떻게 된 일인지 리암이 괴로워했다.

리암을 불행하게 만들기 위해 오늘도 고생하며 목숨을 부지해서—— 리암에게 행운을 가져다준다.

여력이 없을 때는 떨어져 있는 신문지를 주워 조사했다.

이런 식으로 신문지를 주우면 자신이 찾는 정보가 게재되어 있다.

신비한 힘으로 원하는 정보를 끌어들이는 거다.

"큭! 리암을 지원하기 위해 힘을 너무 썼어. 이전에는 더 쉽게 정보가 모였는데."

그는 원통함을 느끼면서 기사를 읽었다.

그때 전자 신문에서 리호의 동영상이 재생되었다.

『사형, 보고 있어~? 내가 지금부터 죽이러 갈 거야.』

뒤에는 쿠르단류의 당주와 수제자들이 쓰러져 피바다가 되어 있었다.

웃으면서 리암을 죽이러 가겠다고 선언하는 것을 본 안내인은 리호가 정상이 아니라는 것을 느끼고 가슴이 따뜻해졌다.

"아~, 이 얼마나 순수한 검사인가. 이 녀석이라면 리암을——
어라? 한 명이 없네?"

페이지를 넘겨 찾아보니, 다른 한 명이 알렌 검술의 총본산을
휩쓸었다는 소식이 있었다.

이쪽도 일섬류의 기술을 습득해 날뛰고 있다.

"비장의 수단을 제대로 길렀군. 야스시, 난 널 믿고 있었다고."

안내인은 이미 제국에 없는 그에게 감사하는 마음이 가득했다.

"모든 것이 끝나면 특별히 너도 불행하게 만들어주지. 네가 리암
을 강하게 키우지 않았다면 아무런 문제도 없었을 테니 말이야."

가벼운 발걸음으로 자리를 뜨는 안내인은 전자 신문을 내던졌다.

반투명한 개가 땅에 떨어진 신문을 봤다.

기사를 바라보고 그걸 줍더니 바로 고개를 들고 어딘가로 향
했다.

원정군의 승리를 축하하는 파티장.

그곳의 대기실에서 편히 쉬고 있는 나는 클라베 상회의 엘리엇
과 이야기를 하고 있었다.

"오늘의 파티를 원정군의 축승회로 하자고요?"

엘리엇은 원정군의 완전 승리—— 아니지, 나의 완전 승리를
축하하기 위해 황금과 비싼 술을 산더미만큼 들고 왔다.

난 이런 눈에 보이는 아첨이 정말 좋다.

"우리끼리 멋대로 축하하는 거지. 티아가 말하기로는 제국의 피해도 커. 연합왕국은 강적이었다더군."

히죽거리면서 말하니, 엘리엇에게도 내 진의가 전해진 듯했다.

"그런 강적을 격파한 클레오 전하의 계승권도 분명 올라가겠죠. 덧붙여 말하자면, 이런 위기 상황에 책임을 떠밀고 도망친 황태자 전하의 입장도 나빠질 겁니다."

"다 끝나고 보니 나 혼자만 이긴 싸움이었어. ──그래서, 칼뱅의 동향은?"

"주위는 당황한 기색이었지만, 본인은 침착해요. 연기일지도 모르지만요."

빨리 동요해서 움직여줬으면 한다.

나로서는 칼뱅이 움직이지 않는 게 제일 곤란하다.

하지만 이번에는 칼뱅파의 전력을 크게 줄일 수 있었다.

내 파벌도 강화할 수 있어서 좋았다.

영주들에게 돈을 빌려줘서 영향력을 가지게 된 것도 좋았다.

악덕 영주답게 고리대금업자 같은 짓을 하고 싶기도 했지만, 클레오 파벌은 악당 집단이다.

나쁜 놈들은 나쁜 놈들끼리 협력해야 한다.

싸우는 것은 여유가 생긴 뒤다.

칼뱅을 끌어내릴 때까지는 얌전히 있자.

그래서 고리대금업자 같은 짓은 할 수 없고, 이자도 상당히 낮게 책정했다.

대기실에서 엘리엇과 이야기를 하고 있으니 지친 얼굴을 한 월레스가 방에 들어왔다.

"리암, 큰일이야!"

"왜 그래? 파티 준비는 끝났어?"

어쩐 얼굴이 파래져서 당황하고 있기에 일단은 이야기를 들어줬다.

"그 파티가 문제야! 갑자기 원정군 승리를 축하하기 위한 축승회로 변경했잖아? 부족한 게 많아. 아니, 준비를 거의 다시 해야 해!"

"뭐야?!"

다른 사람도 아닌 내가 기분에 따라서 파티의 내용을 변경하고 그 뒤의 일을 생각하지 않았다.

월레스가 머리를 싸맸다.

"틀렸어. 모처럼 승리를 축하하는데 그게 없다니!"

지금 월레스는 내가 즐기기 위한 파티를 책임지고 관리하고 있다.

이전보다 믿음직해진 친구를 앞에 두고 난 엘리엇을 봤다.

"엘리엇, 부족한 것을 당장 준비해라."

"맡겨주십시오. 하지만 급한 일이라면 예산이——."

"바보야! 내 파티라고! 그런 건 얼마가 들던 상관 없어!"

젠장! 나답지 않게 방심하고 있었다.

아무튼 지금은 이 위기를 넘기기 위해 월레스와 엘리엇과 협력해야만 한다.

월레스는 지친 얼굴을 하고 있었다.

"파티장에 있는 비품을 거의 전부 바꿔야 해. 이대로는 축승회에 어울리지 않아."

월레스를 보면서 생각했다.

파티를 위해 이렇게나 진지하게 고민하고 있다.

세상 사람들이 보기에 쓸데없는 재능이라 생각할 것이다.

하지만 난 이 녀석을 높이 평가했다.

——이 녀석, 훌륭해졌구나!

유년 학교 시절에 알게 되었는데, 그때는 아무 도움도 안 되는 녀석이라 생각했다.

하지만 지금은 이렇게 내 파티의 분위기를 띄우는 데 도움이 되고 있다.

악덕 영주의 관점으로 볼 때, 녀석을 거둬들인 건 현명한 판단이었다.

파티를 즐기는 악덕 영주다운 모습을 실현하기 위해서는 월레스의 재능이 필요불가결하다.

월레스를 거둬들인 그때의 나에게 '잘했어!'라는 말을 전해주고 싶다.

그 무렵, 후궁에는 칼뱅 아래로 주요 귀족들이 모여 있었다. 이들은 꽤나 초조한 기색이었다.

"전하! 일부 사람들이 번필드 백작을 습격할 계획을 세우고 있습니다."

"──그거 곤란한데."

칼뱅도 이번만큼은 정말로 곤란해하고 있었다.

"누가 벌인 짓이지?"

"원정군에서 전사한 귀족들의 친족입니다. 그중에는 후계자를 잃은 자들도 있습니다. 이대로 가만히 둘 수는 없다면서 파벌에서 탈퇴해서라도 복수하겠다며 씩씩거리고 있습니다."

칼뱅의 파벌은 덩치가 큰 만큼, 생각이 얕은 귀족들도 많이 있었다.

그들을 관리하는 것도 칼뱅의 업무였는데, 도무지 고생이 끊이지 않았다.

특히 이번에는 전쟁으로 친족을 잃은 귀족이 많이 나오면서 상황이 어려워졌다.

그들 중 진정으로 친족의 죽음을 슬퍼하는 자는 거의 없다. 그저 가문의 명예가 손상됐다고 생각할 뿐이다.

더구나 그들은 상당한 수의 함정을 잃었다. 자기가 본 손해로 제정신이 아닌 거다.

(사실은 말려야 하지만, 이들을 억누르면 불만의 화살이 내게 날아오겠지.)

이길 수 있다고 했는데! 분명 괜찮을 줄 알았는데! 이 손해를 어떻게 할 거냐! 하면서 말이다.

전장에 나간 건 그들의 선택이었건만, 그들은 그 불합리하게도 분노를 표출할 대상을 원했다.

오로지 감정적인 반응이었다.

귀족에는 자제심이 약한 자들이 많다. 저택에서 제멋대로 컸기 때문이다.

유년 학교나 군대를 거치면서 어느 정도는 교정되지만, 완벽하진 않다.

이성적인 귀족들은 씁쓸한 표정을 짓고 있었다.

"하필 이런 중요한 시기에……."

"놈들이 그런 걸 알 리가 없지."

"하지만 지금 문제를 일으키면 황태자 전하의 입장이 곤란해진다."

칼뱅은 작게 한숨을 쉬었다.

"──그들의 탈퇴를 인정하는 수밖에."

"괜찮겠습니까? 설령 파벌에서 내보내더라도 그들이 귀찮은 일을 일으키면 여론은 전하께 책임을 물으려 할 겁니다."

"오히려 성가신 놈들을 쫓아낼 기회라고 생각해야지. 우리 파벌은 너무 커졌어. 리암 군과 싸우려면 내실부터 다져야 해."

귀족들은 서로를 보며 고개를 끄덕였고 방에서 나갔다.

칼뱅은 아무도 없는 것을 확인하고 손가락을 튕겼다.

그러자 공중에 도깨비불이 나타났다.

불덩어리가 부풀고 인간의 형태가 되더니 몸집 큰 사람이 칼뱅 앞에 무릎을 꿇었다.

그 모습은 닌자였고, 이전에 쿠쿠리 일행과 싸운 자들보다 지위가 높다는 것을 나타내는 장식품을 차고 있었다.

"무슨 일이십니까?"

"멍청이들이 소란을 피울 모양이다. 기회가 있으면 리암 군의 암부를 제거해라. 혹시 리암 군의 암부에 대한 정보는 얻었는가?"

닌자가 쿠쿠리 일행에 대해 이야기하기 시작했다.

"저희 일족의 기록에 따르면, 2,000년 전에 멸망한 그림자 일족이 아닐까 싶습니다."

"그림자 일족?"

"2,000년 전에 황제 폐하를 섬기던 암부 조직 중 하나입니다. 그림자 일족이라는 명칭은 가칭일 뿐입니다. 진짜 이름은 확실하지 않습니다."

"2,000년 전이라고 하면 너희 같은 암부가 활약하던 시대로군. 번필드가가 그들을 숨겨주고 있었던 건가?"

"아닙니다."

"아니라니?"

닌자 두령이 수리검을 꺼내 벽에 던지자 불꽃이 되어 퍼졌다.

그대로 스크린이 되어 그림자 일족과 관련된 자를 비췄다.

그것은 쿠쿠리였다.

"이 자는 당시에 가장 두려움을 사던 남자입니다. 황제 폐하를 위해 일했고, 마지막에는 돌이 되어 깨졌다는 소문도 돌았고, 헛되이 죽었다는 소문도 돌았습니다."

가장 두려움을 샀다면, 암부 중에서는 최강이라 불렸을 것이다.

칼뱅은 내심 침착할 수 없었다.

"——그 인물이 살아있었다? 그보다는 누군가가 기술을 계승해왔다고 보는 게 더 사실적인데."

"그건 있을 수 없습니다."

"어째서지?"

"다른 조직들이 놈들의 일족을 몰살했기 때문입니다. 저희 선조도 동원됐었습니다. 한 사람도 남겨두지 마라—— 그것이 당시 황제 폐하의 말씀이었습니다."

당시의 황제는 현역인 쿠쿠리와 부하들을 모아서 돌로 만들었고, 살아남은 일족은 몰살했다.

그 상태로 살아남았다고 생각하긴 어렵고, 설령 살아남았다 하더라도 기술을 계승하기란 불가능했다.

쿠쿠리나 두령과 그 부하들 같은 암부를 육성하는 건 어지간한 재력으로는 할 수 없기 때문이다.

"전하, 놈들은 이 후궁에 대해서도 속속들이 알고 있습니다."

"성가시군. 왕궁의 상황도 2,000년 전과는 달라져 있겠지만, 그들만이 아는 통로라도 남아있기라도 하면 큰일이다."

궁전은 몇 번이고 개축을 반복했는데, 가끔 오래된 유적 같은 장소가 발견되는 일도 있다.

시대와 함께 묻힌 장소도 많다.

옛날에 쓰던 숨겨진 통로가 존재하더라도 전혀 이상하지 않다.

"조사에 따르면, 부활한 놈들은 당시의 힘을 그대로 가지고 있긴 합니다. 하지만 그 수는 적을 것입니다."

우수하긴 하지만 수가 적다는 결점도 있다.

(무리하게 싸우지 않아도 되는 상황이긴 하지만.)

과거에 최강이라 불렸던 암부가 되살아났다고 하니 칼뱅도 불안했다.

언제 그림자 일족이 자신을 노릴지 모르는 상황은 두렵다.

후궁에서 지내고 있기에 암부가 얼마나 무서운지를 잘 알고 있었다.

잘 알고 있기에 빨리 해결하고 싶다는 조바심이 생겨났다.

"──그들을 제거할 수 있겠나?"

칼뱅의 말에 닌자 두령은 불꽃이 되어 흩어졌다.

"분부대로."

리암이 주최한 파티장.

그곳에 설치된 가구 속에는 리암과 그 관계자들을 습격하기 위해 귀족이 고용한 불량배들이 숨어있었다.

"매일 파티나 하고, 팔자 좋군."

"평생 호화롭게 놀 수 있는 돈이 하룻밤에 날아간다더군."

"하, 지금 마음껏 즐기라고 해. 오늘로 매장될 거니까."

큰돈을 벌기 위해 지원한 남자들은 숨을 죽이고 있었다.

이들은 파티장에 운반되는 가구에 숨어있었다.

보통은 금세 발각당할 잠입이었지만, 많은 귀족의 도움을 받아 경비망을 어떻게 뚫고 파티장 침입에 성공했다.

이걸로 준비는 완벽했지만, 아직 바깥의 모습이 보이지 않았다. 가구에 카메라를 설치했는데, 파티가 시작되기 전까지는 천을 덮어두기에 바깥이 보이지 않는 것이다.

남자들이 갇혀 있는 좁은 공간은 가끔 덜컹거리며 움직였다.

"아까부터 자주 움직이네."

"들켰나?"

"들켰으면 진작에 총에 맞았겠지. 뭔가 변경된 걸 거야."

잠입한 자들은 이들뿐만이 아니었다. 많은 사람이 이 작전에 동원됐다. 설령 리암 암살에 실패하더라도 제법 큰 피해를 줄 수 있을 것이다.

만일 실패하면 죽는 게 차라리 낫겠다 싶은 처벌이 기다리고 있을 것이다. 그들은 잡힐 바에는 자폭할 작정이었다. 침입자들이 모두 자폭한다면 그것만으로도 상당한 피해가 생길 것이다.

이윽고 가구의 흔들림이 멎었다. 이들은 파티가 시작될 때까지 숨죽여 기다렸다.

하지만 가구를 덮은 천은 도무지 걷힐 기미가 보이지 않았다.

"──혹시 가구를 밖에 내놓은 건가?"

"젠장! 움직인다. 어차피 근처일 거야!"

"다른 놈들한테 연락해!"

이들이 바깥으로 뛰쳐나오니── 창고 같은 풍경이 눈에 들어왔다.

다른 침입자들도 예상 밖의 상황에 아연실색했다.

"뭐, 뭐냐?"

"대체 어떻게 된 거냐?"

"젠장, 빨리 회장으로 쳐들어가!"

침입자들은 급박하게 바깥으로 나갔지만, 창고와 회장의 거리가 제법 멀었다.

부리나케 회장으로 가려고 했지만, 근처를 순찰하던 리암의 기사단에게 발각당하고 말았다.

"바보인가?"

어젯밤, 파티장 근처에서 소동이 있었다.

불량배들이 무기를 들고 달리고 있었고, 그걸 발견한 내 기사단이 포박을 시도했다.

무기를 들고 있어서 총을 썼다고 하는데, 그때 불량배들은 폭탄을 써서 자폭했다고 한다.

불량배답다고 해야 할까, 폭탄이라니. 어쨌든 아직 조사 중이다.

루트를 생각해보면 목표는 우리였던 것 같은데, 수단이 너무 조잡했다.

경비가 순찰을 다니는데 돌격이라니, 바보인가?

그때, 내 그림자에서 쿠쿠리가 나타났다.

"리암 님, 보고가 있습니다."

"뭐지?"

"보고했던 침입자들에 관한 것입니다."

"뭔가 알아냈나?"

"파티의 가구를 바꾸면서 놈들의 침입은 저지했습니다만, 이들 이외에도 다른 수단을 준비했던 것이 밝혀졌습니다. 애초에 이들은 미끼였던 것 같습니다."

적은 파티장에 미리 손을 써뒀던 모양이다.

"본래는 파티를 중지하도록 진언할 생각이었습니다만, 월레스

공이 파티장을 바꾸면서 전부 철거해버려서 그럴 필요가 없어졌습니다."

월레스가 파티장의 구조를 바꾸면서 우연히 침입을 막은 건가.

뭐, 사전에 쿠쿠리도 알고 있었던 것 같으니, 실행해도 문제없었겠지만.

"뭔가 안 좋은 예감이 드네. 월레스가 이렇게까지 도움이 된다니, 불길해."

그 녀석의 행동 덕분에 내가 무사히 파티를 열 수 있었다고 생각하면 고마운 마음이 들지만, 동시에 기분이 나빴다.

월레스가 이렇게까지 도움이 될 줄은 생각지도 못했다.

유능한 월레스는 월레스가 아니다.

"뭐, 그건 됐어. 그래서?"

"부하가 두 명 당했습니다. 실력자가 저희를 노리고 있습니다."

동료를 잃었는데도 쿠쿠리의 목소리는 차분했다. 마치 대수롭지 않다는 듯이 동료의 죽음을 알렸다.

"그런가. 그 둘은 누구에게 당한 거지?"

"습격자들의 흔적을 조사하도록 지시했습니다만, 적의 암부가 움직이고 있는 것 같습니다."

우수한 쿠쿠리 무리에서 피해가 나고 말았다.

원래부터 수가 적은 쿠쿠리 무리에서 사망자가 나오면 전력이 크게 저하될 수밖에 없다.

이게 무슨 실태인가 싶은 생각이 들 만큼, 몇 없는 유능한 부하들이다. 이런 식으로 잃기에는 아깝다.

"너희끼리 대처가 가능한가? 뭣하면 도와주지."

하지만 쿠쿠리는 내 도움을 받고 싶지 않은 모양이었다.

"그러면 저희가 할 일이 없어집니다. 다만—— 가능하면 입수한 암부의 시체는 저희에게 인도해주셨으면 합니다. 그들의 몸은 그 자체가 극비정보니까요."

"일을 열심히 하는군. 알았다. 손에 넣으면 너희에게 넘기지."

"리암 님, 상당한 수의 실력자들이 파견되었습니다. 한동안은 주의하시는 편이 좋습니다."

쿠쿠리가 걱정했지만, 난 걱정하지 않았다.

"문제없다. 난 행운의 사랑을 받고 있어. 그리고—— 날 적대하는 자는 전부 베어야지. 한 번은 암부와도 싸워보고 싶었어. 재밌어 보이는 놈이 있으면 나한테 넘겨라."

"리암 님 앞에 적이 나오지 못하도록 하는 것이 저희의 일이니, 그건 어렵습니다."

정말 일에 열심인 녀석이다.

바로 이거라고!

티아도 마리도 쿠쿠리를 좀 더 본받았으면 한다.

"그거 아쉽네. ——뒤쪽은 맡기지. 오늘은 성대한 파티를 여니까 적도 우글우글 모여들 거다."

"네."

쿠쿠리가 내 그림자에 가라앉아 사라져갔다.

◇◆◇◆◇

시엘은 연일 열리는 파티로 인해 완전히 지쳐있었다.

호텔의 복도를 걷는 발걸음도 무거웠다.

"평생 할 파티를 한꺼번에 다 겪은 느낌이야."

횟수뿐만이 아니라 종류도 풍부했다.

아무래도 양동이 파티는 없었지만, 다종다양한 파티에 매일이 어지럽게 흘러가는 것 같았다.

"지, 지지 않을 거야. 빨리 리암의 가면을 벗겨서 오빠가 정신 차리게 해야 해."

하지만 시엘은 매일을 살아가는 것만으로도 벅찬 상태였다.

"그건 그렇고 리암 녀석, 아버님과 모두를 전쟁터에 보내놓고 자기는 수도성에서 호화롭게 놀다니, 용서 못 해. 아버님도 어쩔 수 없다면서 받아들이고 있고!"

시엘은 리암이 후방에서 착실하게 병참 지원을 하는 것도, 원정군의 가족을 지켜주고 있는 것도 몰랐다.

아직 유년 학교도 다니지 않아 그런 방면의 지식이 부족했다.

시엘에게는 그저 리암이 전선에 나서지 않고 도망치는 것처럼 느껴졌다.

"──언젠가 반드시 리암의 가면을!"

지쳐서 비틀거리는 시엘은 그런 상태로도 리암에게 적의를 품었다.

그때, 시야 끄트머리에 동물이 보인 것 같았다.

"어라?"

발소리도 들렸으니 착각은 아닌 듯했다.

"누, 누구야. 이 층에 동물이라니! 분명 리암 녀석이겠지!"

리암이 사는 층의 경비는 엄중해서 동물이 들어올 일이 없다. 데리고 들어올 수 있는 사람은 리암뿐일 것이다.

시엘이 쫓아갔는데 막다른 곳에 다다랐다.

"놓쳤네. 로제타 님께 보고해야겠어."

귀찮은 일이 늘었다고 생각하다가 그 자리에서 뭔가를 발견했다. 그건 전자 신문이었다.

"싸구려 전자 신문이 왜 여기에 떨어져 있는 걸까? ——어?"

내용을 확인한 시엘은 서둘러 전자 신문을 로제타에게 전해주러 갔다.

"달링, 큰일이야!"

소란스러운 로제타가 내 방에 뛰어 들어왔다.

난 눈가리개를 하고 짐볼 위에 서 있는 에렌을 지도하고 있던 참이었다.

에렌의 호흡이 흐트러져 당장이라도 균형을 잃을 것만 같았다.

구슬땀을 흘리고 피로는 최고조에 달했지만 끝낼 생각은 없었다.

나는 에렌에게 수행을 계속하도록 지시하고 로제타를 상대했다.

"무슨 일이지?"

로제타가 쥐고 있던 것은 싸구려 전자 신문이었다.

난 부자라서 사용하지 않으니 꽤나 보기 드문 물건이었다.

로제타가 호흡을 가다듬은 후에 나에게 전자 신문에 게재된 동영상을 재생하여 보여줬다.

"이, 이거 봐!"

"뭐야? 뭐, 뭐지 이건?"

난 로제타에게서 전자 신문을 빼앗아 그 내용을 보고 분노에 떨었다.

알렌 검술의 총본산을 습격한 검사에 대해 적혀있었다.

난 총본산 습격에 놀란 것이 아니다. 습격자에게 놀랐다.

"일섬류를 사칭하는 놈이 있다니!"

분노가 치밀어 올랐다.

습격자는 일섬류의 이름을 대고 검성인 당주를 쓰러뜨렸다고 한다.

검성은 아무래도 상관없지만, 검성을 쓰러뜨리고 일섬류의 이름을 댄 것이 문제다.

유파끼리 싸우면 검술 세계가 어지러워진다──같은 사소한 문제는 어찌 되든 상관없다. 문제는 일섬류의 이름을 댔다는 점이다.

"기어이 가짜가 나타났나."

검성을 쓰러뜨렸다면 나름대로 강할 것이다.

난 내 마음에 드는 칼을 바라봤다.

고아즈 해적단과 싸웠을 때 얻은 전리품인데, 지금까지 여러 칼을 써왔지만, 이 녀석 이상의 칼은 만나지 못했다.

지금도 가장 마음에 드는 칼이다.

"일섬류를 사칭하는 가짜는 용서하지 않아. 내가 난도질을 해 주지."

그러자 로제타가 고개를 갸웃했다.

"달링 이외의 일섬류 검사는 없어? 진짜일지도 모르잖아?"

"어? 지금까지 다른 일섬류와 만난 적은…… 아, 아니, 잠깐만?"

그때 스승님의 얼굴이 떠올랐다.

스승님도 제자를 찾고 있었으니, 나 이외의 일섬류가 있어도 이상하지 않다.

그리고 스승님께 일섬류를 가르친 사람도 있을 것이다.

그 사람도 세 명의 제자를 길렀다고 생각하면—— 진짜로 나 이외의 일섬류가 있을 가능성이 있다.

"먼저 확인부터 해야 하나?"

일단 마음에 드는 칼은 들고 있자.

에렌이 넘어질 것 같아서 등 뒤로 돌아가 받아줬다.

"죄, 죄송합니다, 스승님."

"에렌, 아직 오감에 의존하고 있구나? 넌 눈이 좋아서 시각에 너무 의존해. 다른 감각도 더 갈고 닦아라."

"네!"

에렌이 크게 고개를 끄덕이는 것을 보고 있던 로제타가 뭐라 형언할 수 없는 표정을 짓고 있었다.

"항상 생각하는데, 일섬류는 엄격한 유파네. 용케 현대까지 전승되어 왔구나 싶어."

그렇게 생각하면 내가 일섬류와 만난 것도 기적이었구나.

그건 그렇고, 지금쯤 스승님은 뭘 하고 계실까?

그 무렵.

야스시는 안경을 쓴 흑발의 미녀에게 쫓기고 있었다.

"날 버릴 생각이냐아아아!"

그녀의 아름답고 긴 흑발이 바람에 흩날렸다.

평소였다면 지직인 이미지가 돋보일 것 같았지만, 지금은 흔적도 보이지 않았다.

야스시는 소름 끼치는 표정으로 따라오는 여성에게서 필사적으로 도망쳤다. 여자의 손에는 식칼이 쥐어져 있었다.

"소, 속일 생각은 없었어어어어!"

"거기 서라 이 자식아아아!"

그 여자는 묘하게 니아스를 닮았다.

어슬렁어슬렁 찾아온 행성에서 그녀와 알게 된 야스시는 분위기를 타서 경솔하게 꼬시고 말았다.

취향에 맞는 여자라서 어떻게 꼬셨을 때는 기뻤지만, 생각보다 속박이 심했다.

돈을 다 쓰고 빈둥거리며 여자에게 신세를 진 게 잘못이었다.

야스시에게 '직업을 가져라', '결혼하자' 등을 강요했다.

게다가── 여자의 등에는 아기의 모습이 있었다.

소란스러운데도 새근새근 자고 있었다.

──지난하게 관계를 이어나갔더니, 아이가 생겼다.

도망칠 타이밍을 계속 놓쳐서 오늘에야 겨우 준비가 되었다. 하지만 정작 도망치려고 했을 때 들키고 말았다.

"넌 절대로 안 놓칠 거야!"

"좀 봐줘!"

야스시는 가정과 그 책임으로부터 도망치려 했기 때문에 여자에게 쫓기고 있었다.

그때, 야스시가 발이 꼬여 넘어지고 말았다.

"앗."

결국 미녀에게 따라잡혔고──.

"여자의 저어어어억!"

"안 돼애애애!"

──여자의 식칼이 야스시를 내리찍었다.

◇ ◆ ◇ ◆ ◇

파티장의 대기실.

오늘도 즐겁게 파티다.

질리지 않냐고?

전혀 안 질려.

질리더라도 파티를 반복하는 게 악덕 영주다.

백성들의 혈세로 사치를 부리고 있다고 생각하니 기분 최고다!

그리고 오늘은 나도 기대하는 이벤트가 있었다.

"오늘도 아름다워, 아마기."

드레스를 입은 아마기가 오늘 파티에 참여했다.

메이드복 차림이 아닌 아마기가 앞에 있으니 난 심장의 고동이 빨라졌다.

오늘이라는 날을 기대했던 나는 아마기의 옆으로 다가갔다.

"주인님. 저를 파티에 내보내지 않기로 약속을 했습니다만?"

"안심해. 오늘은 회장을 어둡게 했으니까 아무도 너라는 걸 모를 거야. 이야~, 월레스랑 상의하고 볼 일이었어. 회장을 어둡게 하면 아무도 알아차리지 못한다는 건 맹점이었어. 이제 당당하게 너랑 파티를 즐길 수 있어."

"약속은 어떻게 된 거죠?"

"하, 한 번쯤은 괜찮잖아."

"정말이지. ──이번만이에요."

"아자!"

항상 참가하지 않는 아마기를 파티장에 데리고 나와서 난 만족하고 있었다.

어제는 흥분해서 잠을 제대로 못 잤을 정도였다.

"왜 절 파티에 내보내고 싶으신 건가요?"

"너랑 같이 즐기고 싶어서."

아마기에게는 하기 쑥스러운 말도 솔직하게 할 수 있다.

왜냐고? ——그게 내 진심이기 때문이다.

인간은 배신하니까 싫다.

로제타도 마찬가지다. 강철의 여자인 줄 알았는데 손에 넣자마자 꼬리치다니—— 이건 배신이다!

솔직히 지금은 시엘을 놀리는 게 더 재밌을 정도다.

대기실에 월레스가 왔다.

"리암, 슬슬 시간이야."

"알았어. 자, 아마기."

손을 내밀자 아마기가 조심스럽게 내 손을 잡아줬다.

그 손을 끌고 회장을 향해 걷고 있으니 마음이 따뜻해졌다.

"아마기랑 같이 파티에 나가는 건 처음이네."

"이번만이니까요."

기뻐하는 나와는 달리 아마기는 기막혀하는 눈치였다.

하지만 드레스 차림의 아마기는 약간 기뻐하는 것처럼 보이기도 했다.

난 그게 기뻤는데——.

"최악이네."

"주인님?"

——내가 멈춰서자 아마기가 고개를 갸웃했다.

하필이면 오늘이냐고.

분위기 파악 못 하는 놈들이 있다.

"칼뱅인가? 그 자식은 진짜 타이밍이 안 좋아."

아마기는 상황이 이해가 안 되는지 내 행동을 미심쩍게 여겼다.

"주인님, 무슨 일이신지?"

월레스도 알아차리지 못했다.

"리암, 왜 그래?"

"적이다."

"어?"

난 아마기의 손을 천천히 놓고 쿠쿠리를 불러냈다.

"쿠쿠리."

불러내자, 쿠쿠리가 내 칼을 들고 나타났다.

칼을 받으면서 보고를 받았다.

"리암 님, 아무래도 적이 모여 있는 것 같습니다. 통신 방해로 지원을 요청할 수 없습니다."

"알았다. 넌 바깥에 있는 놈들을 제거해라."

쿠쿠리가 그림자에 가라앉으며 사라지자 월레스가 허둥거렸다.

"리암, 잠깐만. 경비는 엄중해! 그리고 신원 체크는 빈틈없어.

변장하더라도 이 회장에는 들어올 수 없어."

"아니, 적은 바깥에서 오고 있어."

바깥에서 안 좋은 기척을 느꼈다.

난 월레스에게 명령했다.

"월레스, 재상에게 연락해. 아주 급하게 허가를 받고 싶다고 전해줘."

"어? 아니, 통신이 막혔는데 어떻게?"

"가까이에 유선 통신 장치가 있어. 호위를 붙여줄 테니까, 가서 재상과 연락해. 서둘러."

재상에게 직접 연락하려면 월레스의 황족 출신이라는 지위를 이용해야 한다. 즉 월레스만이 할 수 있는 일이었다.

월레스는 볼에 경련을 일으켰다.

"리암은 진짜 사람을 거칠게 써."

쿠쿠리가 바깥으로 나가자, 뒤를 따라 부하들도 나왔다. 수는 다 해도 100명이 채 되지 않았다.

그에 비해 파티장 주위에는 암부로 보이는 존재가 1,000명은 있었다.

밤에 준동하는 암부들.

하지만 쿠쿠리는 적을 앞에 두고 큭큭 웃을 뿐, 두려움 따위는 보이지 않았다.

"정말 많이도 모아왔네요. 과거에는 없던 일족이나 조직이 많이 섞이긴 했지만, 역시 현대까지 남아있었군요. 아, 불 일족과는 인연이 있죠?"

쿠쿠리가 '불 일족'이라 부른 닌자들이 차례차례 나타났다. 그 중 한 명에게 쿠쿠리의 시선이 향했다.

"오, 이 시대에도 이런 자가 있군요. 우리의 전성기와 비교하면 다들 약해진 줄만 알았는데── 당신, 상당한 실력자군요."

닌자 두령이 칼을 들고 자세를 잡았다.

"──여긴 네가 있을 시대가 아니다. 죽음을 받아들여라."

쿠쿠리의 부하들도 무기를 뽑고 자세를 잡았다.

하지만 쿠쿠리만은 양팔을 펼치고 있었다.

"우리에 대해서 잘 조사한 것 같네요. 하지만 시대 따윈 상관없어요. 우리가 여기에 있다── 그것이 현실이에요."

그때, 적 암부들이 일제히 덤벼들었다.

불 일족뿐만 아니라 쿠쿠리와 그 부하들의 일족을 흉내 내서 만든 암부까지 있었다.

쿠쿠리는 생각했다.

(우리의 존재를 알아차리고 제거하기로 했나요. ──아주 좋습니다!)

자신에게 다가온 암부를 그 긴 손으로 찢고 두령에게 접근하기 위해 달렸다.

이 시대의 암부들과 장렬한 살육전이 시작되자, 적도 아군도 잇따라 쓰러졌다.

쿠쿠리가 두령에게 접근해 양손을 내려쳤지만, 두령의 칼에 막혔다.

"네놈들은 끝장이다. 네놈의 주인이 고집을 부려 귀족들을 화나게 했다."

두령의 말을 들은 쿠쿠리는 거리를 벌렸다. 수도성의 밤하늘에 우주전함이 한 척이 날고 있었다.

수도성의 하늘에 우주전함이 나는 건 있을 수 없는 광경이다. 출입 자체가 금지되어있기 때문이다.

적은── 전함으로 리암과 모두를 날려버릴 생각인 모양이다.

쿠쿠리가 미소 지었다.

"곤란하게 됐네요."

쿠쿠리 일행끼리 도망치는 거야 일도 아니지만, 건물 안에 호위 대상들이 잔뜩 있다.

귀족들은 체면 불고하고 힘으로 리암을 죽일 작정이다.

쿠쿠리가 리암에게 가려고 하자 두령이 칼에 불꽃을 휘감아 공격했다. 칼을 막은 쿠쿠리의 팔이 불꽃에 휩싸였다. 쿠쿠리가 리암 곁으로 가지 못하도록 막을 작정인 듯했다.

"너희는 여기서 우리와 함께 사라진다!"

"다 같이 죽을 생각인가요?"

쿠쿠리와 그 부하들은 갖가지 암살을 저지해 왔고, 적은 이제 죽음을 각오하고 달려드는 지경에 이르렀다.

하지만 쿠쿠리는 이 지경이 되어서도 웃고 있었다.

"정말 당신들은 어리석어요."

"뭐야?!"

쿠쿠리의 몸에서 곤충의 다리 같은 기계가 튀어나와 두령의 팔을 잘라버렸다.

잘린 두령의 팔은 공중에서 불꽃이 되어 사라지더니, 두령의 몸에서 불꽃과 함께 팔이 재생되었다.

쿠쿠리는 그걸 보고 부러워했다.

"그게 육체를 버린 대가인가요? 몹시 편리하네요. 아쉽게도 우리는 채택할 수 없을 것 같지만요."

두령이 칼을 쥐고 눈살을 찌푸리더니 쿠쿠리 일행에게 혐오감을 보였다.

"너희는 너무 위험하다. 너희는 너무 강했다. 그래서 당시의 황제는 너희를 두려워해서 돌로 만든 것이다."

쿠쿠리는 고개를 갸웃했다.

그 각도는 90도를 넘어 목이 꺾인 것처럼 보이기도 했다.

"두려워했다? 아무것도 모르니 그런 말이 나오는군요. 우리가 두려우면 완전히 제거했어야죠. 하지만 그 저속한 존재는 우리를 돌로 만들면서 웃고 있었어요."

"황제 폐하께 무슨 말을 하는 거냐!"

암부라도 충성심이 높을 것이다.

하지만 쿠쿠리는 당시의 황제를 만났기 때문에 진실을 알고 있었다.

"그는 그저 쓰레기였어요. 황제라고 해도 결국엔 인간. 아무런 위엄도 품격도 없는, 사람이 고통스러워하는 모습을 보고 좋아하는 비루한 존재였지요."

"너희 태도가 그러니 돌이 되어서 매장당한 게 아닌가!"

쿠쿠리는 두령과 말싸움할 생각이 없었다. 다만 꼭 전하고 싶은 것이 있었다.

"그럴지도 모르죠. 하지만 딱 하나는 감사하고 있어요. 그 쓰레기 덕분에 우리 그림자가 섬기기에 걸맞은 빛을 만날 수 있었으니까요."

그 말을 한 직후, 건물에서 한 인물이 나타났다. 칼 한 자루를 쥔 리암이었다.

두령이 눈짓으로 부하 30명을 보냈다.

"어리석군. 혼자 도망칠 생각인가? 인간이 전함으로부터 도망칠 수 있을 것 같나?"

닌자들은 리암을 덮치려고 했지만, 쿠쿠리의 부하 하나가 홀로 막아섰다.

물론 혼자서 30명을 다 막을 수는 없다. 찰나라고 해도 리암에게 적의 칼날이 닿을 것이다.

그 후의 판단은 빨랐다.

쿠쿠리의 부하는 그대로 자폭——30명의 닌자와 함께 폭사했다.

대단한 충성심이었지만, 쿠쿠리는 당연한 선택이라는 듯 뒤를 보지도 않았다.

리암이라면 혼자서 대응할 수 있는 수준이었지만, 그렇다고 주인에게 적을 보내면 이들은 존재할 이유가 없다.

이건 쿠쿠리와 그 부하들의 일이다. 그리고 암부는 죽는 것도 일이다.

그래서 동료가 죽어도 슬퍼하지 않는다.

쿠쿠리는 자신의 그림자에서 몇백 개나 되는 암기를 꺼내어 적을 향해 발사했다.

두령은 칼로 전부 막아냈지만, 그의 부하들은 모두 꿰뚫리고 말았다.

닌자들은 코어를 뚫려 불타면서 사라져갔다.

쿠쿠리는 도수공권—— 무기를 쥐지 않고 자세를 잡았다.

"저분을 너무 얕보지 마시지요. 저조차 감히 가늠할 수가 없는 분입니다. 그리고—— 당신은 저분을 건드리려고 한 대가를 치러야 하거든요."

쿠쿠리와 두령의 싸움이 다시 시작되었다.

밖에 나가보니, 하늘에 우주전함이 있었다.

"수도성 하늘에 전함을 부르는 건 선을 넘었는데. 칼뱅, 암살은 좀 더 스마트하게 해야지."

난 이 자리에 없는 칼뱅에게 조금 낙담했다.

이 정도밖에 안 되냐면서.

주위를 보니 쿠쿠리와 암부들이 적 암부와 싸우고 있었다.

파티장의 분위기는 최악이다.

모두가 겁먹고 말았다.

그리고 밖으로 나온 나에게 닌자 같은 모습을 한 적이 몇 명이나 다가왔다.

그걸 쿠쿠리의 부하가 저지하러 와서── 그대로 자폭했다.

많은 적을 폭발에 휘말리게 해서 길동무로 삼았다.

쿠쿠리의 부하가 날 위해 죽었지만── 이건 당연한 행동이다.

그것이 쿠쿠리와 그 부하들, 암부의 일이다.

하지만──.

"죽은 자는 배신하지 않아. 너희의 충성심은 진짜였다고 인정해주지."

──인간은 죽어서야 비로소 평가할 수 있다.

자폭한 쿠쿠리의 부하는 날 위해 목숨을 걸고 책무를 다했다.

고귀한 희생이라 말할 생각은 없다.

나 같은 것을 위해 목숨을 걸고 지킨 인간이 있었다—— 이것이 전부다.

그러니 나도 내가 할 일을 끝내도록 하자.

날 쫓아서 로제타가 밖으로 뛰쳐나왔는데, 아마기가 그런 로제타를 붙잡고 있었다.

로제타의 팔을 잡고 돌아가려고 했다.

"아마기, 이거 놔! 달링이!"

"로제타 님, 주인님께 방해됩니다. 얌전히 실내에서 대기해주십시오."

그 광경을 보고 안심했다.

무슨 생각으로 뛰쳐나왔는지 모르겠지만, 로제타가 밖에 있으면 더 번거로워진다.

"아마기, 너도 로제타를 데리고 안에 숨어있어."

명령하니 로제타는 눈물을 흘렸고—— 아마기가 나를 걱정하는 얼굴로 봤다.

"주인님, 무리는 하지 마세요."

"이 정도로 무리라고? 나한테 이 정도는 장난이야."

어깨를 으쓱, 하자 전함에서 대공병기 공격이 우리에게 쏟아졌다.

우주전함에는 대지공격용 무장은 그다지 적재되지 않는다.

그 이유는 우주에서도 사용할 수 있는 대공병기가 우수하고 지상에서도 문제없이 사용할 수 있기 때문이다.

대공병기인 광학병기의 렌즈가 반짝였고, 실탄병기에서 탄환이 발사되었다.

내 주위는 레이저로 불타고 탄환이 쏟아져 흙먼지가 피어올랐다.

하지만──직격하는 모든 공격은 일섬으로 전부 튕겨냈다.

광학병기는 도신에 닿으니 방향을 바꾸었고 실탄은 베어냈다.

전부 튕겨내 버려서 내 주위에 막대한 피해가 발생했다.

주위가 흙먼지에 휩싸여 시야가 나빠졌을 때 뜨끔했다.

이런?! 이러면 아마기의 드레스가 더러워진다──고 생각했는데 고성능 드레스를 준비한 만큼 아마기는 전혀 더러워지지 않았다.

흙먼지 따위로는 더러워지지 않는 모양이다.

"그 디자이너, 마음에 들었어. 전속으로 고용해주지."

그리고 난 칼자루를 쥐었다.

자세를 낮게 잡고 호흡을 가다듬었다.

원래 일섬류에는 자세가 없다.

하지만 전력을 다할 때는 역시 자세를 잡는 편이 더 힘이 들어간다.

아마기가 로제타를 데리고 건물 안으로 들어가는 것을 확인하는 것과 동시에 전함의 공격이 나에게 쏟아졌다.

아무래도 수도성에서 주포를 쏘는 건 내키지 않았을 것이다.

전부 대공병기로 가하는 공격이었다.

주포나 미사일로 주위 일대를 날려버리는 편이 더 승률이 높았을 텐데.

"수도성에 피해를 주는 걸 망설이고 있군. 하지만 그 망설임이 너희의 목숨을 빼앗을 것이다."

날 죽이고 싶다면 빠르게 주포로 증발시켰어야 했다.

물론—— 그에 대한 대책도 짜뒀지만.

악당은 신중해야 한다.

진짜 악당은 방심 같은 건 안 한다.

내가 밖에 나온 것도 이길 수 있기 때문이다.

이길 수 있으니 홀로 전함을 상대하고 있다.

"내 실력은 아직 스승님께 훨씬 못 미치지만—— 넌 내 적수가 아니다."

하늘에 있는 우주전함을 향해 전력의 일격을 날리기 위해 칼자루를 꽉 쥐었다.

진짜 전력을 다하는 일격이다.

지금 나의 최대한의 실력을 발휘하기 위해 일부러 자세를 잡았으니.

눈을 가늘게 뜨고 집중력을 높이고 중얼거렸다.

"일섬."

하늘에 있는 거대한 물체를 향해 날린 참격은 내가 마음에 들어 하는 칼의 힘으로 증폭되어 위력을 더했다.

평소보다 위력이 더 크다는 실감과 공중에 뜬 우주전함에 닿았다는 느낌이 있었다.

자세를 풀고 칼집에 들어간 칼을 짊어졌다.

"문제는 이다음이네."

전함 중심부에 천천히 칼집이 생기고 서서히 어긋나기 시작했다.

하늘에 뜬 우주전함이 수도성에 잔해를 흩뿌리면서 떨어지려고 했다.

이대로라면 지상에 큰 피해가 나고 만다.

난 정당방위를 이유로 들어 변명할 생각인데, 수도성에 피해가 나면 재상의 기분이 나빠질 것이다.

습격해온 놈들이 나쁜데, 내가 비난받는 건 납득할 수 없다.

그러니 사후처리까지 제대로 할 필요가 있다.

그보다 우주전함의 침입을 허용하고 수도성에 피해가 나고 있는데 방위부대가 출격하지 않는다.

태만하다.

"나 참, 수도성의 경비는 어떻게 된 거야."

그때, 시야 끄트머리에 동물의 모습이 보인 것 같아서 그쪽을 봤지만── 아무것도 없었다.

기분 탓인가?

"잘못 봤나? ──뭐, 지금은 이쪽이 우선이지."

우주전함이 천천히 낙하한다는 것은 아직 반중력장치가 살아 있다는 증거일 것이다.

다만, 이대로 지상에 낙하해도 문제지만 그 후에 폭발이라도 일어나면 피해는 더 확대될 것이다.

파티장 건물에는 실드를 전개할 수 있어서 우리의 안전은 확보

되어 있다.

문제는 주변 지역이다.

전함이 떨어지면 상류계급은 몰라도 일반인은 큰일일 것이다. 내가 문책당하면 곤란하니까.

어떻게 할까 고민하고 있으니 월레스한테서 통신이 들어왔다.

『리암, 재상에게서 기동기사 사용 허가가 나왔어!』

그 말을 듣고 나는 씨익 웃으며 하늘을 향해 외쳤다.

"네 차례다, 어비드!!"

내 목소리에 반응하듯이 하늘에서 한 기의 기동기사가 나타났다.

수도성 부근에서 대기하고 있던 번필드가의 전함에서 뛰쳐나와 수도성을 감싼 금속 외피 바깥에서 대기하고 있었을 것이다.

머신하트를 얻은 내 애용기는 통신 장애 따위는 문제가 되지 않는다.

내 위기를 느끼고 바로 올 수 있도록 기다리고 있었을 것이다.

생각보다 일찍 도착해서 나는 어비드를 칭찬해줬다.

"넌 참 착한 아이야."

어비드가 내 눈앞에 착지했는데 24m나 되는 거구인데도 땅은 전혀 흔들리지 않았다.

성간 국가의 기술은 대단하구나.

어비드가 손을 뻗어서 그걸 발판으로 삼아 올라가서 콕핏에 뛰어들었다.

그대로 콕핏의 시트에 앉아 조종간을 쥐었다.

"전함이 지상에 떨어지면 뒷일이 귀찮아져. ──네 힘을 보여줘라, 어비드."

대화하듯이 사정을 설명해주니 어비드의 엔진이 웅웅 소리를 냈고 그대로 힘차게 하늘로 날아올랐다.

향하는 곳은 낙하하기 시작한 우주전함.

어비드가 공중에서 붕괴해가는 전함을 아래에서 밀어 올리기 시작했다.

우주전함은 거대한 기동전사보다 더 크다.

질량도 차원이 다르지만 어비드에게 밀어 올리도록 했다.

"좋아. 그대로 우주까지 밀어내!"

어비드의 출력이 점점 상승하자 낙하하던 우주전함이 공중에서 낙하를 멈췄고── 그대로 천천히 상승하기 시작했다.

우주전함과 비교하면 작은 기동기사가 질량을 무시하고 밀어내는 모습은 경이로울 것이다.

어비드의 파워 앞에서 나는 흥분을 감출 수 없었다.

"아하하하! 이것이 어비드의 힘이다!"

우주전함에서는 탈출정이 잇따라 나오고 있었다.

어비드가 접촉해서 적과의 통신회선이 열렸다.

상대가 나에게 구조를 요청했다.

『도와줘! 이대로 가면 우리는──!』

날 죽이러 온 녀석들이 어째서인지 필사적으로 도움을 구하는 모습은 이해하기 어려웠다.

이 녀석들은 뭘 하고 싶은 거지?

난 조종간에서 손을 떼고 머리 뒤로 깍지를 꼈다. 다리도 꼬았다.

어비드는 자동으로 움직여서 내가 하고 싶은 것을 실행해주고 있다.

이제 간단한 조작이라면 머릿속으로 상상만 하면 된다.

난 도움을 청하는 놈들과의 수다를 즐기기로 했다.

"흠, 이대로라면 너희는 죽겠지."

『부, 부탁이야! 우린 명령받았을 뿐이야!』

내 목숨을 노리는 놈들의 부탁을 받아 이런 무모한 계획을 실행했을 것이다.

"수도성에 우주전함을 타고 들어와서 발포했잖아. 여기서 살아나가도 어차피 끝장이야. 도망친 놈들도 금방 잡혀서 지옥을 볼 거라고."

이 녀석들 입장에서는 이 자리에서 죽는 게 구원이지 않을까?

하지만 포기하지 못하는 모양이다.

나에게 필사적으로 온정을 구했다.

'협박당했어! 뭐든 이야기할게. 네가 유리해지도록 증언할게. 그러니까 우리를 구해줘!'

날 위해 뭐든지 하겠다고 했지만, 흥미가 사라지기 시작했다.

"알 바냐. 그대로 죽어."

대화를 끝내자 어비드가 속도를 더더욱 높여갔다.

계속 상승하니 액체 금속으로 감싸인 수도성의 벽이 보이기 시작했다.

전함이 벽에 부딪쳤지만 물론 액체라서 통과했다.

하지만 그 밖은 우주다.

『그, 그만해애애애애!』

많은 사람의 목소리가 우주로 나가니 사라졌고, 어비드는 우주전함과 거리를 뒀다.

어비드가 손을 뻗자 손바닥 앞에 마법진이 나타났다.

거기서 나타난 실체검을 뽑으니 칼이 나타났다.

어비드가 스스로 고른 무기를 보고 나는 미소 지었다.

"난도질하고 싶은 거냐?"

대답하듯이 엔진을 울려서 나는 조종간에 손을 뻗어서 쥐었다.

머신 하트를 얻은 어비드는 내 말에 반응해줘서 귀엽다.

외모는 거친 기동기사지만.

귀여운 어비드의 부탁이니 고집 정도는 들어주자.

"좋아. 네가 내 움직임을 얼마나 재현할 수 있게 됐는지 여기서 보여줘라. 봐주는 것 없이 전력으로 날려주지."

어비드로 일섬을 재현하기 위해 자세를 잡았다.

기동기사로 일섬을 재현하려면 역시 무기를 들고 자세를 잡게 할 필요가 있었다.

어비드가 칼끝을 우주전함에 겨눴다.

"——일섬."

내가 중얼거리자 어비드가 일섬을 날렸다.

수많은 참격이 우주전함을 난도질했고, 산산조각이 나서 우주 공간에 퍼져갔다.

다만 어비드도 피해가 없진 않았다.

움직임을 취하니 각 부분이 비명을 질렀고 대미지 레벨이 그린에서 오렌지로 변했다.

하지만 머신 하트를 얻은 어비드는 자기재생하여 대미지를 수복했다.

오렌지에서 그린으로 색이 돌아오자 전자 음성이 자기재생이 끝난 것을 알렸다.

그걸 듣고 난 웃고 말았다.

"꽤 하잖아. 이제 더 날뛸 수 있겠어."

나에게 대답하듯이 웅웅거리는 어비드는 아직 덜 날뛴 모양이었다.

흥분한 어비드를 달래듯이 부드러운 목소리로 타일렀다.

"그렇게 조급해하지 마. 우주에는 다 벨 수 없을 만큼 적이 있어. 다음에 또 네가 질릴 때까지 놀아주지."

내 설득을 듣고 어비드가 조금 진정된 듯했다.

눈앞에 있는 전함은 갈가리 찢겨 산산이 흩어져 갔다.

공격 중 하나가 엔진에 직격해 전함이 폭발을 일으켰다.

우주에 대량의 데브리가 흩날렸다.

"멍청이들이 사라졌네. 그건 그렇고——."

난 어비드에 숨겨뒀던 연금 상자를 꺼냈다.

떠돌아다니는 쓰레기에 어비드가 손을 대니 중력이 발생해 쓰레기가 모여들었다.

손바닥에 들어갈 정도의 쓰레기를 다 모은 어비드는 그것을 쥐어서 굳혔다.

난 압축된 쓰레기를 앞에 두고 연금 상자를 사용했다.

단순한 쓰레기가 입자로 변환되어 황금으로 변해가는 모습은 보고 있으면 기분이 좋았다.

"문제없이 쓸 수 있는 것 같네. 네 안에 보관해도 좋으려나."

앞으로는 어비드 속에 귀중한 연금 상자를 보관하도록 하자.

콕핏에 들어갈 수 있는 사람은 제한되어 있고 지금의 어비드는 머신하트를 얻어 강화되었다.

보관 장소로는 최적일 것이다.

그야말로 의지할 수 있는 애마—— 파트너가 더 좋으려나? 어비드는 말이 아니니까.

"그럼, 우주전함도 밀어냈으니 슬슬 돌아갈까. 근데 칼뱅 녀석, 드디어 틈을 보였군. 하지만 생각보다 별 것 아니야. 아무래도 칼뱅을 과대평가한 것 같군."

지금까지 움직임을 보이지 않던 칼뱅이 움직여서 나에게 기회가 왔다.

수도성에 우주전함을 끌고 오는 건 큰 실패다.

그건 그렇고, 칼뱅도 이 정도인가.

라이너스와 마찬가지로 그 녀석도 내 적수가 아니었구나.

하지만 난 대충 할 생각은 없다.

철저하게 공격할 것이다.

"널 어디까지 몰아넣을 수 있을지 벌써 기대된다."

그 광경을 보고 있던 안내인은 어안이 벙벙해졌다.

"──거짓말이지?"

머리가 이해를 거부하고 눈앞의 광경을 처리하는 것을 거부했다.

리암이 전함을 칼 한 자루로 베었다.

이 사실을 이해하고 싶지 않다── 납득할 수 없다면서 머리가 사실을 받아들이는 걸 거부했다.

"어, 어째서?"

주포가 아니라고는 해도 대공병기인 레이저를 칼로 막아낸 것도 믿기지 않았다.

게다가 전함을 베었다.

한 사람의 힘 따위는 전함 앞에선 무력하다는 전제가 무너져버렸다.

"리암은 이제, 건드릴 수 없는 괴물이라는 건가."

안내인은 무릎을 꿇고 말았다.

지금 자신은 리암에게 이길 수 있을까?

완전히 약해진 자신의 힘으로는 승산이 없다.

"뭘 잘못한 거지. 난 대체 무엇을!"

그때 어비드가 돌아왔다.

파티장에서 나와 어비드를 맞이하는 사람들이 있었다.

콕핏에서 나온 리암이 가장 먼저 향한 곳은 걱정해서 달려온 로제타가 아닌 아마기 곁이었다.

그걸 본 안내인이 웃음을 지었다.

"지금 난 널 쓰러뜨리지 못해. 그렇다면 적어도 그 마음에 상처를 내주지. 넌 평생 후회하는 게 좋을 거다."

안내인은 리암을 쓰러뜨리지 못해도 좋다며 포기하고 있었다.

그저 리암을 절망시키고 싶었다.

◇ ◆ ◇ ◆ ◇

파티장은 혼란했다.

수도성이 전함의 공격을 받았으니 어쩔 수 없다.

아마기는 옷을 갈아입을 새도 없이 드레스를 입은 채로 회장 안을 돌아다니며 도왔다.

아마기가 복도를 걷고 있는데 갑자기 인기척이 없어졌다.

아까 전까지 많은 사람이 오가던 곳에 이상하게도 사람이 다가오지 않아 사람이 없었다.

메이드 로봇인 아마기조차 위화감을 느꼈다.

"──뭔가 이변이 일어나고 있는 걸까요?"

서둘러 리암에게 가려고 하니, 아마기 앞에 불가사의한 존재가 나타났다.

"안녕하세요, 아가씨."

그것은 줄무늬 연미복을 입은 남자였다.

날씬하고 키가 크며 눈가가 가려질 때까지 실크해트를 눌러썼다.

다만 아마기의 눈에는 그 모습과는 별개로—— 인식할 수 없는 무언가로 비쳤다.

데이터에 없는 미지의 존재를 경계했다.

"당신은 누구입니까?"

인간의 형체를 한 무언가.

아마기에게는 안내인의 모습이 노이즈투성이라 잘 보이지 않았다.

머릿속에서 경보가 울려 퍼져 눈앞에 있는 존재가 위험하다는 걸 알렸다.

실제로 우호적이지 않았다.

"로봇에게 대답할 필요는 없지. 네가 죽으면 리암이 괴로워한다는 게 중요할 뿐."

안내인이 품에서 꺼낸 것은 권총이었다.

자신이 꺼낸 무기인데, 어째서인지 지긋지긋하다는 듯이 봤다.

"만신창이인 나는 이런 물건에 기대는 수밖에 없어. 하지만 처음부터 이랬어야 했어. 너만 사라지면!"

아주 약해진 안내인은 더 이상 직접 손을 쓸 수 있을 정도의 힘이 없는 듯했다.

하지만 손에 쥐어진 권총은 아마기를 파괴하기에는 충분한 위력을 가지고 있는 물건이다.

안내인이 위력이 높은 권총의 총부리를 겨눠서 아마기는 회피 행동을 취했다.

"읏!"

아마기가 도망치려고 하자 검은 연기가 주위에 나타나 아마기의 양발에 얽혔다.

아마기는 꼼짝도 할 수 없어 도망칠 수 없게 되었다.

바로 도움을 청하려고 해도 통신도 차단되었고 사람이 다가올 기미도 안 보였다.

많은 사람이 돌아다니는 건물 안에서 이곳에만 사람이 다가오지 않았다.

그런 일이 있을 수 있을까?

눈앞에 있는 존재가 뭔가 한 건가?

아마기의 생각으로는 답이 나오지 않았다.

입가만이 보이는 안내인은 미소 짓고 있었다.

"네 목을 리암 앞에 집어 던지면 대체 어떤 표정을 지을까?"

눈앞에 있는 존재가 리암의 이름을 언급했고, 아마기는 생각했다.

(주인님을 알고 있어? 그보다 이대로 가면 전 파괴당하겠네요. 데이터 백업은 해뒀지만, 저는—— 여기서 사라지는군요.)

아마기는 눈을 감고 파괴당하는 것을 받아들였다.

"주인님. 죄송합니다── 아무래도 여기까지인 것 같습니다."

안내인이 입가에 웃음을 띠면서 방아쇠를 당겼다.

"주인님, 죄송합니다."

아마기는 자신이 파괴당하는 것을 각오하고 있었다.

하지만 동시에 남겨진 리암을 생각했다.

자신이 사라지면 분명 마음 아파할 것이라고.

그건 제국 귀족으로서 큰 결점── 인형을 곁에 두는 건 원래 리암에게 유익하지 않다.

언젠가는 곁에서 떠나야 한다고 생각하고 있었다.

하지만 이 타이밍이 아니었다.

남겨진 리암이 슬퍼하는 모습을 상상하니, 아마기는 미안한 마음이 들었다.

그때 아마기가 입고 있던 드레스의 장식품이 반짝이며 실드를 전개했다.

귀인용 방어 필드가 레이저총의 공격으로부터 아마기를 지켰다.

그래도 안내인은 당황하지 않았다.

"흐하하하! 있었지, 그런 게. 하지만 그 실드는 어차피 일회용! 이대로 공격을 계속하면── 어?"

안내인은 몇 번이나 방아쇠를 당겨 레이저를 쏘아댔다.

하지만 아무리 쏴도 레이저가 실드를 뚫는 일은 없었다.

권총의 에너지가 먼저 떨어져서 철컥철컥 하는 공허한 방아쇠 소리가 들렸다.

안내인이 뭐라 표현할 수 없는 표정을 짓고 있어서 아마기도 어떻게 반응해야 할지 난처해졌다.

"——절 파괴하는 게 아니었나요?"

뭔가 어이없다는 표정을 짓고 있었을 것이다.

그것도 어쩔 수 없는 일이다.

자신을 파괴하겠다고 씩씩댔는데 가져온 것은 실드를 뚫을 수 없는 총 한 자루뿐.

좀 더 꼼꼼하게 준비했을 거라 예상했는데 그렇지는 않았다.

손발을 구속하는 검은 연기도 아마기를 파괴할만한 힘은 없는 듯했다.

솔직히 말해서 너무 허술하다.

아마기의 시선을 버틸 수 없게 됐는지 안내인은 동요했다.

"그, 그런 눈으로 날 보지 마!"

안내인은 권총을 내던지더니 도망치듯이 떠나갔다.

"젠장! 역시 부정적인 감정이 부족해! 더 모아서 리암에게 처박아주마! 더는 손이 많이 가는 짓은 안 할 거야! 전력으로 리암을 죽일 거야!"

아마기는 떠나가는 안내인을 바라봤고, 움직일 수 있게 되자 고개를 갸웃했다.

"지금 존재는 대체?"

자신은 터무니없는 존재와 만나버린 게 아닐까?

그리고 그 존재는 리암의 이름을 입에 담았다.

아마기는 불안해서 고개를 떨구고 말았다.

"——역시 주인님께는 비밀이 있는 걸까요?"

가끔 아마기도 이해할 수 없는 현상이 일어나고 있다는 건 알아차리고 있었다.

그 뒤에 저런 존재가 있었다고 생각하면—— 앞뒤가 안 맞는 것도 아니다.

아마기는 무서운 주제에 어딘가 얼빠진 초현실적인 존재를 경계했다.

"주인님은 정말 운이 좋은 걸까요?"

초현실적인 존재가 리암을 노리고 있다는 걸 안 아마기는 행동하기로 했다.

"예정을 변경할 필요가 생겼습니다. 모든 것은 주인님을 위해서——."

그리고 안내인의 존재가 어떤 결의를 하게 만들었다.

리암이 전함을 베었다.

보통 그런 황당무계한 이야기는 아무도 믿지 않을 것이다.

하지만 수도성 상공에서 일어난 현실이며 목격자도 많이 있다.

영상도 남아있어서 눈 깜짝할 사이에 확산되었다.

수도성뿐만 아니라, 온 제국에 리암의 위업이 전해졌다.

이로 인해 일섬류의 실력은 진짜였다고 모두가 인정하는 수밖에 없었다.

칼뱅은 자기 방의 책상에 팔꿈치를 괴고 입가 앞으로 깍지를 꼈다.

"수도성에 전함을 들여와서 소동을 일으키다니, 진짜 바보 같은 짓을 했군."

이건 일부 귀족들이 폭주한 결과였다.

이렇게 어리석은 짓을 저지를 줄은 생각지도 못한 칼뱅에게는 매우 골치 아픈 사건이었다.

파벌에서 빠진 귀족들이 이렇게까지 멍청할 줄은 생각지도 못했다.

지금은 무관계하다고는 해도 원래는 칼뱅파 귀족들이다.

칼뱅은 '전쟁에서 도망치려고 동생에게 책임을 떠넘긴 비겁자'도 모자라, '리암 암살에 실패한 어리석은 자'라는 오명까지 얻은 꼴이 되었다.

칼뱅은 책상 위에 놓인 상자를 봤다.

거기에는 암부인 닌자들의 코어── 그 몸을 불꽃으로 만들어 신출귀몰한 닌자가 된 자들의 시체를 나타내는 부서진 코어가 산처럼 쌓여있었다.

아침에 일어났더니 책상 위에 있었다.

이것이 가리키는 사실은 단 하나.

"날 언제든지 죽일 수 있다는 메시지인가."

리암의 암부를 얕보고 있었다.

거기에 더해 어리석은 자들에게 발목을 잡혀 칼뱅은 궁지에 몰렸다.

"궁지에 몰린 건 내 쪽이었나."

연합왕국과의 전쟁 전에는 리암을 궁지에 몰아넣었다고 생각하고 있었다.

하지만 결과는 반대로 끝나고 말았다.

하지만 이대로 끝낼 수 없는 칼뱅은 자기 파벌의 귀족들을 모으기로 했다.

"리암 군의 영지에서 민주화 운동이 일어나고 있다. 그걸 구실로 삼아서 그들에게 책임을 지우자."

전장에서 안 된다면 자신이 자신 있는 곳에서 승부를 건다.

칼뱅은 리암의 약점을 찌르기로 했다.

그것은 영지에서 일어나고 있는 대규모 데모다.

"제국은 민주화 운동을 싫어하지. 이제 군대가 파견되면 리암 군의 영지도 허허벌판이 되겠지. 그의 영향력도 땅에 떨어질 거야."

리암만 없으면 클레오 따위는 적수가 못 된다.

칼뱅은 비장의 수단을 쓰기로 했다.

제국의 수도성에서는 긴급 사문위원회(査問委員會)가 열리고 있었다.

수도성에 전함을 타고 바보 같은 귀족들이 나타났기 때문이다.

그리고 난 중요 참고인으로 호출됐다.

사문위원회에서 당시의 상황을 이야기하기만—— 하면 됐을 텐데, 어째서인지 범인처럼 심하게 규탄당했다.

난 분노로 몸이 떨렸다.

"——이 굴욕은 절대로 잊지 않을 거다."

어금니를 꽉 깨물었다.

내 안에는 격렬한 분노가 있다.

의기양양하게 사문위원회에 갔더니, 칼뱅 때문에 곤경에 몰리고 말았다.

사문위원회에는 칼뱅도 출석했다.

모른다는 얼굴로 어딘가 먼 곳을 바라보고 있는 게 마음에 안 들었다.

상관없다는 얼굴을 하고 있지만, 날 이렇게까지 몰아넣은 건 칼뱅이다.

이 남자, 사문위원회에서 날 모욕하고 웃음거리로 만들었다.

아무것도 못 하는 무능한 놈인 줄 알았는데, 칼뱅에게 보기 좋게 당했다.

용서할 수 없다—— 넌 반드시 내가 이 손으로 죽여주겠다.

날 욕보인 칼뱅에게 반드시 복수하겠다고 맹세했다.

네놈만큼은 절대로 용서 못 한다.

높은 위치에 앉아있는 재상과 고위 귀족들이 분한 듯이 고개를 숙이고 있는 나를 내려다보고 있었다.

날 내려다보는 놈들의 시선이 마음에 안 들었다.

재상이 입을 열었다.

"슬슬 결론을 내도록 하지."

주위의 귀족들도 마찬가지로 나에게 책임을 물었다.

"나 참, 리암 공도 참 곤란하네요."

"조금은 귀족으로서의 책무를 자각해주셔야죠."

"미래의 공작이니까요. 처지를 생각해야죠."

30대의 외관을 가진 남녀가 나를 내려다보며 비웃었다.

그들은 제국에서도 지위가 높은 귀족들이며 수도성에서 일어난 사건에 대한 조사와 처분을 맡은 자들이다.

처음에는 우주전함이 수도성에 온 사건에 대해 심의하고 있었지만, 칼뱅이 갑자기 내 통치 능력에 문제가 있다는 말을 꺼냈다.

군함을 타고 수도성에 온 것이 전 칼뱅파 귀족들이라고 판명되었는데도, 억지로 나에게 문제가 있다며 책임을 물었다.

칼뱅과 같은 편인 귀족들도 떠들어대며 사문위원회에서 날 규탄했다.

황태자라는 지위를 최대한으로 이용해 이야기를 돌린 것이다.

그리고 지금은 모두가 시치미 떼는 얼굴로 나를 외면하고 있다.

나를 몰아세운 귀족들은 사문위원회에서 규탄당하는 나를 보려고 하지도 않았다.

이제는 볼 가치조차 없다고 생각하는 걸까?

너희 얼굴도 다 기억해놨다고.

절대로 용서 안 한다!

사문위원회에는 내 편인 귀족들도 참가했는데, 뭔가 미안한 듯한 표정을 짓고 있었다.

에크스나 남작이 날 위로했다.

"백작── 미안하네."

사과할 거면 도우라고! 날 도우라고!

젠장! 날 이렇게까지 몰아넣은 건 네가 처음이다, 칼뱅!

재상이 재판 같은 곳에서 나오는 망치를 두드려 술렁이는 회장을 정숙하게 만들고 나에게 이야기했다.

"그럼, 백작에게는──."

"크윽……."

난 고개를 떨구고 손을 꽉 쥐었다.

이런 일이 있어서는 안 된다.

이럴 리가 없다.

난── 칼뱅을 너무 얕보고 있었다.

그래서 이 사문위원회에서 굴욕에 휩싸인 패배감을 맛보고 있다.

지금만은── 내 패배를 인정하지.

그래, 지금만은!

307

◇ ◆ ◇ ◆ ◇

사문위원회가 끝나자 칼뱅파 귀족들은 머리를 싸매고 있었다.

리암을 몰아넣기 위해 사문위원회에서 통치 능력에 문제가 있다고 소란을 피웠다.

진행을 방해하고 이 의제를 다루지 않으면 사문위원회를 절대로 끝내지 못하도록 온갖 수단을 썼다.

그리고 억지로 꺼낸 의제는—— 리암의 영지에서 일어나고 있는 민주화 운동이었다.

번필드가의 백성들이 제국의 정치를 비판하고 있다.

제국이 과민하게 반응하는 화제를 가져와 사문위원회에서 리암을 규탄하려고 했다.

그런데——.

"——누가 설명 좀 해주겠나?"

사문위원회가 열린 회장 근처의 휴게실에서 지친 얼굴을 한 칼뱅은 죽 늘어앉은 파벌 동료들을 둘러봤다.

모두가 외면했다.

칼뱅은 힘없이 웃고 있었다.

"재상이 떠날 때 말을 해줬어. 이 이상 꼴사나운 짓을 계속하면 나한테 도움이 안 될 것이라더군."

웃고는 있지만, 진심으로 웃는 것이 아니다.

웃을 수밖에 없다는 게 솔직한 감상이다.

한 귀족이 칼뱅에게 구차한 변명을 했다.

"전하, 리암의 영지에 파견한 공작원들로부터는 분명 민주화 운동이 일어나고 있다는 보고를 받았습니다. 우리도 속은 겁니다."

"자네는 이게 민주화 운동으로 보였나?"

리암의 영지에서 민주화 운동이 일어나고 있다는 자료로 하나의 동영상이 사문위원회에서 재생되었다.

거기에 비친 것은 플래카드를 든 리암의 백성들이었다.

휴게실에서 동영상이 재생되자 번필드가에서 대규모 데모가 벌어지고 있는 모습이 나왔다.

『귀족의 의무를 다해라!』

『로제타 님을 소중히! 유리시아 씨도 가끔 생각해줘!』

『그래, 날 생각해줘어어어!!』

마지막 부분에서는 유리시아도 데모에서 소리치는 모습이 나왔다.

민주화 운동인 줄 알았더니 아이 만들기 재촉 데모였다.

칼뱅은 손으로 얼굴을 가리고 웃음을 흘렸다.

사실은 울 것 같아서 얼굴을 가리고 얼버무렸다.

"진지한 얼굴로 리암 군의 통치 능력에 문제가 있다고 말한 내 입장은 어떻게 될까? 애초에 왜 이걸 민주화 운동이라고 착각한 거지?"

어딘가 먼 곳을 바라보는 듯한 눈빛을 하고 있던 칼뱅 일행은 현실 도피를 하고 있었다.

설마 동영상이 이런 내용일 줄은 생각지도 못했다.

"왜 아무도 내용을 확인하지 않은 건지."

모두가 증거가 있다고 믿고 있었다.

한 귀족이 정보 교환에 문제가 있었다고 말했다.

"그, 그러니까, 공작원을 파견한 사람은 이번에 배신한 자작이었습니다. 배신할 때 데이터도 받고, 인수인계하고 있었을 텐데——."

즉, 인적오류다.

인수인계가 잘되지 않아 사문위원회에 대규모 데모 데이터를 잘못 제출했다.

아니, 확실히 대규모 데모는 일어났지만, 그 내용은 칼뱅파의 예상과는 달랐다.

영상을 재생했을 때, 사문위원회의 날카로운 분위기가 부드러워지고 말았다.

군함을 타고 수도성에 들어온 사건 때문에 신경이 날카로워져 있던 귀족들은 처음에는 리암의 도발 행동에도 문제가 있다고 말하면서 엄중 주의나 페널티를 주는 것을 생각하고 있었다.

리암에게도 일정한 벌을 줘야 한다! 는 말이 나오는 상황이었다.

하지만 데모를 보고 부끄러워하는 리암의 모습을 보고 '귀족의 의무에도 힘쓰도록'이라거나 '백작은 순진하군요'라거나 '——앞으로는 주의하십시오'라는 등.

노인들은 마치 귀여운 손자를 보는 듯한 눈빛으로 보고 있었다.

재미있게 놀리듯이. 그리고 동정하듯이.

부드러워진 분위기 속에서 리암에게 내려진 벌은, 처음과 비교하면 상당히 감형되어 있었다. 사실상 무죄 방면이었다.

칼뱅이 리암을 옹호한 것이나 마찬가지였다.

그에 비해 사문위원회 구성원들의 칼뱅에 대한 인상은 최악이었다.

사문위원회를 도중에 중단시킨 것이 화제를 다른 곳으로 돌리는 것으로 보인 것이다.

칼뱅은 자기가 유리한 곳에서 싸워서 리암에게 지고 만 것이다.

정신을 차리고 보니 클레오를 내세운 약소 파벌이── 자기들 바로 뒤를 바싹 따라오는 규모로 커져 있었다.

원래라면 질 수가 없는 상대였는데── 칼뱅은 생각했다.

(나는 운에 버림받았는가?)

운이 없는 건 제국에서는 목숨을 잃을 이유가 될 수 있다. 그리고 그건 황태자도 예외가 아니다.

하지만 칼뱅은 여기서 포기하지 않았다.

"이제는 체면을 신경 쓸 여유가 없다."

칼뱅이 그렇게 말하자 파벌의 귀족들도 각오를 다졌다.

수도성에 전함을 끌고 온 바보가 있었다.

이 세상에는 바보뿐이다.

파티장을 습격당한 나는 궁정 측으로부터 한동안 얌전히 있으라는 말을 들어 호텔에서 우아한 나날을 보내고 있었다.

그만한 소동이 일어난 뒤라서 나도 파티는 자중하고 있다.

몇 주 동안의 조사── 사문위원회도 있었으니 말이다.

근신 처분을 선고받아서 몇 달은 얌전히 있어야만 한다.

"이제 문제는 일섬류의 이름을 댄 놈들뿐이군."

소문으로는 일섬류의 이름을 댄 검사가 둘이나 있다고 한다.

이것도 유명세인 걸까?

가짜 일섬류면 내가 직접 죽일 거다.

하지만 이 나라는 성간 국가다. 사람 한 명을 찾는 것쯤, 간단해 보이지만 의외로 어렵다.

일섬류의 이름을 댄 놈들의 발자취를 찾지 못하고 있었다.

내 방에서 비위를 맞추듯이 홍차를 준비하는 티아의 모습이 보였다.

원정군에서 돌아온 티아는 나에게 '칭찬해주세요, 리암 님!'이라고 해서 '날 위해 일할 수 있어서 행복하지?'라고 쌀쌀맞은 대답을 해줬다.

그랬더니 티아 녀석이 몸을 떨면서 고개를 격렬하게 끄덕였다고.

쌀쌀맞게 대하는데 기뻐하다니, 넌 그래도 좋은 거냐?

쿠쿠리를 좀 본받으라고.

그래서 포상으로 한동안 내 곁에 두고 부려먹고 있다.

티아가 나에게 홍차를 건네면서.

"리암 님, 대규모 데모 문제도 남아있습니다만?"

"내가 영지에 돌아가면 바로 탄압해서 정리해주지. 내 하반신 사정으로 소란을 피우다니, 대체 뭐 하는 놈들이야."

용납이 안 되는 건 빨리 로제타와 관계를 하라고 백성들에게 항의를 받은 것이다.

너희한테 그런 말 들을 이유 없거든!

젠장! 돌아가면 본격적으로 탄압해주마.

내 군대는 원정에서 돌아와 지금은 피로를 푸는 중이다.

의외일지도 모르겠지만, 악덕 영주인 나는 군대는 신중하게 다룬다. 배려라고 해도 좋을 것이다. 내가 악덕 영주로서 있을 수 있는 건 압도적인 군사력이라는 근거가 있기 때문이다. 강하기에 마구 으스댈 수 있다. 그런 군사력을 소중히 다루지 않는 건 바보나 하는 짓이다.

쉴 때는 확실하게 쉬게 한다. 그래서 당장은 움직일 수 없다.

하지만 군대를 움직일 수 있게 되면 바로 탄압한다!

티아는 내 말을 웃으며 흘려들었다.

——이 이야기를 듣고 웃을 수 있다니, 이 녀석도 상당한 악당이다.

"뭐, 리암 님의 영지에서 민주화 운동이 퍼지지 않은 건 다행이네요. 농담이 아니라 진지하게 탄압해서 입 다물게 하지 않으면 제국의 정규군이 진압하러 출격할 거예요."

"차라리 정규군에 진압당하는 게 훨씬 나았을 텐데."

칼뱅이 실점을 만회하려고 나를 사문위원회에서 공격했다.

그 녀석들을 조사하는 자리에서 내가 공격당한 것이다.

칼뱅 녀석이 정치 싸움은 나보다 더 잘한다는 걸 뼈저리게 이해했다.

놈은 내 영지에서 민주화 운동이 일어나고 있다고 소란을 피웠다.

제국은 민주화 운동을 싫어하므로, 당연히 사문위원회에서 그 화제를 다루게 되었다.

하지만── 제국의 조사원이 조사해보니, 사실은 민주화 운동이 아니라 내 후계자 문제로 소동이 벌어지고 있었다.

왜지? 왜 그렇게 된 거지?

사문위원회에서 내 후계자 문제로 소란을 피우는 백성을 다른 사람들에게 보인 내 기분을 이해할 수 있을까?

영상에 유리시아까지 같이 찍힌 걸 보고 난 말을 잃었다.

역시 그 녀석은 방치하면 쓸데없는 짓을 저지른다.

──솔직히 엄청나게 부끄러웠다.

주위 사람들이 나에게 보낸 묘한 시선이 아직도 잊히지 않는다.

비웃음, 기막힘, 그리고 동정하는 시선들.

재상의 뜨뜻미지근한 시선은 지금도 기억하고 있다.

미소 짓고 있던 티아가 진지한 표정을 지었다.

"하지만 이로써 칼뱅파는 궁지에 몰렸네요. 반대로 클레오 전하의 파벌이 크게 힘을 키웠습니다. 전부 리암 님의 계획대로입니다."

예상 밖의 사태도 있었지만, 목적은 달성됐다.

확실히 내 계획대로지만, 운이 따라준 것도 사실이다.

"내 행운이 무섭구나."

이런 말을 하고 있지만, 내 행운은 안내인 덕분이다.

얼핏 보면 위기로 보여도 전부 승리로 이어져 있다.

인생 이지 모드.

그것이 악덕 영주다.

"자, 얌전히 있는 것도 슬슬 질리기 시작했어. 오랜만에 놀러 나갈까. 차를 꺼내라."

"근신 중입니다만?"

"돌아다니는 것 정도는 상관없잖아? 너도 따라와."

"그래도 되나요?!"

나와 함께 외출할 수 있다는 말을 듣자 티아는 기쁘게 차를 준비하기 시작했다.

이날, 에렌은 리암과 함께 쇼핑하러 나와 있었다.

넓은 차 안에는 에렌과 리암—— 그리고 티아의 모습이 있었다.

(오늘은 스승님과 쇼핑이다!)

자신의 스승인 리암과 외출할 수 있어서 에렌은 기뻐하고 있었다.

타고 있는 차는 리무진과 같은 고급 자동차다. 일단 바퀴와 타이어가 있지만, 하늘을 날기에 거의 사용하지 않았다.

특별히 주문하여 만든 만큼 고급 차의 내장은 상당히 호화로웠다.

좌석의 승차감이 좋아서 차 안에서는 흔들림이 거의 느껴지지 않았다.

설비도 제법 충실해서 쾌적하게 지낼 수 있다.

차는 차도에서 50cm 위에 떠서 미끄러지듯이 이동하고 있었다.

에렌은 리암 옆에 놓인 칼을 봤다.

리암이 마음에 들어 하는 칼 중에서도 특별하다고 할 수 있는 물건이다.

에렌도 리암에게서 한 자루의 칼을 받았다.

칼집은 빨갛고, 도신 밑부분에 금색 호랑이가 그려진 칼이다.

그 칼도 상당히 뛰어난 물건이지만 리암이 가지고 있는 이름도 없는 칼은 신비한 힘을 품고 있었다.

(스승님, 요즘 계속 마음에 들어 하는 칼을 지니고 다니셔.)

평소에는 소중히 보관하는 칼을 들고 다닌다—— 마치 뭔가를 경계하는 듯했다.

리암은 시트에 앉아 티아가 잔에 따라준 술을 마시고 있었다.

"낮부터 마시는 술은 맛있구나."

연합왕국군을 상대로 날뛴 티아에게 술을 따르도록 할 수 있는 사람은 리암밖에 없을 것이다.

"리암 님을 위해 준비한 고급술뿐이랍니다. 자자, 한 잔 더 드시죠."

"센스 있군."

리암이 잔에 따른 술을 다 마시자, 티아는 볼을 빨갛게 물들이고 열기를 머금은 숨을 내쉬었다.

정말 홀딱 반한 표정으로 리암을 보고 있었다.

"아아, 정말 잘 드시네요."

티아는 입에 발린 소리로 들릴 법한 말만 하고 있지만, 그게 진심이라는 건 에렌에게도 왠지 모르게 전해졌다.

티아의 눈동자가 하트 마크로 바뀔 것 같을 정도로 열기를 띠고 있었다.

꼬리라도 있었으면 심하게 들뜬 개처럼 흔들고 있었을 것이다.

다만 에렌은 아까부터 묘한 기척을 느끼고 있었다.

에렌은 리암에게 말을 걸었다.

"스승님."

"왜? 인형이라면 하나 사주지."

"아, 아니에요! 그, 그러니까, 왠지 이상하게 불안해요."

불안하다고 말했지만, 정확하게 말하자면 이 느낌은 섬뜩함이었다.

나조차 등골이 오싹했다. 감기에 걸리지 않았을 텐데 한기가 느껴졌다.

누군가가 바라보는 느낌이 강하게 들었다.

두리번거리며 창밖을 보는 에렌을 본 리암은 조금 기뻐했다.

"수행의 성과가 나오기 시작했군."

경계하는 에렌에 비해 리암은 그대로 긴장을 풀고 있었다.

하지만 아까 전까지 즐거운 듯이 행동하던 티아의 태도가 급변했다.

통신으로 주위의 호위에게 뭔가를 확인하고 있었다.

오른손 검지와 중지를 귀에 대고 창밖을 신경 썼다.

"이상은 없나?"

부하의 보고를 받았다.

『현재는── 잠깐, 길 위에 누군가가 있습니다!』

그 말을 들은 티아는 눈을 크게 뜨고 고함을 지르듯이 명령했다.

"전원, 경계 태세!"

차가 갑자기 움직임을 바꿔 내부가 흔들렸다. 리암은 술을 다마시고 중얼거렸다.

"──알아차리는 게 늦었네. 이미 도망칠 수 없어."

부하들의 실태에 작게 한숨을 내쉬었다.

흔들리는 차 안에서 에렌이 천장을 올려다보자, 리암이 에렌을 밀쳐버렸다.

무슨 일이 일어났는지 이해하지 못하는 사이에—— 차가 두 동강이 나서 아까 전까지 에렌이 있던 곳이 절단되었다.

차가 둘로 갈라지고 땅에 떨어져 차체를 도로에 비비면서 정지했다.

"무, 무슨 일이?"

에렌이 주위를 둘러보니, 한 여자가 서 있었다. 감색의 아름다운 머리카락을 바람에 휘날렸다.

"어라? 혹시 그 애는——."

다가온 여자가 핑크색 눈동자로 에렌을 들여다봤다.

그녀는 오싹한 웃음을 띠고 있었다.

그때, 가까이에 또 한 사람이 내려섰다.

내려선 소리보다도 강한 기척이 나타났다는 공포에 에렌은 몸이 떨렸다.

아주 거친 말이 들려왔다.

"이걸로 죽진 않았겠지? 나오라고, 리암!"

곱슬곱슬한 오렌지색 머리카락을 뒤로 묶고 있지만, 심하게 곱슬해서 사자의 갈기처럼 보였다.

두 사람을 본 에렌은 몸의 떨림이 멈추지 않았다.

(이 사람들은 강해!)

둘 다 허리에 칼을 차고 있다.

그때 절단된 다른 한쪽에서 티아가 튀어나왔다.

그녀의 손에는 레이피어가 쥐어져 있었다.

"이 자식들, 누구에게 무기를 들이댔는지 알고 있겠지?!"

두 여자는 격분한 티아를 히죽히죽 웃으면서 봤다.

"약하지는 않네. 하지만 역시 부족하려나~?"

"그래, 다른 사람들보다는 낫지만, 그뿐이야."

두 사람의 실력은 명백하게 티아보다 좋았다.

그걸 알고 있는지 티아도 부주의하게 뛰쳐나가지 않았다.

리암을 보호하는 위치에 서 있었다.

"리암 님, 여기는 저희에게 맡겨주십시오."

왼손에 칼을 든 리암이 차 안에서 모습을 보였다.

천천히 차에서 나오더니 목덜미에 손을 대고 목을 돌렸다.

호위 기사들이 모여들자 리암은 손을 팔랑거려 쫓아내는 듯한 제스처를 취했다.

"허세 부리지 마. 오히려 네가 방해돼. 빨리 물러나라."

"하, 하지만!"

티아는 물러나라는 명령을 받았지만, 리암 곁에서 떨어지려 하지 않았다.

그때 에렌 근처에 있던 오렌지색 머리칼을 가진 여자가 허리에 찬 두 자루의 칼에 의식을 돌렸다.

그걸 알아차린 티아가 리암 앞으로 뛰쳐나가 감싸자 왼손이 잘렸다.

땅에는 두 개의 큰 흠집이 나 있었다.

티아는 왼손을 잘리면서도 리암 앞에 서 있었다.

얼굴은 적을 노려보고 있었고, 오른손에 든 레이피어를 놓지 않고 자세를 잡고 있었다.

오렌지색 머리칼의 여자가 혀를 찼다.

"뭐야. 양팔을 잘라서 실력 차이를 알려주려고 했는데."

그러자 감색 머리칼을 가진 여자가 깔보듯이 웃었다.

"허접~."

"앙? 리암을 죽인 다음엔 널 죽여줄까?"

둘 사이에 위험한 분위기가 감돌기 시작하자 리암이 움직였다.

잘린 티아의 팔을 주워서 주인에게 건네주고 물러나게 했다.

"내 앞에 잘도 왔군. 이번 일은 높이 평가해주지."

"리암 님?!"

티아가 놀라고 있으니, 밀어내서 다른 기사들에게 맡겼다.

그리고 리암이 두 사람 앞에 나오자—— 분위기가 확 변했다.

시시덕거리던 두 여자가 자세를 잡고 있었다.

리암이 두 사람을 앞에 두고 도발했다.

"왜 그러지? 날 죽이러 온 게 아닌가? ——겁먹었다면, 너희는 가짜 일섬류구나."

리암은 그녀들의 칼 쓰는 실력을 보고 진짜라고 판단한 것 같았다.

그걸 이해하고 가짜 취급을 하는 도발이다.

에렌은 둘에게서 느낀 묘한 기척에 납득했다.

(이 느낌, 동문이라서?)

먼저 움직인 것은 감색 머리칼의 여자였다.

"만나서 반가워, 사형. 내 이름은 사츠키 리호── 정통한 일섬류의 후계자야."

예의 바른 듯하지만, 리암을 보는 눈은 살기로 가득 차 있었다.

그리고 또 한 사람은 적의를 숨기려고 하지도 않았다.

"시시카미 후우카! 널 죽이고 스승님의 일섬류를 계승할 여자다!"

칼을 뽑은 후우카가 땅을 박차 리암에게 돌격했다.

보이지 않는 참격이 장기인 일섬류에서 이런 움직임은 드물다.

에렌의 눈에 보인 것은── 두 자루의 칼로 몇천 번의 참격을 한순간에 가하는 후우카의 움직임이었다.

생긴 것이 아주 거친 것과는 달리 모든 공격이 목숨을 빼앗는 아슬아슬한 수준의 힘으로 조정되어 있었다.

굉장히 능숙한 검사로 보였다.

"스승님!"

걱정한 에렌이 외쳤지만, 리암은 칼자루를 잡으려 하지도 않았다.

그저 에렌에게 말했다.

"에렌, 잘 봐둬라."

그러자 리암이 후우카의 참격을 전부 자신의 참격으로 막아버렸다.

리암은 후우카를 상대하면서 에렌을 지도했다.

"동문 대결은 나도 처음이다. 다음 기회는 없을지도 모르니 말이야."

에렌을 지도하기 시작한 리암을 보고 후우카는 농락당하고 있다고 느꼈을 것이다.

어금니를 꽉 깨물고 분노하여 얼굴을 일그러뜨렸다.

"까불지 말라고~! 일섬!"

후우카는 인지를 벗어난 속도로 참격을 날렸지만, 리암에게 두 칼날을 모두 짓밟혔다.

칼날은 땅에 박혔고, 그 주위로 금이 쫙 갔다.

"아니?!"

칼날을 교차시키는 듯한 움직임을 보여서 겹치는 타이밍에 리암이 밟았다.

리암은 웃으면서 놀라는 후우카에게 말했다.

"좋은 걸 가르쳐주지. ──난 너희보다 강하다."

리암이 후우카를 걷어차자 리호는 최대한으로 경계했다.

"강하다는 말은 들었지만, 예상 이상이네."

긴 칼을 쥔 리호가 잇따라 참격을 날렸지만, 칼을 뽑은 리암이 전부 튕겨냈다.

튕겨낼 때마다 도로에 균열이 수없이 생겨나 너덜너덜해졌다.

주위에 파편이 흩날렸지만 에렌은 자신에게 날아오는 파편을 전부 피했다.

그리고 리암의 싸움을 놓치지 않도록 필사적으로 세 사람을 봤다.

일섬류끼리 벌이는 대결 앞에서 리암의 기사단은 손대지 못하고 있었다.

세 사람이 그 자리에 서 있을 뿐.

가끔 순식간에 이동해서 장소가 바뀌었다.

다만 칼을 들고 격렬하게 싸우고 있는지 참격의 소리와 충격만이 주위에 울렸다.

서서히 세 사람을 중심으로 폭풍처럼 바람이 사납게 휘몰아쳤다.

기사들이 혼란스러워했다.

"무슨 일이 일어나고 있는 거지?!"

"앞으로 나가지 마라! 휘말리면 죽는다!"

"이래서는 개입할 수가 없어."

다만 서서히 전세가 불리해지는 두 사람의 몸에는 수많은 생채기가 나 있었다.

그 사실에 리호도 후우카도 놀란 기색을 보였다.

리암이 작위적으로 한숨을 쉬고 두 사람 앞에서 여유를 보였다.

"이 정도인가."

그에 비해 두 사람은 생채기가 났을 뿐만 아니라 호흡도 거칠어져 지친 모습을 보였다.

(스승님 강해!)

에렌은 리암의 실력에 감격했다.

강한 건 알고 있었지만 얼마나 강한지는 몰랐다.

하지만 지금, 동문끼리 벌이는 싸움을 통해 리암의 힘을 알 수 있었다.

감동한 에렌 앞에서 리암은 두 사람을 도발했다.

"왜 그러지? 무서워서 제 실력을 발휘할 수 없는 거냐? 그럼 너희의 전력을 봐주지. 둘이 같이 진심으로 덤벼라."

리암이 칼을 칼집에 넣고 양팔을 벌려 빈틈을 보이자 두 사람은 눈에 띄게 분개했다.

리호는 말투를 예쁘게 고치는 것도 잊고.

"내 앞에서 빈틈을 보이다니—— 죽어라, 개자식아."

후우카는 이마에 핏대가 서 있었다.

"죽인다! 죽일 거야!! 이런 굴욕은 처음이야! 넌 먼지가 될 때까지 잘게 난도질할 거다아아아!!"

리호가 자세를 낮추고 시야에서 사라지더니, 리암의 근처에서 나타났다. 그녀가 내디딘 발이 도로를 깨부쉈다. 진심으로 리암의 목숨을 거두려는 것이다.

강력한 신속의 일격을 날리려 하고 있었다.

"——죽어라."

후우카는 뛰어올라 몸을 꼬고 공중에서 회전하기 시작했다.

"물어뜯어라!"

후우카는 그 어느 때보다 많은 수의 참격을 날렸고, 그것은 마치 모든 것을 찢어발기는 폭풍 같았다.

두 사람의 일격은 각각 성질이 다르다.

연약해 보이지만 강한 리호의 참격은 정말로 한칼에 승부를 내는 일섬류의 왕도라고도 할 수 있는 참격이다.

그에 비해 후우카는 리호에게 미치지 못하는 일격의 위력을 횟수로 보충하고 있었다.

일섬류에서는 사도지만, 필요 이상으로 힘을 담아 일격을 날리는 것보다 적절하게 조절하여 여러 번 날리는 게 효율이 더 뛰어나다.

리암과는 다른 일섬에 에렌은 불안감이 밀려왔다.

(스승님?!)

에렌은 걱정했지만, 두 사람의 일섬류에 대항하는 리암은 웃음을 띠고 있었다.

"둘 다 반쪽짜리구나. ——다시 수련해서 와라."

그 직후, 리호의 일격을 막아낸 리암은 폭풍 같은 참격을 날리는 후우카를 한칼에 날려버렸다.

두 사람이 날아가 땅을 나뒹굴더니 바로 일어섰다.

리암은 두 사람이 일어서는 걸 기다렸다가 자세를 취했다.

"동문의 정으로 내 진짜 실력도 보여주지. 받아내지 못하면——
죽는다."

약한 일섬 따위는 필요 없다.

리암의 강한 의지에 에렌은 떨었다.

다시 말해서 자신도 약하면 언젠가 리암에게 죽는다는 것을 의미했다.

리호는 서 있는 것도 괴로워 보였고, 후우카도 피를 토하면서 자세를 잡았다.

둘은 진심으로 나선 리암 앞에서 공포로 떨고 있었다.

리호는 반쯤 웃고 있었다.

"아아, 이거 큰일이네."

후우카는 리암을 보면서 왠지 그리워하듯이 중얼거렸다.

"스승님이 왜 둘이서 덤비라고 했는지 알겠어."

서로 다가붙어서 두 사람이 등을 맞대고 자세를 잡았다.

준비된 것을 확인한 리암이 눈을 가늘게 떴다.

"일섬."

리암이 기술명을 말하는 것과 동시에 두 사람의 몸에서 피가 뿜어져 나왔다.

에렌의 눈에는 아무것도 보이지 않았다.

리암의 일섬은 거칠었던 두 사람의 일섬보다 조용하고 차가운 분위기를 발했다.

화려한 기술을 쓰는 두 사람과는 대조적으로 아주 조용하고 바람도 일지 않았으며, 참격의 흔적조차 남지 않았다.

그저 적을 물리칠 뿐인 기술.

(정말로 아무것도 안 한 것처럼 보여!)

에렌은 자신의 눈에 자신이 있었지만, 리암이 진심으로 쓴 일섬은 볼 수 없었다.

승부가 한순간에 끝나자 리호와 후우카가 땅에 쓰러졌다.

두 사람의 팔다리가 잘려 피투성이가 되어서 당장이라도 죽을 것만 같았다.

저만한 강자들이 손도 못 썼다.

에렌은 리암을 보고 떨었지만, 무서워서 떤 것이 아니었다.

(내 스승님은 대단해!)

기뻐서 떨고 있었다.

리암이 자세를 풀고 둘에게 다가갔다.

그러자 싸움이 끝난 것을 안 티아도 움직였다.

가지고 있던 레이피어의 형태가 변화하더니 부풀어서 드릴이 되어 회전하기 시작했다.

그걸 땅에 질질 끌면서 걸어왔다.

끝부분이 땅에 닿자 불꽃이 튀었다.

티아의 눈은 살의로 가득 차 있었다.

"죽일 거야. 리암 님의 목숨을 노린 놈은 죽고 싶어지는 기분이 드는 지옥에 떨어뜨려서 영원한 고통을 맛보게 해주겠어."

외팔이 되어도 두 사람을 죽이려고 하는 티아에게 리암이 돌아보며 의외의 명령을 내렸다.

"티아, 둘을 치료해라."

그 명령이 뜻밖이었는지 티아의 살의가 흩어져 사라져서 난처해했다.

"네? 아, 아니, 하지만!"

"귀여운 사제들이다. 아니, 이럴 때는 사매라고 하나? 바로 의사를 준비해라. 안되면 엘릭서라도 써라."

두 사람과 검을 맞댐으로써 그 스승도 간파한 듯했다.

리암은 약간 기뻐했다.

"하, 하지만 이 자들은 리암 님의 목숨을 노렸다구요!"

리암은 웃고 있었다.

"사매들이 장난을 치러 왔을 뿐이야."

"하, 하지만, 저들을 살려주다니——!"

기분이 좋은 리암이 납득하지 못하는 티아에게 다가가더니 손을 뻗었다.

티아의 볼을 부드럽게 만지며 두 사람으로부터 감싸준 것을 칭찬했다.

"티아, 용케 앞에 나와서 날 보호했지. 내 안에서 너에 대한 평가가 올라갔어. 원정군을 이끌고 승리한 것보다 더 가치가 있어. 네가 내 부하라서 다행이야."

"리암 님!"

감격한 티아는 단말기를 꺼내 '한 번 더! 한 번 더 부탁드립니다! 최고 화질로 지금 한 대사를 부탁드립니다!'라고 말했다.

리암도 기분이 좋은지 '어쩔 수 없네~'라며 티아를 칭찬했다.

그때 리호의 입이 뻐끔뻐끔 움직이며 뭔가를 전하려고 했다.

"——스승—— 전—— 어——."

리암이 다가가 귀를 기울이더니 리호의 품을 뒤져 편지를 꺼냈다.

요즘 시대에 굳이 편지를 쓰냐면서 에렌이 놀라고 있으니, 리암이 그 편지를 읽고 눈을 휘둥그레 떴다.

그리고 멍하니 있는 티아에게 강한 어조로 명령했다.

"뭐 하는 거냐? 내 명령을 못 듣겠나?"

"아, 아뇨! 바로 의사를 준비하겠습니다!"

기사들이 다친 둘에게 다가가 응급처치를 시작했다.

두 사매가 가지고 있던 것은 스승님이 나에게 보낸 편지였다.

편지의 내용을 확인했다.

『리암 공, 잘 지내십니까? 소생은 지금도 일섬류를 갈고 닦기 위해 각지를 방랑하고 있습니다. 그때 재능 있는 두 아이를 찾았습니다.』

거기에는 일섬류를 더 높은 경지에 올리기 위해 원래는 금지된 동문 간의 싸움을 허가했다고 적혀있었다.

──위, 위험했어.

동문 간의 싸움이 허가제라니, 난 몰랐다.

스승님의 대응을 보아하니, 자기 제자끼리라면 싸움을 붙이는 게 가능한 건가?

다시 말해서, 동문 간의 싸움에는 스승의 허가가 필요하다──
응, 이후에는 조심하자.

　그리고 편지는 이렇게 이어졌다.

　『갑자기 두 사람이 나타나 난처할 것입니다. 하지만 이 편지를
읽고 있다는 것은 리암 공이 당연히 승리했다는 뜻일 것입니다.
만약 그 둘이 살아있다면 보살펴 주십시오. 소생은 저 둘을 마지
막까지 키울 수가 없습니다.』

　스승님이 저 둘을 나에게 맡겼다.

　분명 두 사람의 실력을 나에게 보여주고 싶었을 것이다.

　진심으로 죽이러 온 것처럼 보였지만, 스승님에겐 뭔가 생각이
있었을 것이다.

　어쨌든 스승님이니까!

　하지만 스승님이 마지막까지 키울 수 없다는 부분이 마음에 걸
렸다.

　저 둘은 검사로서 이미 완성되어 있다.

　일섬류 검사로서는 미숙하지만, 충분히 합격 라인일 것이다.

　이후는 본인들이 노력하기 나름인 것으로 보였다.

　스승님에게 무슨 일이 있는 걸까?

　──여기서 생각해도 답은 안 나와.

　어쨌든 난 스승님으로부터 두 사람을 맡았다.

　사매들은 내가 돌보자.

　"맡겨주세요, 스승님. 저 둘은 제가 돌보겠습니다."

난 일섬류와 관련해서는 진지하게 임하기로 정했다.

스승님이 개구쟁이 사매들을 돌보라고 하시면 따를 뿐이다.

보통은 내 목숨을 노린 시점부터 사형 확정이지만, 일섬류의 사매들이라면 이야기가 달라진다.

그건 그거고 이건 이거다.

"그건 그렇고, 스승님이 마지막까지 키우시지 못하는 이유가 신경 쓰이네. 지금은 대체 어디서 뭘 하고 계실까."

스승님은 분명 지금도 일섬류를 갈고 닦아 무의 극치를 목표로 하고 계실 것이다.

제국에서 멀리 떨어진 행성.

좁고 낡은 공동주택에서 야스시는 아기를 업고 있었다.

아내인 여자는 정장 차림으로 분주하게 외출하려 하고 있었다.

"야스 군, 19시까지는 돌아올 거니까 그때까지 잘 돌봐줘."

"——네."

야스 군이라 불리고 있는 야스시는 힘없이 대답했다.

지적인 여자는 야스시를 주부로 두고 자신이 일하러 나가고 있었다.

원래라면 도망치고 싶지만, 아내가 식칼을 들고 쫓아온 뒤로는 무서워서 도망칠 수 없었다.

기모노를 입고 있어서 여자에게 베인 상처가 보였다.

가슴부터 복부에 걸쳐서 사선으로 생긴 흉터가 생생했다.

지금 생각해도 무서운 표정을 지은 여자가 '이 상처는 남겨두자. ——두 번 다시 나한테서 도망칠 수 없도록 경고의 표식으로 삼는 거야'라고 말해서 지울 수 없었다.

이 세계의 의료라면 완전히 지울 수 있는데 일부러 남겨뒀다.

집착이 심한 여자를 건드리고 말았다며 야스시는 후회하면서 눈물지었다.

"으으, 도망치고 싶어. 하지만 내 용돈으로는 도망칠 수 없어."

리암에게 받은 돈 대부분은 리호와 후우카를 키우기 위해 써버렸다.

남아있던 돈도 놀러 다니면서 다 써서 지금은 여자에게 용돈을
받아서 놀고 있다.

집에 남아서 아이를 돌봐주고 있지만, 대부분의 집안일은 여자
가 했다.

주부도 되지 못하고, 기둥서방도 되지 못하고── 어정쩡한 상
태다.

이것이 리암, 리호, 후우카를 키워낸 검신의 진짜 모습이다.

아기가 칭얼거리기 시작했다.

"네네, 기저귀 갈자. ──하아, 난 대체 뭘 하는 걸까?"

멀리 떨어진 행성에서 야스시는 평화롭게 살고 있었다.

고급 호텔에 마련된 특별한 의무실.

그곳에는 리호와 후우카의 모습이 있었다.

환자복을 입었고 온몸이 붕대투성이였다.

상처가 낫자 둘 다 배가 고프다면서 침대 위에서 요리를 잇달
아 먹어 치워 나갔다.

티아는 두 사람이 지긋지긋하다는 듯이 봤다.

그 옆에는 에렌의 모습도 있었다.

둘은 의외로 침대 위에서 바른 자세로 식사했다.

다만 바른 자세로 식사를 하고 있을 뿐이지 접시 위의 요리는 차례차례 사라져서 급사가 바쁘게 접시를 바꿨다.

티아는 두 사람의 왕성한 식욕을 보니 기가 막혀서 살의가 사라졌다.

"금방 병상에서 일어나서 잘도 그렇게 먹을 수 있네."

후우카는 살 것 같은지 젓가락을 놓고 기지개를 켰다.

"안 먹으면 힘이 안 나."

그 옆에서 국을 다 먹은 리호가 작게 숨을 내쉬고 씨익 웃었다.

"나보다 힘없는 주제에."

그 말을 들은 후우카는 화가 났는지 리호에게 손가락질했다.

"넌 먹어도 빼빼 말랐잖아! 가슴도 작고."

후우카의 훌륭한 가슴에 비하면 리호의 가슴은 평범했다.

리호는 신경 쓰고 있는지 팔로 가슴을 가리며 후우카를 째려봤다.

"뭐어? 머리로 갈 영양분까지 가슴으로 간 거 아냐? 왜 내가 가슴 크기에 집착하고 있다고 생각하는 걸까? 애초에 가슴이 큰 걸 고마워하다니 이해가 안 된단 말이지. 검의 길을 걷는다면 그런 거추장스러운 지방은 잘라버리는 편이 낫지 않아? 차라리 내가 잘라줄까? 자, 빨리 내놔!"

말이 빠른 리호를 보고 에렌은 알아차렸다.

(신경 쓰고 있었구나.)

둘은 싸우기 시작했지만, 또다시 배에서 꼬르륵 소리가 나자

식사로 돌아갔다.

감시역인 티아는 식사를 재개하는 둘 앞에서 불만스러워했다.

티아의 이어붙인 팔에는 붕대와 기구가 부착되어 있었다.

"왜 내가 이 녀석들을 돌봐줘야 하는 건지."

에렌이 여기에 있는 건 동문 검사를 가까이에서 보기 위해서다.

리암이 둘을 맡게 되어 정식으로 만나는 자리는 아니지만 이야기할 기회를 마련해준 결과다.

에렌이 일섬류의 제자라는 것은 후우카도 리호도 알아차리고 있었다.

후우카가 에렌에게 말을 걸었다.

"그런데 작은놈."

작다는 말을 들어 욱한 에렌은 볼을 부풀렸다.

"작은놈 아니에요. 에렌이에요."

"딱히 상관없잖아. 우리는 동문, 너와의 관계는 숙모와 조카가 되려나? 뭐, 사이좋게 지내자고."

둘은 호전적이지만, 어째서인지 에렌에게는 호의적이었다.

리암을 죽이려 했던 게 거짓말 같았다.

하지만 에렌이 보기에 둘은 존경하는 스승님을 죽이려고 한 자객이다.

"스승님을 죽이려고 한 사람과는 사이좋게 지낼 수 없어요!"

얼굴을 돌리자 후우카가 아쉬워했다.

같은 일섬류 사용자라기보다는 동생에게 외면당해 섭섭해하는 언니 같았다.

리호는 쿡쿡 웃으며 에렌의 기분도 이해한다고 했다.

"뭐, 나도 누가 내 스승님을 노리면 엄청나게 화날 거니까 어쩔 수 없지. 하지만 사형을 노린 건 스승님의 지시야. 사형도 그걸 알고 우리를 받아준 것 같고. 그런 사형의 제자인 네가 그런 태도인 건 좋지 않지~."

후우카는 만족스럽게 식사했는지 누워있었다.

그대로 에렌에게 충고했다.

"너도 언젠가 사형의 지시로 사형제들과 싸우게 될 거야."

"──그, 그건."

지금 리암에겐 제자가 에렌 혼자밖에 없다.

리호와 후우카는 맡은 사매에 불과하며 정식 제자가 아니다.

앞으로 최소 두 명은 리암의 제자로서 에렌에게 사제들이 생길 것이다.

에렌은 그게 조금 싫었다.

언젠가 자기 이외의 제자가 생기면 리암은 그쪽으로 의식을 돌릴 것이다.

지금처럼 자기만을 봐주지 않게 된다.

에렌이 곤란해하고 있으니 병실에 리암이 들어왔다.

"생각보다 건강한 것 같네."

병실에 들어온 리암은 둘 앞에서도 경계를 풀고 있었다.

침대 위에 있는 두 사람이 바로 무릎 꿇고 앉아 머리를 숙였다.

둘은 뻔뻔스러운 태도와 거친 말투가 두드러지지만, 아무래도 예의범절 교육은 잘 받은 듯했다.

리호가 리암에게 사죄했다.

"이번에는 정말 죄송했습니다. 저희의 얄팍한 실력을 알게 되었습니다."

후우카도 마찬가지다.

"미숙한 저희로서는 사형의 영역에 아직 도달하지 못한다는 것을 이해했습니다."

마음가짐이 기특한 두 사람 앞에서 리암은 티아가 준비한 의자에 앉아 두 사람을 봤다.

마치 가족을 대하는 듯한 태도로 상냥하게 말했다.

"누가 위인지 이해한 것 같네. 그래서 너희를 맡게 되었는데, 솔직히 말해서 일섬류에 관해서는 내가 가르칠 것은 없어. 기껏해야 수행 장소를 마련해줄 수 있는 정도지."

야스시가 단련시킨 리호와 후우카는 검사로서 이미 완성되어 있다.

앞으로는 스스로 단련해 나가는 수밖에 없다.

리암이 해줄 수 있는 것은 그걸 도와주는 것뿐이다.

다만, 리암은 두 사람의 결점을 간파하고 있었다.

"하지만 그 외의 요소가 심하게 부족해. 스승님이 나에게 맡겼다는 건 너희를 한 사람의 기사로 키우라는 뜻이겠지. 상처가 낫는 대로 너희를 데리고 영지로 한 번 돌아갈 거다. 너희는 당분간 내 영지에서 기사가 되기 위해 배워라."

리호는 배우라는 말을 듣고 노골적으로 싫어하는 표정을 지었다.

"거, 검사에게 배움 따위는 필요 없지 않나요? 사형, 전 사퇴하겠습니다. 지금은 조금이라도 자신을 단련해야 하지 않을까요."

리호의 말을 듣고 리암은 웃으면서 거부했다.

"안 된다. 스승님이 나에게 맡겼다는 건 너희에게 부족한 것이 있다고 판단하셨기 때문이겠지. 교육을 대충할 생각은 없어."

리암 나름대로 두 사람의 육성에 대해 이런저런 생각을 하는 것 같았다.

후우카는 아무래도 좋은지 신경 쓰지 않는 기색이었다.

"캡슐에 들어가고 밖에서 몇 년 단련하고 끝이지? 뭐, 난 거친 일은 익숙해."

일섬류 검사인 두 사람에게는 이제 와서 기사 교육을 받아도 미적지근할 것이다.

별다른 수행도 안 될 것이다.

하지만 리암은 다른 수행을 준비했다.

"그런가. 그럼, 돌아가면 당분간 시녀장인 세리나에게 예의범절 교육을 맡길 것이다. 메이드로서 열심히 하라고."

리호도 후우카도 그 말을 듣고 아연실색했다.

메이드의 예의범절을 배울 줄은 생각지도 못했을 것이다.

"사, 사형?! 메이드라니 무슨 말인가요!"

"우, 웃기지 마! 우리가 메이드라니—— 마, 말도 안 된다고!"

허둥거리는 리호와 후우카를 보고 리암은 짓궂은 웃음을 지었다.

"나도 수행지에서 하인으로서 일했어. 너희는 귀족이 아니니까 내 저택에서 제대로 교육해주지. 도망칠 수 있을 거라 생각하지 말라고."

"마, 말도 안 돼!"

"내, 내가 메이드?!"

리암은 선의로 엄격하게 단련시켜줄 생각이겠지만, 두 사람은 검과는 상관없는 수행에 절망했다.

에렌은 조금 통쾌하다고 생각했다.

(이 사람들한테는 메이드의 예의범절을 배우는 게 벌이 될지도.)

"——이럴 수가!"

안내인은 무릎을 꿇고 주저앉았다.

기대했던 비장의 카드가 전혀 도움이 안 됐기 때문이다.

진 건 상관없다.

하지만 진 뒤에 리암의 목숨을 노리기는커녕 사형으로서 따르기 시작했다.

전부 다 야스시 때문이었다.

리암도 야스시의 편지를 받고 두 사매를 귀여워했다.

"그, 그 자식, 마지막의 마지막에 자기 안전을 꾀했어!"

야스시의 성격을 생각하면 당연하지만, 안내인은 배신당한 기분이었다.

그보다.

도저히 용서할 수 없는 일이 있다.

안내인은 이번 소동── 모든 사실을 알아버렸다.

"그보다── 내 행동이 사실은 리암을 도와주고 있었을 뿐이라고? 난 혼자서 리암을 도와주고 기뻐했을 뿐이잖아!"

나중에 와서 보니, 결국 리암을 도와준 것에 불과했다.

모든 일이 끝나고 보니── 칼뱅파는 구심력을 크게 잃어 그 힘을 잃었다.

그에 비해 클레오 파벌에서는 리암의 발언력이 더욱 커졌다.

파벌의 전력 강화도 성공시켜서 그 수를 늘리고 있었다.

손도 못 쓴 칼뱅파에 비해서 클레오파는 칼뱅파와 어깨를 나란히 할 수 있는 큰 세력을 구축하지 않았는가.

"──용서 못 해."

안내인은 손을 꽉 쥐었다.

리암의 영지에도 잠입했던 성가신 녀석들이 들켜서 불안의 싹이 제거되고 말았다.

전부 리암에게 좋은 상황이 만들어져 있었다.

"리암, 너만큼은 절대로 용서 안 해. 그렇다면 자폭할 각오로 리암을 죽여주겠어!"

수단과 방법을 가리지 않는 안내인은 리암을 죽이기 위해 부정적인 감정을 모으기로 했다.

마침 성간 국가 간의 전쟁도 있었으니, 그곳에는 원념이 소용돌이치고 있을 것이다.

리암과 관련된 부정적인 감정도 모아서 자기 손으로 숨통을 끊어주기로 했다.

현재의 안내인이 리암을 죽일 수 있을지 없을지는 불명하다.

하지만 안내인은 이길 가능성과는 상관없이 리암을 죽이고 싶었다.

"반드시 리암을 죽여주겠어!"

부정적인 감정을 모으기 위해 그 자리에서 사라진 안내인을 숨어있던 개가 바라보더니 모습을 보였다.

그리고 개는—— 어딘가로 사라져갔다.

원정군이 무사히 제국에 귀환하자 승리를 축하하여 수도성 각지에서 축승회가 열렸다.

원정군에 참가한 귀족과 군인을 초대했고, 귀족들의 기분이 고조되었다.

단순히 승리를 기뻐하는 자.

그리고 클레오 파벌과 가까워지고 싶은 자.

이제 클레오는 이전처럼 무력하지 않았다.

파티에 초대받은 클레오는 많은 참가자와의 인사로 완전히 지쳐있었다.

리시테아를 데리고 휴게실로 들어갔다.

"──지치네. 백작은 이걸 매일 하는 건가? 잘도 하는군."

클레오의 그런 푸념을 듣고 리시테아가 달랬는데 기뻐 보였다.

"백작이 사전 작업을 해준 덕분이야. 수도성에 남아서 정력적으로 활동했다고 하니. 하지만 네 이름으로 이 정도의 사람이 움직여. 이제 무력했던 때와는 달라."

리암 덕분에 지금 클레오 주위에는 유력한 귀족들이 모여들었다.

"전 장식이지만요."

"그렇지 않아. 비굴해지지 마."

"전쟁도 참가만 했지, 아무것도 안 했어요."

클레오는 전장에 나갔지만, 아무것도 안 했다. ──아무 일도 시켜주지 않았다.

실질적인 총사령관은 티아였다.

그리고 전체적인 조정을 한 사람은 클라우스라는 유능한 기사다.

그 사실이 클레오의 열등감을 약간 자극했다.

어쩔 수 없는 일이라는 것은 이해하고 있어도 장식품 처지를 감수하는 수밖에 없다.

그런 자신이 싫어졌다.

클레오는 리암에 대해 생각했다.

"그보다 백작은 사람들 앞에 그다지 나오지 않네요."

리시테아는 리암의 예정을 클레오에게 가르쳐줬다.

"영지로 한 번 돌아간대. 대규모 데모는 진정되고 있다고 하지만, 역시 고향의 상황이 신경 쓰이겠지."

그런 상태인데 용케 수도성에 남아줬다면서 리시테아는 감격했다.

다만 클레오는 솔직히 기뻐할 수 없었다.

"——정말 백작은 뭐든지 잘하네요. 나하고는 아주 달라."

다음 황제 자리를 두고 오빠와 싸우고는 있지만, 클레오는 단순한 장식이었다.

그 사실을 받아들이고 있었지만—— 본인은 탐탁지 않았다.

"내가 없어도 그 사람만 있으면 주위 사람들은 납득하겠죠."

"뭐라고 했나?"

클레오의 중얼거림을 못 들은 리시테아는 앞일을 생각하고 들떴다.

위기를 극복하고 지금은 칼뱅 파벌과 싸울 수 있을 만한 힘을 얻었다.

그 사실이 기쁠 것이다.

그래서 굳이 찬물을 끼얹을 필요도 없다고 생각하며 클레오는 고개를 저었다.

"아뇨, 아무 말도."

◇ ◆ ◇ ◆ ◇

안내인은 수도성에 돌아와 있었다.

원정군에게 죽은 원령들.

그리고 수도성에 소용돌이치는 증오.

수단 방법 가리지 않고 계속 모은 부정적인 감정을 가지고 리암에게 싸움을 걸기 위해서다.

"리암! 오늘이야말로 널 이 손으로오오오!"

안드로이드인 아마기도 쓰러뜨리지 못하고 자신의 행동이 아무런 의미도 없었을 뿐만 아니라 최종적으로 리암의 승리로 이어졌다는 것을 안 안내인은 속이 뒤틀렸다.

들떠 있을 때 현실을 알게 되어서 이미 분노로 제정신이 아니었다.

그리고 우주항에서 리암이 이제부터 영지로 돌아간다는 걸 알아내고는 바로 갔다.

"거기 있냐아아아!"

리호와 후우카, 그리고 에렌을 데리고 자신이 자랑하는 전함을 안내하고 있었다.

쓸데없이 호화로운 우주선의 복도를 호위 없이 걷고 있었다.

네 사람의 등을 본 안내인은 부정적인 감정을 갈고 닦아 한 자루 칼을 만들어냈다.

안내인의 팔이. 불길한 칼이 리암의 등에 육박했다.

"리아아아아아아아암!!"

◇◆◇◆◇

"어때, 굉장하지! 돈을 들인 초노급 전함이다. 이 녀석 자체가 하나의 콜로니 같은 거라고."

3,000m급은 내부에서 사람이 생활할 수 있는 수준이다.

인원 교체도 있지만, 개중에는 몇 년 동안이나 전함 안에서 살고 결혼한 녀석도 있다.

아기도 태어났다는 보고를 들었는데, 난 이해할 수 없었다.

이런 환경에서 아기가 제대로 자랄까?

학교도 있다고 들었지만 불안하다.

허세를 부리기 위해 무식하게 큰 전함을 산 건 좋지만, 내 이해력을 넘어서는 일이 많다.

그런 이해가 안 되는 전함 안은 내가 돈을 들여서 호화롭게 만들어져 있다.

화려한 걸 좋아하는 후우카가 좋아하는 게 묘하게 기뻤다.

"굉장해! 사형, 나한테도 줘!"

사실 한 척이나 두 척은 사주고 싶지만 안타깝게도 무리다.

"초노급 전함을 내 마음대로 할 수 있는 줄 알아? 아마기의 허가가 필요하니까 무리야. 절대로 허가가 안 날 거야."

전함을 사유화하기만 해도 얼굴을 찌푸리는데 사매한테 줬어! 라고 말하면 아마기한테 무슨 소리를 들을지 알 수 없다.

암무리 내가 악덕 영주를 목표로 하고 있다고 해도 아마기를 화나게 하는 건 피하고 싶다.

얼마 전에 니아스한테 내가 탈 전함을 건조하라고 시켰을 때도 잔소리를 듣고 말았다고.

곧 완성되니 벌써 인수하는 게 기대된다.

하지만 아마기가 좋아하지 않아 미안함도 있어서 한동안은 자중할 생각이다.

"쳇~."

후우카가 아쉬워했다.

하지만 선물 정도는 준비할 생각이다.

"그렇게 아쉬워하지 마. 너희에겐 전용 기동기사를 준비해주지. 이제부터 파일럿으로도 훈련할 거니까 기체가 있는 편이 좋잖아."

리호는 기동기사에 관심이 없는지 머리카락을 만지작거렸다.

"남자는 로봇을 참 좋아하죠. 딱히 로봇에 타지 않아도 적 따위는 베어버리면 전부 똑같다고 생각하는데."

내 선물이 마음에 안 드는 듯한데, 제자인 에렌은 눈을 반짝였다.

"스승님, 전 갖고 싶어요!"

기뻐하는 에렌에겐 미안하지만 준비해줄 수 없다.

"너한테는 아직 일러."

"아쉬워요."

고개를 떨구는 모습이 가여웠지만 에렌은 아직 어리니 천천히 키우고 싶다.

후우카는 기동기사에 관심이 있는 모양이다.

"사형, 어떤 기동기사를 주는 거야?"

잘 물어봤다!

"실은 내가 애용하는 기체를 양산하기로 했어. 뭐, 퍼포먼스는 조금 떨어지지만."

어비드를 양산하는 건 무리라고 한다.

제7병기공장이 말하길 '양산하는 기체가 아니다'라고 한다.

그렇다기보다는 불가능하다고 한다.

레어 메탈을 모아도 머신 하트가 없어서 어비드의 성능을 재현하는 건 불가능하다는 말을 듣고 말았다.

그래서 최고점이 조금 낮아지더라도 높은 성능을 유지하는 어비드 양산형을 둘에게 마련해주기로 했다.

성능으로는 어비드에게 밀리지만 다른 기동기사보다는 나을 것이다.

어쨌든 열화품이라 해도 어중간한 전용기보다 돈이 드는 기체다.

"열화품이라니, 의욕이 안 나네."

불평하는 후우카의 이마를 손가락으로 쿡 찔렀다.

"투정하지 마. 열화품이라도 시간과 돈이 드는 기체라고. 다른 기체와 비교하면 고급 기체야."

막대한 예산을 들여서 건조하는데, 나한테는 그리 큰 지출도 아니다.

그건 그렇고.

내가 앞을 보고 기분 좋게 걷고 있으니 에렌이 말을 걸어왔다.

"스승님, 뭔가 좋은 일이라도 있었나요?"

에렌은 내 기분을 아는 듯했다.

"있었지. 알아차리고 보니 기대 이상의 완전 승리야."

클레오 파벌이 강화되어 지금은 칼뱅 파벌과 어깨를 견줄 정도가 되었다.

그리고―― 두 사매와 만났고, 내 제자 에렌도 조금씩 성장하고 있다.

오늘은 기분이 좋다.

이것도 전부 안내인 덕분이다.

하지만 요즘은 바빠서 안내인에게 감사하는 마음이 약해진 것 같다.

이번에도 분명 안내인은 날 위해 애프터 서비스를 열심히 해줬을 것이다.

돌이켜보면 나한테 좋은 행운이 이어졌으니까.

수많은 어려움을 극복할 수 있었던 것도 분명 안내인 덕분일 것이다.

마침 지나가던 곳에 내가 만들게 한 안내인을 모방한 조각상이 눈에 띄었다.

황금으로 만든 안내인상이다.

멈춰선 나는 세 사람을 돌아보며 명령했다.

"애들아, 여기서 기도해라."

그러자 리호는 이해가 안 되는지 고개를 갸웃했다.

"갑자기 뭔가요?"

"됐으니까 기도해. 감사의 마음을 이 조각상에 바치는 거다!"

갑자기 내가 기도하라고 하자 후우카가 리호와 얼굴을 마주 봤다.

"어떡할래?"

"뭐, 사형의 명령이니까 이 정도는 하죠."

다만 에렌은 의욕이 충만했다.

"스승님, 전 잔뜩 감사할게요!"

"말 잘했다! 자, 이 조각상에 감사하는 마음을 바치자!"

리암에게 감사하라는 말을 들은 세 사람은 일단 기도하기로 했다.

리호는 누구에게 감사해야 할지 몰라서 일단 떠오르는 사람에게 감사했다.

(뭐, 내가 감사한다면 야스시 스승님이지.)

그리고 후우카도 당연하게도 야스시의 얼굴을 떠올렸다.

(야스시 스승님께 감사하면 되는 거지?)

마지막으로 에렌은 리암에게 감사를 올렸다.

(스승님과 만난 것에 대해 열심히 감사하자!)

세 사람의 진심이 담긴 감사가 안내인을 모방한 황금상에 흘러
들어갔다.

리암 일행이 멈춰 섰다.

그걸 본 안내인이 뛰어올라 덮쳤다.

칼을 든 손을 뻗었다.

"리암, 이걸로 끝이다아아아—— 어?"

그때 네 사람이 방향을 바꿔 허리를 숙였고, 그 앞에 있는 것은
자신의 황금상이었다.

이 녀석들은 대체 뭘 하는 것인가?

그때 리암 일행의 감사가 황금상에 모였다.

어디에 있어도 감사할 수 있도록 준비된 안내인의 황금상.

그 황금상이 반짝이기 시작했지만, 리암 일행에겐 아무것도 보
이지 않았다.

안내인에게만 감사가 모여 눈부시게 반짝이는 것처럼 보였다.

"누, 눈부셔어어어!!"

안내인의 몸이 황금의 빛에 그슬렸고, 황금상에서 칼이 나타났다.

황금 칼날을 가진 칼은 일섬류 계승자들의 기도로 구현된 것이다.

순수한 감사의 마음이 들어간 칼.

안내인에게는 독이며, 리암의 감사도 더해져 맹독으로 완성되어 있었다.

그 칼은 성스러운 분위기를 띠고 있었지만, 안내인에게는 불길하게 보였다.

"그, 그만──!"

그만두라고 말하려던 순간에 안내인의 가슴팍에 꽂혀있었다.

칼날이 안내인의 몸을 내부에서 태우고 맹독을 풀었다.

"아아아안돼애애애애!!"

칼날을 통해 전해져 오는 것은 그 어느 때보다 많은 리암의 감사.

다만 야스시에 대해 심상치 않은 감사의 마음과 리암에 대한 감사의 마음도 섞여 있었다.

그리고 주위에는 그 외에도 황금 칼이 있었다.

안내인에게 칼날이 돌아간 순간에 차례차례 박혀나갔다.

"그거, 나하고는 상관없잖아아아아아아──!"

그리고 끝내── 안내인의 몸은 감사의 마음으로 인해 붕괴하여 실크해트만이 땅에 떨어졌다.

그대로 실크해트만이 가라앉듯이 사라져갔다.

번필드가의 저택.

그곳에는 메이드복을 입은 리호와 후우카의 모습이 있었다.

둘 다 벌레 씹은 얼굴인 이유는 귀여운 메이드복을 억지로 입었기 때문이다.

리암이 동문이라면서 특별 취급해서 특별히 주문해서 만든 메이드복이었다.

그 옷이 두 사람에게는 부끄러워서 참을 수가 없었다.

평소에는 치마라도 멋진 것을 선호한다.

그런데 팔랑팔랑 귀여운 메이드복을 입어서 수치심이 부추겨졌다.

"왜 내가 이런 옷을 입어야 하는 건데."

리호는 진심으로 싫어했다.

그에 비해 후우카는 평소의 강경한 태도와는 다르게 얼굴을 빨갛게 물들이고 부끄러워했다.

치마가 팔랑팔랑해서 어쩔 줄 모르는 것 같았다.

"내, 내가 이런 옷을 입어도 안 어울리잖아!"

두 사람 앞에 있는 사람은 교육 담당으로 임명된 세리나였다.

시녀장인 세리나에게 직접 교육을 받는다는 것은 번필드가에서는 특별대우나 다름없다.

"정말 야생아 같은 아이들이네."

야스시에게 예의범절 교육은 받았어도 메이드로서는 완전히 글렀다.

검사라는 의식이 강해서 난폭한 행동거지가 눈에 띄었다.

세리나의 말에 리호가 위험한 분위기를 자아냈다.

"뭐? 까불지 마! 칼을 빼앗겼다고 해도 할머니 한 명쯤은——!"

살기를 뿜는 리호의 모습을 그늘에서 보고 있는 어린아이의 모습이 있었다.

후우카가 알아차리고 리호를 팔꿈치로 찔러 그 뒤에 나올 말을 제지했다.

"하읏!"

리호는 옆구리를 눌렀고, 후우카는 당황한 모습으로 그늘을 가리켰다.

"바, 바보야! 에렌이 보고 있잖아!"

리호도 손으로 옆구리를 누르면서 필사적으로 억지웃음을 지었다.

그늘에 있는 에렌이 두 사람을 감시하고 있었다.

그리고 뭔가 하려고 한 리호에게.

"——스승님한테 이를 거야."

그 말에 리호는 얼굴에서 핏기가 가셨다.

그대로 억지로 계속 웃으면서.

"에렌, 아무것도 아니야. 사형에게만큼은. 사형에게만큼은 말하지 마."

두 사람이 리암을 무서워하는 이유는 야스시 때문이다.

야스시는 두 사람을 따뜻하게 지켜보며 혼낼 때도 호통만 쳤지, 손찌검하는 일은 없었다.

하지만 리암은 달랐다.

엄격한데다가 두 사람이 심하게 떼를 쓰면—— 칼을 뽑는다.

검사로서 인정한 사매들 상대로는 가차 없었다.

저택에서 리암의 지시를 어기려 하면 정말로 피를 토하게 된다.

에렌이 감시하고 있기도 해서 두 사람은 세리나 앞에서 내숭을 떨었다.

"잘 부탁드립니다, 시녀장님!"

"잘 부탁드립니다!"

빠릿빠릿해진 두 사람을 보고 세리나가 앞날을 불안해했다.

"정말이지—— 리암 님의 부탁이 아니었으면 너희 둘은 맡지 않았을 거야."

이런 둘을 제대로 교육할 수 있을까?

세리나는 불안하게 여겼다.

번필드가 저택의 지하.

그곳에는 일부 사람만이 출입이 가능한 장소가 있다.

쿠쿠리와 암부의 시설이 있는 것이다.

그곳을 방문한 나는 관 속을 보고 있었다.

"──서른 명이나 죽었나."

수도성에서 날뛰어서 암부를 서른 명이나 잃었다.

그 대가에 불만은 없다.

제국의 암부── 칼뱅을 따르는 암부를 상당수 제거할 수 있었다.

내 옆에 선 쿠쿠리가 죄송해했다.

"죄송합니다. 하지만 헛된 죽음은 아니었습니다."

난 자기들의 할 일을 했다는 쿠쿠리를 험악한 눈으로 쳐다봤다.

"당연하지. 날 위해 죽었다. 헛된 죽음일 리가 없지."

──죽은 자는 배신하지 않는다.

이 녀석들은 인생을 나에게 바치고 배신하지 않은 존재들이다.

그건 나에게는 정말 존엄한 행위다.

배신하는 건 언제나 산 자다.

그래서 난 살아있는 인간을 믿지 않는다.

하지만 날 위해 죽은 인간은 다르다.

암부의 장례식이 있다는 말을 듣고 찾아온 건 그들의 명복을 빌어주기 위해서였다.

"사체는 어떻게 하지?"

내 물음에 쿠쿠리는 태연하게 대답했다.

"그들의 육체는 기술 덩어리이니 깨끗하게 분해합니다. 아무것도 남기지 않습니다. 어둠의 세계에서 사는 자들은 흔적도 없이 사라지는 것이 운명이죠."

정말 쓸쓸한 일이다.

무덤 정도는 만들어주고 싶지만, 그것조차 거부했다.

살아있었다는 흔적은 전혀 남기지 않는다면서.

정말 철저하구나.

하지만 그래서는 내 마음이 안 풀린다.

"──쿠쿠리, 상을 주지."

"네? 저희는 이미 보수를 받고 있습니다만?"

난 내 주위에 있는 녀석들을 우대한다.

애초에 경제적인 문제에서 해방되었기 때문에 보수는 얼마를 줘도 상관없다.

하지만 난 악덕 영주고 인색하다.

스스로에게는 돈을 써도, 기분에 따라서만 통 크게 행동한다.

공적에 걸맞은 보수만 지급한다.

하지만 이번에는 기분이 좋다.

티아가 목숨을 걸고 날 지키려 했고 쿠쿠리 일행이 목숨을 걸고 내 명령을 수행해서 기분이 좋았다.

그들은 날 위해 목숨을 걸었다.

그 정도의 보상 정도는 마련해준다.

"지금 난 기분이 좋으니까. 특별히 추가 보수를 마련해주지. 내가 할 수 있는 게 있으면 말해라."

여기서 뭐든지 말해라! 라고 말하지 않는 것이 포인트다.

들어줄 수 없는 부탁을 들어줄 생각은 전혀 없다!

쿠쿠리와 부하들이 당황했지만, 잠시 후.

"──그럼, 행성을 하나 받아도 되겠습니까?"

"행성을?"

뜻밖의 요구에 내가 고개를 갸웃하니 쿠쿠리가 이유를 말했다.

"저희의 모성은 상실되었습니다. 좋은 조건을 가진 행성을 하나 받으면, 그곳을 저희의 모성으로 삼고 싶습니다."

조건을 확인해보니, 내가 영지로 가지고 있는 행성 중에 딱 한 곳 적합한 곳이 있었다.

먼저 그 행성에 살던 사람도 있지만 수천만으로 아직 적다.

쿠쿠리가 내 앞에서 무릎을 꿇었다.

"저희 일족의 부흥이 비원입니다. 그 부흥을 위한 토지가 필요합니다."

암부가 숨어 사는 마을, 이라.

낭만이 있는 이야기군.

그리고 쿠쿠리 일족이 늘어나면 나에게도 고마운 일이다.

"좋다. 이미 이주한 백성들이 있지만, 그 녀석들을 쫓아낼 테니 조금만 기다려라."

시간이 필요하다고 하자 쿠쿠리는 그럴 필요는 없다고 했다.

"아뇨, 그렇게까지 하실 필요는 없습니다. 거주자가 있는 편이 더 좋으니까요."

"그런가?"

"네."

"알았다. 바로 필요한 물건을 갖추라고 하겠다."

암부들 전원이 내 앞에서 무릎을 꿇었지만, 장례식이라 일어나도록 했다.

관 속에 꽃을 넣어 갔다.

"——죽은 자만은 날 배신하지 않아. 너희는 배신하지 않았다. ——다음에 태어나면 행복을 손에 넣어라."

이 녀석들이 전생할지는 확실하지 않지만, 어쩌면—— 다음에야말로 나하고 엮이지 않고 행복을 손에 넣었으면 한다.

내가 제2의 인생에서 행복을 손에 넣었듯이.

번필드가의 저택.

메이드로서 일하는 시엘은 수도성에서의 바쁜 나날을 떠올리고 있었다.

"——아무것도 못 했어."

리암의 본성을 폭로해주려고 했는데 아무것도 못 했다.

오히려 성실하게 일하는 리암밖에 못 봤다.

연수를 받는다고 지방 관공서로 보내졌지만, 부정부패가 만연한 직장을 훌륭하게 청소했다.

후방 지원자로서 원정군을 지원하면서 매일 파티를 열어 정력적으로 클레오 파벌을 위해 활동했다.

어떻게든 허물을 찾으려고 했지만── 너무 성실해서 찾을 수 없었다.

"뭐야? 저 녀석 대체 뭐야? 그냥 유능한 영주잖아. 그런데 소 인배 같은 느낌은 다른 사람보다 배나 느껴지다니, 대체 뭐야?!"

주위에 물어봐도 모두 '리암 님은 훌륭한 영주입니다!'라고 말 할 뿐이었다.

누구도 리암의 본질을 보지 않았다.

그리고 리암 곁에서── 로제타의 측근으로서 일할 수 있는 시 엘은 주위로부터 질투의 시선을 받는 일도 많았다.

"그렇게 부러워할 위치가 아니잖아! 여기 있는 녀석들은 보는 눈이 너무 없어!"

왜 리암에게 심취할 수 있는지 이해가 안 됐다.

방 청소를 하고 있으니 로제타가 찾아왔다.

"시엘, 여기 있었구나."

아무래도 시엘을 찾고 있었던 모양이다.

"로제타 님! 부르시면 바로 찾아갔을 텐데."

왜 이 사람은 직접 하인을 찾아서 돌아다니는 걸까?

그게 신기해서 참을 수가 없었다.

"네가 일하는 모습도 봐두고 싶었어. 수도성과는 달리 이 저택 에서 잘하는지를 보는 것도 내 일이니까!"

시엘은 제국의 직속 신하인 남작가의 딸이다.

리암의 종자— 돌봐주는 집안보다 지위가 더 높으며, 번필드 가가 처음으로 수행지로서 받은 귀족의 자제다.

부하의 자제를 받는 것과는 또 다르다.

시엘이 성공하면 귀족의 자제들을 받아달라는 요청이 잇따라서 나올 것이다.

그렇게 되면 앞으로도 귀족과 인연을 맺을 기회가 늘어난다.

그리고 수행지로서 모두가 받아주기를 간청하는 격식 있는 가문으로 인정받는 것이다.

시엘은 생각했다.

(여긴 우리 본가랑 똑같은 시골인데 수도성 수준으로 예절이 엄격하단 말이지. 확실히 교육은 나쁘지 않고 수행지로서는 아주 좋지만.)

시녀장인 세리나는 엄격하지만, 제국의 궁전에서 오랜 세월 시녀장을 맡은 인물이다.

브라이언도 다소 문제는 있지만, 집사 일을 똑바로 하고 있다.

로제타도 엄격하지만, 그만큼 또 상냥하다.

자신을 신경 써주고 끈기 있게 지도해준다.

환경적으로 최고일 것이다.

문제가 있다면 리암뿐이다.

로제타는 시엘이 착실하게 일하는 모습을 보고 기뻐했다.

"저택에서도 문제없는 것 같네. 이 정도면 수행을 마치고 집으로 돌아갈 날도 머지않았어. 하지만 그렇게 되면 쓸쓸해지겠네."

정말로 쓸쓸해했다.

(이 사람은 좋은 사람인데. 왜 리암 따위한테 반한 걸까? 다른 사람은 몰라도 이 사람만큼은 진실을 깨달아줬으면 좋겠어.)

로제타만큼은 눈을 떴으면 좋겠다고 생각하는 시엘이었다.

옥시스 연합왕국의 영지.

햄프리 상회의 선단이 우주를 이동하고 있었다.

그 선단 중에 한 척의 우주선이 있었다.

특별 사양 호화 여객선이다.

토마스가 그 우주선에 타서 직접 상대하고 있는 사람은 퍼싱 백작이었다.

연합왕국에서 설 자리를 잃은 퍼싱 백작은 햄프리 상회를 의지하여 국외 탈출을 꾀하려 했다.

그 일을 돕고 있는 사람이 토마스다.

선내에서 술을 마셔 불안감을 지우려고 했다.

"토마스, 너 때문이라고! 넌 책임지고 날 안전한 곳까지 도피시켜라! 젠장! 왜 이렇게 된 거야."

싸늘한 눈을 한 토마스는 슬슬 제국의 영지에 들어간다는 걸 확인하고 퍼싱 백작에게 본론을 꺼냈다.

"퍼싱 백작."

"뭐냐?"

"저희 햄프리 상회는 리암 님의 본거지에 본점을 둔 어용상인입니다. 리암 님을 배신해놓고, 저희를 찾아오시다니, 무슨 생각이십니까?"

리암을 배신해놓고 자신을 이용하는 퍼싱 백작의 속을 알 수 없었다.

토마스의 말을 듣고 퍼싱 백작은 그를 깔보았다.

"그게 어쨌다고? 오히려 그렇기 때문에 고른 거라고. 너희라면 번필드가를 속이기도 쉽겠지. 그래서 돈도 그만큼 줬잖아? 날 안전한 곳으로 도피시켜라. 나 참, 상인 나부랭이가 충의를 논할 생각인가? 돈의 망자인 주제에."

"이거 듣기 거북하군요. 확실히 상인은 돈에 까탈스럽지만— 저도 의리나 인정 정도는 가지고 있습니다. 리암 님께 몇 번이나 도움을 받고 리암 님을 배신한 당신을 도와주면, 저희 상회에 불이익이 되지 않겠습니까?"

퍼싱 백작은 코웃음 쳤다.

"네가 입 다물면 아무도 몰라. 이런 일은 남들도 다 하는 거잖아. 차라리 리암을 배신하는 데 돈이 얼마나 필요한지 솔직히 말하면 되는 것을."

연합왕국을 배신한 퍼싱 백작은 이미 신분도 집도 가족도 버리고 혼자 도망치고 있었다.

지금 가지고 있는 것은 리암을 배신하고 손에 넣은 많은 돈뿐이었다.

그런데도 귀족의 가치관이 완전히 빠지지 않았다.

상인 정도는 어떻게든 된다고 생각하고 있었고, 곁에는 호위 기사들도 있었다.

가족은 버렸지만, 호위 기사들은 데리고 있다.

그래서 강경한 태도를 풀지 않았다.

퍼싱 백작이 토마스를 의지한 이유는 연합왕국과 관련된 상회가 돕는 것을 거부했기 때문이다.

배신자인 퍼싱 백작에게 큰돈을 받고 도와줬다는 게 알려지면 연합왕국에서는 장사할 수 없게 되니 아무도 도와주지 않았다.

제국을 본거지로 삼고 있는 햄프리 상회 말고는 연줄이 없어서 어쩔 수 없이 토마스를 의지한 것이다.

"퍼싱 백작, 이번 건을 불만스럽게 여기고 있는 건 저뿐만이 아닙니다."

"앙?"

그 직후, 토마스의 배가 흔들렸고 퍼싱 백작이 허둥거리기 시작했다.

"뭐, 뭐냐?!"

퍼싱 백작과 호위 기사들이 경계하자 경보로 침입자가 쳐들어왔다는 것을 알렸다.

달리는 소리가 들려오더니 방문이 발에 차여 부서졌다.

들어온 사람은 보라색 파워드 슈트를 입은 여기사였다.

양손에 들고 있는 검에는 주위의 에너지로 만들어진 칼날이 나와 있었다.

전기톱처럼 움직여 사람에게 고통을 주기 위한 흉악한 무기였다.

"배신자가 있다는 말을 들어서—— 와버렸어."

여기사의 헬멧의 바이저가 열리고 그대로 헬멧 자체가 접혀 수납되어 갔다.

머리를 드러낸 여자는 황홀한 표정을 짓고 있었다.

그 뒤에는 살기등등한 기사들의 모습.

퍼싱 백작의 호위들이 무기를 들고 달려들었지만, 쳐들어온 기사들에게 모두 쓰러졌다.

눈앞에서 벌어진 일을 보고 퍼싱 백작이 눈을 휘둥그레 뜨고 있으니 여기사—— 마리가 토마스에게 고맙다고 인사했다.

"토마스 공, 절 의지해준 것에 대해서는 감사하겠사와요. 그 다진 고기가 아니라, 저에게, 바로 저에게! 당신, 보는 눈이 있구나."

리암의 빈 영지를 지키고 있던 마리는 수백 척을 이끌고 이곳에 쳐들어왔다.

토마스는 쓴웃음을 지으면서도 퍼싱 백작을 넘겨줬다.

"확실히 넘겼습니다."

마리가 가진 블레이드의 날이 귀가 따가워지는 새된 소리를 냈다.

"퍼싱! 리암 님을 배신한 죄는 무거워! 내가 잘게 잘라주면서

천천히 네 죄를 가르쳐주겠어. 괜찮아. 약도 잔뜩 있는걸. 간단히
죽게 두진 않을 거야."

마리가 이끄는 기사들은 누구도 말리려 하지 않았다.

말리기는커녕여 마리와 똑같은 분위기를 내고 있었다.

"배신자에게는 죽음을!"

"리암 님의 적을 죽여라!"

"쇼가 시작된다아아아!'

퍼싱 백작이 도움을 구하듯이 토마스를 보니, 방에서 허둥지둥
나가던 참이었다.

기사들에게 제압당한 퍼싱 백작은 비명을 질렀다.

"사, 살려줘어어어!"

마리가 미소 지었다.

"싫~은~데?"

전쟁에서 진 연합왕국은 책임 소재로 크게 다투고 있었다.

"──어라? 그러고 보니, 퍼싱은 어떻게 됐지?"

방에서 편히 쉬고 있는 리암은 소파에 누워 단말기로 뉴스를 보
고 있었다.

연합왕국의 뉴스 기사를 읽고 떠올렸을 것이다.

방에서 차를 준비하고 있는 아마기에게 물었다.

"그쪽은 토마스 님께서 마리 님과 함께 처분했다는 보고가 올라왔습니다."

리암은 하품했다.

"마리가 안 보인다 싶더니만, 배신자를 처분하고 있었나. 일을 잘해주고 있는 것 같아. 아주 훌륭해."

아마기가 홍차와 과자를 준비하자 리암은 일어나서 다과의 향을 즐겼다.

"아마기가 끓인 차 냄새다."

"저 외에도 이 찻잎을 쓰고 있으니 향에 차이가 있을 것 같지는 않습니다만?"

"네가 끓여준 차는 다른 차와 달라."

"그런가요?"

리암은 미묘한 차이를 느끼고 있는 걸까?

아마기는 묘하게 납득이 안 됐지만, 즐거워 보이는 리암을 보면서 그날 일어난 일을 떠올렸다.

초자연적인 존재와 조우한 날에 대해서.

(주인님의 이름을 외친 그 존재—— 대체 그건 뭐였을까요?)

인간의 형태였지만 인간이 아니며, 노이즈가 생기는 이상한 존재다.

그것이 인간에게 호의적이지 않다는 것만은 확실했다.

(주인님을 노리고 있다는 것은 틀림없습니다. 그렇다면——.)

아마기는 인간 이외의 존재가 리암을 노려 걱정했다.

하지만 리암은 오늘도 태평했다.

"어라? 오늘은 브라이언이 안 보이네?"

아마기는 그런 리암을 보고 평소대로의 태도를 보였다.

자신은 그것밖에 할 수 없었다.

"오늘은 쉬는 날이에요. 손주분들과 식사를 한다고 합니다."

"브라이언의 손주라. 그럼 식사 비용은 나한테 청구되도록 해 줘. 이럴 때는 은혜를 베풀어두는 게 최고지. 평소에 은혜를 베푸는 것보다 더 효과가 있으니 말이야."

"알겠습니다."

우주공간.

그곳을 떠도는 안내인의 실크해트에 작은 손발이 생겨났다.

실크해트에 입이 나타나 분함에 어금니를 깨물고 있었다.

"젠장—— 젠장——."

투덜거리며 울고 있었다.

——안내인은 죽지 않았다.

"난 이길 수 없어."

지금 이대로는 리암에게 마음대로 다가갈 수도 없다.

영지에서, 그리고 다른 토지에서—— 사람들은 리암에게 감사했고, 그 에너지를 받아 인간이면서 방대한 힘을 가지고 있었다.

완전히 약해진 안내인은 어쩔 도리가 없었고, 전성기 때의 힘으로도 싸움이 될지 의심스러웠다.

그래도 안내인은 포기하지 않았다.

"난 복수를 포기하지 않아. 반드시 리암을 죽여주겠어!"

어떤 수단을 쓰더라도 리암을 죽인다.

안내인은 결의를 새로 다졌다.

그런 안내인을 보는 개가 있었다.

죽지 않아 불만스러워했지만, 방치해도 문제없다고 생각했는지 개는 어딘가로 사라져 갔다.

안내인은 외쳤다.

"지금은 패배를 받아들이지. 하지만 난 반드시 돌아온다, 리아아아아암──!"

안내인은 우주공간에서 회전하듯이 떠다니면서 어딘가로 흘러갔다.

리암의 저택에서 일하는 메이드 로봇들에게는 한 명 한 명에게 이름이 붙어있다.

그건 리암에게 부여받은 이름이며 그녀들이 처음으로 얻은 '개성'이기도 했다.

아마기 이외의 양산형 메이드들은 모두 똑같은 메이드 로봇이다.

헤어스타일, 얼굴, 몸매, 전부 주문할 때 요청이 없으면 표준 규격이 채용된다.

사람이 보기에 전부 똑같은 얼굴에 똑같은 모습.

정교하기에 더욱 기분 나쁘게 느끼고 만다.

그런 그녀들에게 개성── 개성이 있다고 해도 저택의 고용인들 대부분은 이해하지 못할 것이다.

"감사, 합니다."

인적이 뜸한 복도에 마련된 매점에는 리암을 본뜬 인형을 비롯한 굿즈가 판매되고 있었다.

영지에선 리암 관련 굿즈가 금지되었지만, 저택에서는 공식적으로 판매되고 있다.

판매하고 있는 자는 '타테야마'라는 메이드 로봇이며, 리암이 유일하게 인정한 공식 굿즈를 제조하고 판매할 수 있는 존재다.

그런 타테야마의 매점에서 굿즈를 구매한 사람은 침을 흘리며 기뻐하는 마리였다.

손에 넣은 리암 군 인형을 들고 눈을 반짝이고 있었다.

"드디어 손에 넣었사와요! 이것이 소문으로 듣던 리암 군 인형이구나. 드디어 내 손으로 진짜를 맞이하게 되었구나."

마리는 인형 하나로 눈물을 흘리고 있는데, 손에 들고 있는 리암 군 인형을 얻기는 굉장히 어려웠다.

타테야마가 비정기적으로 여는 매점에서만 판매되는 것도 그 이유 중 하나지만, 경매 등에 출품되면 최소 수백만부터 거래가 시작된다.

인기도 많고 비공식 경매에 출품하면 원래 가격의 수천 배의 가격이 붙는 물건이 되어있었다.

가짜도 많이 나돌고 있지만, 리암이 비공식 굿즈 판매를 인정하지 않기 때문에 엄중하게 단속하고 있다.

영지 내에서는 정기적으로 체포자를 내는 상품이기도 했다.

그리고 비공식 옥션을 이용한 구매는 리암이 난색을 보이고 있기 때문에 기사들은 이용할 수 없다.

손에 넣으려면 저택에서 장소도 시간도 정해두지 않고 여는 타테야마의 매점을 이용하는 수밖에 없다.

덕분에 타테야마가 만드는 상품은 완성도가 좋기도 해서 프리미엄이 붙는다.

인형이 하나 팔려 기뻐하는 타테야마는 다른 굿즈에 시선을 돌렸다.

"조금 더, 힘내보자, 입니다."

남은 굿즈도 팔리길 원하기 때문에 타테야마는 손님이 오는 것을 기다렸다.

하지만 타테야마는 메이드 로봇 중에서도 겁이 많고 조용하다.

사람이 안 오면 불안해하고, 사람이 많아도 불안해진다.

그래도 매점을 열어 굿즈를 파는 이유는 리암 상품을 사주길 바라기 때문이다.

그리고 매일 휴식 시간에 꾸준히 제작한 자신의 굿즈를 기뻐하면서 구매하는 것을 보는 것도 즐겁다.

타테야마에게는 이 매점이 바로 자신만의 개성이기도 했다.

그런 타테야마의 매점을 방문한 자는 같은 메이드 로봇인 '아라시마'였다.

그녀만은 저택의 고용인들도 분간할 수 있는 특징을 가지고 있었다.

그것은 액세서리다.

메이드 로봇들은 개인을 나타내는 액세서리를 하나씩 가지고 있다.

가끔은 그것을 걸고 대결할 때도 있었다.

메이드 로봇들에게 액세서리란 개성 그 자체.

그런 개성을 획득하기 위해 아라시마는 같은 메이드 로봇들에게 승부를 걸고 있었다.

그 결과, 아라시마는 다른 메이드 로봇들보다 많은 개성——

액세서리를 소지하고 있었다.

머리핀, 반지, 초커 등, 많은 액세서리를 가지고 있었다.

그런 아라시마가 찾아와서 타테야마는 경계했다.

"아라시마? 무슨, 용건, 인가요?"

"──타테야마는 액세서리를 소지하고 있지 않네요."

"액세서리? 가지고 있지, 않습니다."

타테야마는 드물게도 액세서리로 개성을 드러내려고 하지 않는 메이드 로봇이었다.

다른 자매들이 액세서리를 쟁탈하며 일희일비하는 모습을 멀리서 볼 뿐이었다.

"요즘 저택 내에서 타테야마에 대한 이야기가 나오고 있습니다. 저희 자매 중에서는 타테야마가 가장 유명해졌습니다. ──이해하기 어렵습니다."

"그렇게, 말해도, 고, 곤란합니다."

개성적이지 않을 터인 타테야마가 지금은 저택에서 가장 이름이 알려진 메이드가 되어있었다.

많은 액세서리를 획득한 아라시마보다 더.

아라시마는 그게 납득이 안 되는 듯했다.

"전 타테야마의 개성에 대해 생각했습니다. 이 매점이 바로 당신의 개성── 이 매점을 걸고 저와 승부를 내지 않겠습니까?"

"예? 시, 싫습, 니다."

거부했지만 아라시마는 물러나지 않았다.

"어째서입니까? 액세서리를 걸고 승부를 내는 행위는 자매들 사이에서 평범하게 행해지고 있습니다. 거부하는 이유가 있습니까?"

"제, 제 매점, 액세서리가, 아니에요."

"──전 개성적으로 되고 싶습니다. 타테야마, 대결해주십시오."

다른 자매보다 개성에 강한 집착을 보이는 아라시마는 승부에도 강했다.

같은 개체이면서 승부에 대한 의욕이 승률에 영향을 끼쳤다.

타테야마는 물러나지 않는 아라시마 때문에 곤란해졌다.

그때 둘에게 저택의 주인이 다가왔다.

"뭐 하고 있지, 아라시마?"

평소보다 낮은 톤의 목소리를 내는 리암이 등장하여 타테야마도 아라시마도 머리를 숙였다.

리암 뒤에는 같은 메이드 로봇인 '시오미'의 모습이 있었다.

왼팔에 금색 팔찌를 찬 시오미는 아무래도 타테야마가 난처해하고 있어서 도우러 온 듯했다.

아라시마가 물러날 수밖에 없는 상황을 만들기 위해 일부러 리암을 데려온 것 같았다.

리암의 질문을 받은 아라시마는 고개를 숙이면서 대답했다.

"액세서리를 걸고 승부를 걸고 있었습니다. 자매끼리 하는 놀이입니다."

"타테야마가 곤란해하고 있다. 억지로 승부를 걸지 마라."

아라시마는 타테야마를 감싸는 리암에게 드물게도 반항적으로 반응했다.

"어째서 타테야마를 감싸는 것입니까?"

"——무슨 말을 하고 싶은 거지?"

"타테야마가 개성적이라서 주인님은 타테야마를 감싸는 것입니까? 아라시마는 주인님이 보시기에 개성이 부족하기 때문입니까?"

강한 개성을 가지고 있어서 리암의 마음에 들었다고 생각하고 있는 모양이다.

타테야마도 시오미도 아라시마의 액세서리에 대한 집착에는 질색했다.

리암에게는 보이지 않는 자매간의 네트워크상에서는 코멘트가 잇따라 게시되었다.

『아라시마가 주인님에게 항의! ——총괄이 격노하는 모습이 눈에 선해.』

『총괄, 무섭, 습니다.』

그러자 리암은 쓴웃음을 지으면서 아라시마에게 손을 뻗어 볼을 쓰다듬었다.

부드러운 목소리로 개성에 집착하는 아라시마를 타일렀다.

"감싼 건 네가 승부를 강권했기 때문이다. 그리고 내가 보기에 아라시마는 충분히 개성적이고 매력이 넘쳐."

"——정말인가요?"

"그래, 물론이지. 억지스러운 면도, 승부에 강한 면도, 액세서리를 많이 가져 화려한 모습도 네 개성이야. ——그리고 승부에서 이기기 위해 노력하는 자세도 너다워."

리암의 말에 아라시마는 놀랐다.

"보고—— 계셨습니까?"

"당연하지."

개성을 갖고 싶은 아라시마는 다른 메이드 로봇들보다 승부에 진지하다.

승률을 조금이라도 올리기 위해 휴식 시간은 연습에 쓰고 있었다.

카드 게임과 주사위 놀이, 그 외 다양한 놀이로 승부를 겨뤄도 이기기 위해 아라시마는 대부분의 휴식 시간을 할애했다.

다른 사람이 보기에는 메이드 로봇이 노는 것으로밖에 안 보이는 광경이지만, 리암은 그게 아라시마의 노력이라는 걸 알아차리고 있었다.

"화려하고 노력가인 넌 충분히 개성적이야. 액세서리 쟁탈전도 너희의 놀이니까 그건 허용하지. 그래도 말이야, 그것 때문에 싸움이 벌어지면 난 슬퍼. 그러니 자매들과 사이좋게 지내주지 않을래?"

아라시마는 고개를 갸웃거린 후에 사이좋게 지냈으면 좋겠다며 부탁하는 리암에게 대답했다.

"주인님이 슬픈 것은 싫습니다. 저도 곤란하니, 이후에는 주의하겠습니다."

"착한 아이구나. 타테야마에게도 사과하고 화해해라."

아라시마가 타테야마를 보고 고개를 숙였다.

"타테야마, 죄송합니다."

"용서, 합니다."

이로써 한 건 해결됐다고 생각한 리암이 타테야마와 아라시마의 모습을 보며 미소 짓고 있는데, 떨어진 곳에서 아마기가 그 모습을 보고 있었다.

시선은 시오미에게 고정되어 있었다.

아마기의 빨간 눈동자가 어둑어둑한 복도에서 빛을 발하고 있었다.

화내고 있다. 그것도 근래 들어 가장 크게 화가 났다.

시오미는 내심 덜덜 떨었다.

『초, 총괄? 어째서 파인 플레이를 한 시오미를 째려보고 있는 건가요? 둘을 화해시켰는데, 어째서?!』

아마기는 이해하지 못하는 시오미에게 이유를 가르쳐줬다.

『타테야마와 아라시마의 싸움을 수습하기 위해 주인님을 이용하다니, 용서할 수 없습니다. 아라시마의 태도도 문제지만, 시오미의 행동은 우리 메이드의 존재의의에 저촉됩니다. 주인님을 이용하다니, 메이드의 긍지가 없군요. 시오미── 나중에 제 방으로 오세요.』

『둘을 화해시켰는데?!』

『주인님을 이용해 얻은 결과를 자랑하는 건가요?』

아마기를 화나게 해버린 시오미에게 타테야마와 아라시마가 네트워크상에서 어쩔 수 없다며 코멘트했다.

『주인님을 이용하는 거, 안 됩니다.』

『총괄이 화내는 게 당연하죠. 시오미는 정말 개성적이네요.』

시오미의 코멘트가 게시되었다.

『왜 제가 마무리 담당 같은 취급을 받는 건가요오오오!!』

후기

'나는 성간 국가의 악덕영주!' 6권은 재밌게 읽어주셨나요?

이번 권은 web판 6장을 베이스로 크게 가필한 이야기입니다.

매번 그렇듯이 몇만 자나 가필해서 서적화 작업이 힘들지만, 독자 여러분이 즐기실 수 있도록 기꺼이 쓰고 있습니다.

뭐, 쓰면서 즐거운 것도 그 이유지만요(웃음).

이번 권은 격화되는 황위 계승권 다툼 중에 다른 성간 국가와의 전쟁―― 그리고 일섬류의 제자들이 리암 앞에 나타납니다.

이렇게 쓰니 뭔가 웅장한 이야기처럼 느껴지네요(웃음).

설마 가벼운 마음으로 쓰기 시작한 작품이 이렇게까지 이어져서 웅장한 이야기가 될 줄은 몇 년 전의 저도 예상 못 했어요.

지금의 목표는 이 이야기를 다 써서 독자 여러분께 책으로 전달하는 겁니다.

web판은 제 나름대로 완결 내는 것도 가능하지만, 책이 되면 독자 여러분의 응원을 빼놓을 수 없습니다.

앞으로도 응원 잘 부탁드립니다.

그리고 언젠가―― 어비드 입체화를 함께 실현합시다.

*그릴 공간이 없었던 드레스 로제타

描くスペースのなかったドレスロゼッタ

今後ともよろしくお願いします。

高峰ナダレ

*앞으로도 잘 부탁드립니다.
타카미네 나다레

I AM THE VILLAINOUS LOAD OF THE INTERSTELLAR NATION Vol.06
©2022 Yomu Mishima
First published in Japan in 2022 by OVERLAP, Inc.
Korean translation rights reserved by Somy Media, Inc.
Under the license from OVERLAP, Inc., Tokyo JAPAN

나는 성간 국가의 악덕 영주 6

2023년 11월 15일 1판 1쇄 발행
2024년 3월 15일 1판 2쇄 발행

저　　　　자	미시마 요무
일 러 스 트	타카미네 나다레
옮 긴 이	박정철
발 행 인	유재욱
이　　　　사	조병권
출판본부장	박광운
편 집 1 팀	박광운 최서영
편 집 2 팀	정영길 조찬희 박치우 정지원
편 집 3 팀	오준영 권진영 이소의
디자인랩팀	김보라 박민솔
디지털사업팀	박상섭 김지연 윤희진
라이츠사업팀	김정미 맹미영 이윤서
영업마케팅팀	최원석 박수진 이다은
물 류 팀	허석용 백철기
경영지원팀	최정연
인쇄제작처	㈜코리아피엔피
발 행 처	㈜소미미디어
등 록	제2015-000008호
주　　　　소	서울시 마포구 토정로222, 403호 (신수동, 한국출판콘텐츠센터)
판매 및 마케팅	(070) 8822-2301

ISBN 979-11-384-8074-1 04830
ISBN 979-11-384-0856-1 (세트)